U0117343

百合花事

孙昱莹 著

吉林人民出版社

出 品 人：常　宏
选题策划：吴文阁
统　　筹：张文君　王　斌
责任编辑：张文君
助理编辑：赵　彻

图书在版编目（CIP）数据

百合花事 / 孙昱莹著 . -- 长春：吉林人民出版社，2023.7
ISBN 978-7-206-20585-9

Ⅰ . ①百… Ⅱ . ①孙… Ⅲ . ①长篇小说 – 中国 – 当代 Ⅳ . ① I247.5

中国国家版本馆 CIP 数据核字 (2023) 第 188801 号

百合花事
BAIHE HUASHI

著　　者：孙昱莹
装帧设计：周　源
出版发行：吉林人民出版社
（长春市人民大街 7548 号　邮政编码：130022）
咨询电话：0431-85378007
印　　刷：吉林省优视印务有限公司
开　　本：787mm × 1092mm　1/16
印　　张：18
字　　数：240 千字
标准书号：ISBN 978-7-206-20585-9
版　　次：2023 年 7 月第 1 版
印　　次：2023 年 7 月第 1 次印刷
定　　价：58.00 元

目　录

第一章　状元归来

被村民们围在中间的时候，万生心里忽地脱了底，脖颈突然变得硬邦邦的，身体却轻飘成一团棉花。他回来的这一天，柳条村的天空那么蓝，蓝得像二十年前没有任何污染的伊水河，那些注视他的目光如同透明的水母触手，绕着他周身上下缠了好儿圈。他感到走向的不是家门，而是一只正在走字儿的大时钟，咔嗒，咔嗒，两支针脚都不停追赶着他向前移动。

万生想发出点什么声音，却感到有一股莫名的力量拽着他的嘴。他还是和以前一样，一紧张就说不出话，只有大脑在空转。他为了这一刻，准备了多日，可是踏进村里的每一幕场景，都和预演中的不一样。

回想起来，为了不被人看见，万生特意走的国道，这样能穿越农田大地，打南头进村。如果走高速路，下道后必须沿着一条悠长的土路颠簸着从东边入村，就免不了要经过胡铁匠的铺子，他也不确定胡铁匠今时今日还在不在村口打铁。若在，总要停下车来寒暄几句。胡叔倒是个亲切的人，只是多年不见了，要是冷不丁遇上真不知道该说点啥。过了铁匠铺没多远是村部大院，人多眼杂的，他这会儿还不想马上和村干部打照面，至少让他做好心理准备。于是万生选择了南面，那边熟人少。谁承想村南这几天修路，车辆都绕行到福玉超市门前那条道，超市主人索玉柱正在卸货，路便拥堵起来。银沙似的尘土飞扬在刺耳的喇叭声中，万生那辆开了快十年的白色老捷达跟在一辆辆拉石头的大货车后面排起长龙。

福玉超市开在柳条村里风水极好的位置，背后靠着金马山，门前又有伊水河流过，正是老人们说的聚财之地。金马山，因传说有一只金马驹在山里永不停歇地拉金豆子而得名。伊水河，本来叫饮水河，相传乾隆皇帝来这里狩猎的时候饮过御马，可是叫饮水河的地名太多了，都有帝王饮马的传说，于是伊城县设立的时候，就给改成了伊水河，和别的地方区分开了。这一带的店铺生意都很好，而福玉超市是其中最兴旺的。

索家财旺，人丁却不够兴旺。索玉柱的父母前些年相继去世，留下索玉柱一根独苗，如今三十过半，还没有孩子，倒是有一堆亲戚，尤其是母家的表亲特别多。这些亲戚平日最热心的事就是替索玉柱寻一门好亲事，可是索玉柱把家里给介绍的姑娘一一拒绝，还自己从外地带回来一个媳妇。这本就让长辈们有些不悦，再加上索玉柱媳妇肚子迟迟没有动静，更让他们产生了把这个外来媳妇撵走的念头。而索玉柱在对待婚姻的态度上就非常“格楞子”，不管旁人说什么子嗣为大，他都不在意，还对媳妇百依百顺，谁要是找他媳妇不自在，他一个平时温润和善的人能红脸急眼。村里人都说，这个外乡姑娘不简单，也不知带的什么迷魂药，把老索家的独苗给迷住了。

这些都是万生听母亲佟梅花拉的闲话，老太太偶尔进城看一趟儿孙，嘴总不闲着，一点儿也不愧对她“嘴茬子”的外号。万生虽没见过索玉柱的媳妇,却早已知道有这么号人物了。万生被堵在路上的时候，想起母亲形容那女子眼睛水灵灵的，像只梅花鹿似的，便顺着视线向前瞥了一眼，只看见一个模糊的影子。万生已没有闲心关心别人媳妇，自己媳妇都够他烦的了。陈秋云老师冷了丈夫多日,随着万生这次回乡，他们的冷战更有旷日持久的趋势。“你就没办成过一件事，我还能指望什么？”想到妻子冰冷的口吻,万生就烦躁起来,心里一口气不上不下，堵得慌。

欢快的音乐声由远及近，万生收回视线，从后视镜里看到一个小伙子正骑着三蹦子向前驶来。小伙子有点眼熟，好像是胡铁匠的儿子，只是人家没看他，一只手把着车，一只手拿着手机乐呵呵地看视频。也不知道是什么内容那么吸引人，小伙子路都不看了，嘴角咧到耳根，差点儿就撞在万生的车上。万生看他这专注的模样忍不住笑了，他按了按喇叭，提醒骑车人注意安全。但是人家哪里理睬他，以为他和那一排排的石头车司机一样在按喇叭催促前面呢。

和大货车相比，捷达车的喇叭声就好比妇人的娇喘，显得太柔弱无力了，索玉柱压根没听见，他正催媳妇赶紧回屋歇着。每次卸货，石丽总怕索玉柱一个人忙活不开，非要上手帮忙，索玉柱怕她受累不让她动，两人就在路上撕巴，路堵得越发像长条的疙瘩。

石头车司机们，喇叭一声声地按着，但也不急赤白脸地大声催促，看这两口子撕巴挺有意思，反正女主人耐看，多看那么几分钟耽误不了啥工夫。石丽站在满地沙尘里，犹如一株迎风的二月兰，让人无法挪动眼珠。

超市卸完货，交通这才算畅通了。万生那辆老捷达随着车流的移动驶进了索玉柱的眼里。今年的炎热来得有点早，5 月的第一天，气温骤然上升到 29 度。万生半开着车窗，让自然风吹进来凉快一些。

“那不是万生吗。”索玉柱惊讶地自言自语。

石丽没听过这个名字，问了句：“是谁”。

“你不知道他，他在县里上班。那是九几年的时候，万生大哥考了个全县第一，被省城的重点大学录取了，当年全村轰动，都说老万家出了状元，光宗耀祖呢。后来听说还读了研究生，真厉害，那年代大学生少，哪像现在，遍地都是。”

石丽望着兴致勃勃的丈夫，挠了挠手臂，脸上露出一丝赧然。

索玉柱看老婆表情不对，反应过来，马上抱了抱她，说：“你看我，瞎说什么劲儿，还是大学生好啊。”

石丽莞尔一笑，说着没事，让丈夫快干活吧。

是处垣篱防绝塞，角端西来画疆界。

汉使今行虎落中，秦城合筑龙荒外。

龙荒虎落两依然，护得当时饮马泉。

若使春风知别苦，不应吹到柳条边。

二十年前，在那块反光的老黑板上，历史老师用工整的粉笔字写下诗句，作为课程导入。

她说，诗人纳兰性德来到柳条边，看到皇上要封禁龙兴之地，长长的柳条边就是一道壕锁，锁住了春光无限，却根本阻止不了沙俄的利炮，这一刻诗人百感交集，仿佛这柳荫婆娑，微风轻拂，竟不是风景而是牢笼。

“绿柳本柔，奈何为墙？”历史老师模仿诗人的姿态像模像样地感叹一声，带着一股子伤感。接着，她又问班里谁家是柳条村的。

同学们的目光看向万生，万生不明所以地举起手，同村的几个孩子也举起了手。

历史老师只是点点头，没有提问，而是继续讲，清王朝把东北作为“龙兴之地”，名门贵族在这里安居，为防止其他族人进入东北地区而实施封禁政策，修筑了全长一千多公里的柳条边墙，在高宽三尺的土台上每隔五尺种三株柳条，形成内墙外壕的篱笆。柳条边有边台、边门，咱们县里就有一处边台遗址。咱们县的柳条村，地处边门外，村名“柳条”指的就是柳条边。

十八岁的万生第一次知道，柳条村还有这样的历史典故。在那以前，万生对于自己出生的村庄所有的历史认知都来源于传说和故事。村里有个爱讲故事的老人，夏天的时候就蹲在一棵老榆树下，一边端着长杆烟袋，一边对围坐的孩子们讲：远古时候，天上有十二个太阳昼夜亮着，照得人们无法生活，谁都没办法，只有二郎神领命担山赶太阳，把十一个太阳压在山下。可就在他回天庭的路上，感到鞋里好像有东西，就抖搂了一下鞋，谁想竟从鞋里掉出来七颗沙砾，落在地上，形成七座山，形如七星北斗，取名七星山。七星山分别是金马、银马、东鹤、西鹤、狐仙、青石、黑鱼。金马就是咱们柳条村背后的金马山，是七星山之首。柳条村所在的镇子也叫金马镇。

万生听着那神话传说，和所有孩子一样，觉得自己生在一个了不得的村子里。再大一点儿的时候，母亲还给他讲柳条村地处皇家古道，威名赫赫，村里还有“皇族后人”。但万生的祖辈并不生长在这里，他们是从关外逃荒过来的，那是在清朝嘉庆年间，随着一股闯关东潮流，有一户叫万喜舟的人家来到这里，当时房无一间，地无一垄，万家在柳条边附近搭建了窝棚，从此拓荒耕种，繁衍子嗣，到了万生这一辈已经是第八代子孙了。万生小时候，生在柳条村的男孩都是骄傲的，好人家的闺女，也爱往柳条村嫁，因为这是个在历史上富贵过的村子。只不过后来富贵变成了一个偏义复词，偏贵，而和富没什么关系了。

万生的骄傲止于那一节历史课。讲完正课后，历史老师仿佛意犹未尽，又讲了点儿稗官野史，于是万生听到她声情并茂地讲述清王朝的统治者如何把柳条边内的人参、貂皮、鹿茸、东珠、海东青之类的宝贝围囿在自家后花园里，赏给一众妃嫔们，看她们争宠，最后江山一点一点断送。

老师的口吻是调侃的，是戏谑的，听得同学们哈哈大笑。别人也就听一乐呵，唯独万生认真了，他开始觉得那村名带着一种嘲弄。他在心里嘶吼，不是这样的，我们村和那些逸事没有关系，但是他说不出口，他瞪大了眼睛看向黑板，像要把那诗句敲断、撕碎。就算此柳条已经不是彼柳条，万生也感到了一丝真切的羞耻，迫切想摆脱“柳条村村民”的身份，于是在那节课过后，他比以往更加努力地学习。

高考之后，万生如愿以偿地离开了柳条村。二十年过去了，他也回过村子很多次，只是每一次，他都是以探亲者的身份，像个过客一般，匆匆来，匆匆走，没想过停留。这一次，他知道自己要在这里驻留了，而且时间会很久，久到老婆知道后和他大吵了一架，问他是不是想让她守活寡。

万生的家是标准的满族口袋房，一共三间，除了正房，院子里还有东、西两间厢房，只是现在家里人口少了，西厢房已经不再住人，堆满了杂物，正房的屋顶起脊，铺着青瓦，房檐下挂满了干辣椒、干蘑菇一类的干货。这些年房子重盖过，也翻修过，更是添换了不少的家具，但整体布局变化不大，还保留着原有的风格。过去有“窗户纸贴在外”的老传统，谁家的纸整齐干净，谁家日子就过得好，而今村里好多的老房子都被扒了重建，家家户户换成了塑钢窗，哪里还有贴窗户纸的了。万生的母亲佟梅花总觉得透亮的窗玻璃上少点儿什么，显得冷清，老太太就琢磨起了剪纸，时不时整出一幅大红的窗花贴上。

在万生被村民水母似的目光缠绕之前，佟梅花正坐在炕桌前向弟妹肇玉兰讨教剪纸的手法。她家的炕是对面炕，东侧连接的窄炕上铺着被褥，两侧大炕相对。其中一侧的房梁上挂着一个悠车，万生小时候就被这个悠车悠过，后来万生的儿子乐乐也上了悠车，孩子长大后佟梅花舍不得扔，说是这老物件已经没有多少人家有了，再过些年就成了古董。她自觉不像年轻人那样爱折腾，家里的物件只要还能用她绝不换新。有些年头的老炕沿磨得愈发漆黑发光，她两鬓的头发却愈发白了，像挂上了腊月的雪霜，眼神也不如从前好使，不戴老花镜连剪个福娃抱鱼的鱼尾都剪不齐，还多亏弟妹在旁边帮衬指点了。

“还是你厉害，”佟梅花对弟妹说，“之前你做的那个女排夺冠的剪纸图多像，每个人物都跟真的一样，我这手艺，跟你比差远了。”

肇玉兰听了夸奖很高兴，直说有空也教教万荣。

万荣是佟梅花的女儿，万生的妹妹，她坐在另一边炕上，手指在手机上不停地摆弄。在佟梅花眼里那手机就像一块薄砖头，也不知道有什么好看的，这几年全村人都在用。在佟梅花看来，万荣变得“不务正业”，就是从买了那手机开始的。前年春节的时候，邻村的高师傅带着一群演员在镇上表演萨满鼓舞，当时电视台、报社都来报道，兴师动众好不热闹。胡铁匠的儿子就拿着这么个手机对着人家拍，一边拍一边嘴里振振有词的，什么“老铁”“点赞”的，她听不懂，而万荣挤在旁边，看得津津有味，回头也买了那么个“薄砖头”回家。从那以后万荣大部分时间都在摆弄手机，佟梅花甚至都怀疑是不是高师傅表演的时候念了什么咒，把那丫头的魂儿勾走了。可转念一想，高师傅是个女子，在她过世的叔叔那里继承了一个文化传承人的称号，她哪能做出什么玄乎事儿来。眼见平日关系挺好的老姐妹们也纷纷换上了智能手机，佟梅花还是不愿意换，她用着万生以前买的旧手机，土豆大小，说能打电话就够用了。在佟梅花看来，那智能手机揣进兜里都嫌费事，更别说用起来滑来滑去，她整不明白。最让她不痛快的是，万荣沉迷于看视频不说，还拿着手机买了不少东西。家里堆满了各种快递盒子,都是这丫头在网上买的。有用的,没用的,她想到什么就买什么，大到洗衣机、电饭锅、鞋柜，小到手机壳、耳坠、洗碗巾，衣服就更不用说了,雪片似的往家寄。虽然快递站点在镇上,跑一趟得 20 来分钟，她却毫不在意这个时间，反正她有大把的时间。

这时万荣突然笑得前仰后合，像头待产的母羊在炕上直蹬腿。佟梅花看她这样就来气了，忍不住埋怨起来：“你当着二婶的面儿干啥玩意儿呢？丫崽子都三十好几了，有点正形没？”

万荣被叫了三十二年的丫崽子，没出嫁的姑娘，可不都这么叫吗？她为这个称呼感到发臊，母亲这么一叫，就好像在说，你是一坛没开封的老酒，一块没垦过的荒地，脑门上应该贴着“羞耻”。但是她又打扮得完全符合母亲眼里丫崽子这个形象，高高的马尾辫儿，一身粉色金丝绒运动套装，万荣一再解释这是天鹅绒不是金丝绒，母亲却认为一样，“癞蛤蟆变不成天鹅”。母亲看不上她总在网上买衣服，那些衣服肥肥大大,还不如街里裁缝用缝纫机缝出来的肥大西装。万荣才不管，她喜欢花花绿绿的新衣服，让人能分辨出她是个青春鲜活的姑娘，而无关年龄。

万荣看看二婶和母亲正在剪的鱼尾，扑哧笑出来："你俩啊，还是想想脸上的鱼尾纹吧，这么大岁数了，还剪那小孩玩意儿。"

"话不是那么说，这手艺活可是老祖宗留下来的，现在小年轻会的都不多啦，咱村里就你二婶会。"

"知道，二婶祖上，那可是叶赫那拉氏族。"万荣黏腻腻地拖长了声调，仿佛那轻视无限绵延，没有边界。

佟梅花白了女儿一眼，肇玉兰却无所谓，她早习惯了宠溺万荣，还凑到跟前问："荣，看啥呢？"万荣马上又来劲儿道："二婶，快来看，老有意思了，网上正直播一个男的用鞭炮炸裆呢。"万荣兴致勃勃拿给二婶看，二婶早就会用智能手机，甚至是妇女工作群的群主，相比母亲，万荣和二婶交流更省劲儿。手机屏幕上，一个只穿一条方形短裤的男人紧捂着下体在地上打滚，他赤裸的筋骨像一根根篱笆杖子，紧紧贴在枯黄的皮肤上。一行行五颜六色的字体从右侧滚出来，看得人眼花缭乱。

"弹幕说是假的，我看也是假的，不过演得挺像。"万荣评论道。

佟梅花见她俩看得津津有味，也好奇地凑过来瞅了一眼，这一瞅气得她忘了手里还拿着剪刀，就直戳万荣的脑门。

"你一天净看这狗屁玩意儿，不嫌乎砢碜吗？那么爱看男人光膀子，咋不找一个回来，可劲儿看呢？"

"这村里就没有我看得上的男人。"

"屁，根本就没有要你的。"

万生走进家门的时候，正赶上这母女俩剑拔弩张，母亲手里的剪刀比比画画的，似乎随时要戳到万荣高耸在胸前的那两坨浑圆的肉坡上。伴随着一声轻咳，女人们看见家里唯一的男人站在门口，立马抛下一切对峙，围上去问长问短。

佟梅花见到儿子突然回家，又惊又喜，忙问："生啊，你咋回来啦？

也不说一声，秋云和乐乐呢，你回来咋不带上我大孙子呢？”

这边万生刚说了句：“没带他们。”万荣也围过来问：“哥，你怎么自己回来了，出啥事啦，是不是跟嫂子吵架了？”

“瞎说啥呢，丫崽子，你大哥这么老实，咋能跟媳妇吵架？”肇玉兰挤过来宣示她的存在。

万生赶紧问候二婶好，拉拉家常试图转移话题，万荣哪肯罢休，不依不饶围着哥哥追问到底吵架没？在万生的躲闪里，佟梅花嗅出一些不对劲儿，也不管儿子是不是才进家门，和刚在一起针尖对麦芒的女儿迅速站到同一条战线，逼问秋云和乐乐怎么不一起回来。

“你们别瞎猜了。”万生目光低垂地说，他的嘴唇轻微颤抖着，发出嘶嘶的声音，像吐信的响尾蛇：“我回来有正经事儿干，不是探亲。”

他从小就这样，一紧张嘴就发怯，说话时候声细如丝，他一肚子话，此时却不知从何说起，家里的女人们一点儿变化都没有，总像麻雀似的扑棱着翅膀叽叽喳喳，吵得他头疼。

佟梅花看儿子欲言又止的模样，知道事不简单，这时候也终于想起放下剪刀，语气平和地问他回来有啥事。

万生平稳了一下心情，想着要怎么和家人汇报。他在犹豫要不要用“创业”这个词，他一直感觉这个词对他的现状来说不够准确，他有工作，又不是白手起家，可他一时也想不出如何形容他这次回来的目的，眼下似乎也只有这个词合适。“想回来带乡亲们创业。”他选择长话短说。

万生的话音刚落，二婶就发出一声惊呼，她拍着胸口做了一个还愿的姿势，说道：“我大侄儿当了官，回来建设家乡啦。回来好哇，咱们柳条村皇家古道，历史厚重，将来会越来越兴旺。”

“二婶，您可别说什么当官，我就是农业局下属单位一个助理研究员……”万生想解释，但是和往常一样，和这个家的女人是什么也解释不清的。

二婶不懂职称上的事，她自顾自地分析：“你读了大学还读了研究生是高学历吧？单位在农业局，那也是县政府的机构吧？大侄子，你就别谦虚啦，咱们村谁不知道你有出息。”

“就是就是，你在你二婶跟前儿装啥？”听到别人夸儿子是官，佟梅花脸上立刻堆满笑容，鱼尾纹就更加细密，像漾开的水花，一道道的。

这时闻讯赶来的村民们陆陆续续涌进万生家的小院，屋外吵吵嚷嚷的声音打断了女人们的叽喳声。

那些熟悉的目光像水母的触手，千纠万缠环绕着他，让万生回想起少年时那一场离别盛况。虽然走出去已经很久了，万生仍然会记得乡民们的面孔，这些年来似乎没有什么改变，还是和以前一模一样的脸，连穿衣的喜好都没变。

做粉条的柳五娘穿着粉色芍药花纹的纺纱衫，十分显眼地立在人群中。她过去逢人就说，从面相上看，万生是注定要经历坎坷的，他的脸天生尖峭，棱角分明，颧骨和鼻梁都高高凸起，预示着人生的路也不会圆润平坦。为这儿，五娘曾被佟梅花噼里啪啦怼过两回，那也没改掉她嘴欠的毛病，直到万生成了万众瞩目的状元，才彻底闭了嘴。这会儿站在万生面前，她倒也毫不羞臊，目光直直地盯着人家的脸看，好像要找出当年究竟哪里看走了眼似的。

五娘的儿子杨林山站在她旁边，这个小伙子还是那么有精神头，他冲在最前面拉着万生问长问短，两只眸子里放着灼热的光芒。万生记得他小时候也总缠着自己，像个小跟班。

“看看，看看，咱们的状元当官回来啦。”低保户老李头振臂挥喊，这是他几十年来的习惯性动作，80 多岁的老爷子，似乎比谁都活得久远，比他的儿子、儿媳、所有亲戚，也许还会比他发烧烧坏了脑子的孙子都要远。他那身洗得发白的黑布衫裤和一顶米白色的棉布小帽如同时间的印章，刻在身上，经久不变。

万生和乡民们寒暄了几句，他们有的是来问候他，有的则是纯粹看热闹，大家扯东扯西，半天也没有散去的意思。万生见此，心头一热，反正人都来了，他要做的事儿，早晚都要和大伙儿说，赶早不赶晚，不如趁现在。

“谢谢乡亲们来看我，我正想召集大伙儿商量点儿事。”万生清清嗓子，他说话的时候视线落在一处，这样就好像能把这些水母的触手似的目光从身上摘除掉，免得人群让他惶恐。一路上想好的辞藻在想开口时都被忘得一干二净，他索性开门见山好了。

听见万生说话，老李头赶紧冲着村民们喊：“都别吵吵，领导要讲话啦。这可是从咱们村走出去的状元。”

老李头身旁的傻孙子铁棍儿跟着学舌：“状元，状元……”

铁棍儿歪斜着眼睛痴痴地笑。老李头恼怒地拍了他一下：“闭嘴。”然后冲过来紧紧握着万生的手说：“终于等到国家和政府管咱们穷人啦！万生啊，你当主任了吧？你瞅瞅咱们村，都穷成啥样了！就这样还不给咱们评贫困村，有道理吗？”

万生被这爷孙俩闹得头疼，柳条村固然不像别的村子富裕，但这两年发展还是不错的，远没有到贫困村的地步。柳条村靠着山靠着水，但交通便利，虽说离城市远了点儿，离高速公路口有很长一段距离，可也通着国道，像他今天一路开过来，还是顺利的。只是，村里的坡地多，粮食产量低，也卖不上什么价钱。劳动力又不足，年轻人流出越来越多，剩下老弱妇孺，导致整体收入不高，这正是他回来的原因。

万生从老李头充满寸劲儿的手里挣脱出来：“我不是主任，您叫我万生就行。”

渐渐适应了万众瞩目的晕眩，他试图让自己平静下来，一个声音在他的耳边说：“这不是最好的时机。”但是所有人的目光都汇聚在他身上，他的舌头仿佛被水母拉扯着打开，所有话语不受控制地吐出：“我这趟回来呢，是希望能帮大伙儿提高收入，富起来。我想……想在村里成立农民合作社，帮大伙儿搞种植。不过，咱不种苞米，也不种别的粮食……”

空气似乎被太阳抽干了，像成千上万条蛇一样在人们眼前扭曲着。万生的声音也在无法控制的汗水里跟着变形。他一紧张就有点儿结巴，佟梅花是知道的，也看出来儿子紧张了，她手里拿着蒲扇不停地扇着，越来越快。老太太感到这将是个高温的夏天，她不明白，这又闷又热的空气，是怎么突然就来的呢？热得这么离谱，植物都给吹得猛劲儿生长，可千万别再倒春寒呀。

柳条村笼罩在傍晚的余晖中，闲暇的时间仿佛像柔软的拉面一样被抻长了。七点钟的时候，厨房里火光熹微，佟梅花已经忙忙碌碌了好一阵子，端出一盆猪肉炖粉条、一盆小鸡炖榛蘑，又转身去看大铁锅里的红焖鲤鱼，把鲜豆腐和宽粉也放进去。一股股热浪翻滚，佟梅花脸上不断滴着汗珠。二婶肇玉兰在旁边洗蘸酱菜，尽管叫了万荣好一阵，但是她连应声都没有。当佟梅花把最后一道渍菜粉也端上桌的时候，万荣还坐在炕上。老太太忍不住骂了一句：“死丫崽儿，懒蛋子。”

万荣却不以为意地说：“不是不干活，我这不是得陪我哥嘛，我哥好不容易回来一趟。”

二婶手里摆着碗筷戳破她：“就知道摆弄手机，拿起来就放不下，也不知道那玩意儿有啥好。”

佟梅花此刻正汗流浃背，她气咻咻地坐上炕，捡起小蒲扇呼呼扇起来：“兄妹俩没一个让我省心的。”

万生知道老太太还在为白天那一幕上火。他也是急躁了，原本应该选一个最合适的时机，或者和村干部先商量一下。然而在众人的注视下，他一股热血冲头，就把心中的打算说出来了。他当初做策划的时候，连农业局王局长都犹豫着，不知该不该支持，村里那些人咋会顺顺当当地支持呢？尤其是张百顺，种了三四十年苞米，从一亩三分地的自家院儿到每年承包几百亩的种植大户，人家在自留地上绝不会轻易转变种植品种。他这一步路走得太急，一个不小心就会摔进坑里，不怪母亲从下午开始就拿白眼横他。

横归横，儿子回来了饭还是要做的，这满桌子的菜快赶上过年了。猪肉、鸡肉都是现去买的，粉条是柳五娘家做的，筋道有嚼头，豆腐用的小磨坊现磨的豆子，满满的豆香味。开饭的时候万荣拦着大伙儿，说都别动，先拍张照片传微博，能吸粉。“吸什么粉，吸你的粉条子吧！”老太太站起来就想锤女儿，被二婶给挡了下来。

万生的二叔常年在外面打工，二婶帮着做完饭也留下来一起吃。二婶肇玉兰，在万家人眼里可不是普通人。建州女真的部落首领猛哥帖木儿，作为清朝的开山肇祖，被顺治帝追尊为“肇祖原皇帝”，所以这个“肇”姓在历史上可是皇族的象征。万生的二婶就是顶着姓氏光环嫁给了当时村里最富裕的老万家，一进家门就迫不及待宣称以后孩子得跟她的姓，那才煊赫。老实巴交的万生二叔也没反对，可万万没想到的是二婶的肚子更老实，一直没怀上“皇族”。而老万家只有万生这一个男孩，没能生养的二婶当他是自己儿子看待，让万生亲娘着实紧张了好多年，生怕她吵吵要给万生改姓。

虽然没有生育，但在这个家里，二婶说话是有分量的，就是在村里，也是一样。她做了二十年妇女干部，每次选举都被村民们选上来。肇玉兰的丈夫和这个村子里大多数男人一样，嫌在村里挣不了钱，背起行囊去了千里之外的南方，一年只回来一次，赶上春运紧张买不到票，也许就不回来了。没有男人的妇女们学会了抱团取暖，肇玉兰成了她们的中心。这主要因为她有两门绝活手艺，一是会剪窗花，一双手巧得很，几剪子就剪出个小人儿，还能剪福字。肇玉兰的另一门手艺更实用——编筐。尽管如今的农村，塑料筐、铁丝筐、带轱辘的手推车便宜又方便，但是老人们还是喜欢土篮子。进山采个野果，路边挖个野菜，挎着筐最顺手。肇玉兰会编筐，她在山上割回来一捆一捆的柳条，坐在院里一编一扎，一下午做出来一个柳条筐。猪腰子筐、元宝筐，她都会做。除了教女人们剪剪纸、编编筐，她还为村里的年轻人说媒，平日里走家串户地说和，成就了不知多少对，走到哪家都是哪家的媒人，能不受尊重吗。可说起来，肇玉兰有两个遗憾。一是索玉柱的婚事不是她说和的。索家家境殷实，当年有多少好姑娘踏破了肇玉兰家的门，上赶着求她帮着说媒。张百顺的小女儿雨薇等了他好几年，只等到索玉柱带着外地媳妇石丽回柳条村。虽然雨薇后来在县里工作安家，但当时那段苦恋现在还被人说道着。

其二，就是本家侄女万荣了。万荣长得水水灵灵的，自己平时也没少帮她张罗，这孩子怎么就贻误到跨过了三十大关呢？怪就怪柳五娘多嘴，说什么万荣丹凤眼容易招惹桃花，让村里说媳妇的父母们都有忌惮。而她又是那样一副和面相不符的火暴脾气，把想说亲的都吓跑了。

关心万荣的不止二婶一个。村支书刘伟国也专为这事而来。赶上万家吃饭，他倒也不客气地坐上桌，剥开椁椤叶饼子就嚼起来。

“听说万生回来了，我过来瞧瞧。叔虽然要卸任了，但是有什么能帮上忙的大侄子尽管和叔说。”刘伟国并不着急直奔主题。当然，他今晚的主题也不止一个。

二婶抢过话：“老刘，你别拿要退休当挡箭牌，我侄儿回来创业，你在村委，当一天和尚得撞一天钟，得支持。”

肇玉兰是两委班子成员，在村部也是骨干成员，她一发话，刘伟国忙点头附和，然后转问万生：“我听老李头说，你回来要弄什么来着？”

“百合，”万生回答，“是经济作物，食用、药用都行。”

“上头有文件吗？是县里的扶持项目，还是有补贴？”

听万生说都没有，刘伟国皱起了眉头。“那不好办呐。咱们这儿可从来没种过这玩意儿啊，有点悬吧？”刘伟国貌似轻描淡写的一句，让万生心里咯噔一声。如果村里不支持他，那该怎么办呢。他想起老李头听说他要发动村民种卷丹百合的时候，一双眼睛像被米糊糊黏住了般眯缝着……

“您放心吧，我都研究好了，咱们这块黑土地，土质好，很适合种百合。”万生保证道。

佟梅花的蒲扇忽地就伸到刘支书的眼皮下：“老刘，你可劝劝他，净整那没用的，卷帘子哪没有，山里到处都是，也没见谁挖它换钱。”

“你们不懂这个，卷丹百合是药材，古药书上写着润肺清肺，能治咳嗽。刘叔，我想借村委会大院给大伙儿办个培训班，讲讲如何种百合。”

刘伟国抿了一下嘴，把粘在下唇的椊椤叶饼子面渣抿进嘴里，这一粒渣子似乎很合他心意地被反复咀嚼了一番。

“那倒是行，院子你尽管用，不过这事儿啊……”刘伟国瞥了一眼万生，像是要在他的脸上找到下一句话的语气和语速，“得以你个人名义组织，村里不方便出面。”他一副慢条斯理的模样，再观望万生的反应。

万生点点头，脸上看不出任何不悦的情绪。

刘伟国这才吁一口气，赶紧进入他的另一个主题，毕竟那件事更重要。佟梅花还在琢磨万生的百合，听到刘伟国说有事要对她说，立刻正襟危坐起来。她仿佛知道他接下来要说什么，眼里有了热切的渴盼。

果不其然，刘支书接下来说的才是她最关心的。

“笸篓子村有个打工的小伙子，今年三十八，刚攒下钱来娶媳妇，我第一个就想到咱家荣荣了，看看啥时候安排他们见一面？”

佟梅花还没来得及开口，万荣已经抢在前头呛了起来：“都三十八了，还叫啥小伙子啊。”

一看万荣这态度，佟梅花那股埋在五脏六腑里多少年的阴火又像上了粪肥的庄稼一样疯长了起来，单薄可怜的血管就快支撑不住，谁也驱散不了这么一股子邪火。这丫头怎么就是不开窍呢！

“你别打岔，”佟梅花眼神凛冽起来，声音更透着狠劲儿，“也不看看你多大了。你个老姑娘还挑剔人家？老刘，你说的是笸篓子谁家？有几间房？”

“老姑娘”三个字戳到万荣的痛处，母亲的话令她怒不可遏，她的脾气也噌地涨上来：“又开始要卖闺女了是吧？好好谈价钱，别谈崩了！”

“你瞅你说的什么话！”佟梅花扔了蒲扇，气势汹汹地站起来。

万生从来对家里两个易燃易爆的女人毫无办法，这种时候也唯有二婶能出来打圆场，肇玉兰按住嫂子，用眼神警告了万荣，再微笑着感谢刘伟国，这样的场面她似乎习以为常了。

“荣荣这个岁数是有点困难，不过咱别灰心，有合适的就见，别嫌乎砢碜。”刘支书自然也不想久留，他又语重心长地叮嘱万荣：“荣荣啊，你自己上点心啊，刘叔先回去了。”

送走刘支书，佟梅花忍无可忍地爆发了。

“死丫崽子，想造反啊，这亲你必须去相，今年再嫁不出去，你让我老脸往哪搁！”

万荣翻了一个白眼，拿起炕上的手机，甩头走出门，佟梅花感到头晕目眩，一屁股坐在炕沿上。肇玉兰拾起她的蒲扇，给她扇着。

“妈，荣荣大了，自己有主意。”万生劝着母亲。

佟梅花努力平复自己的心情，她难以相信般地说：“都说儿大不由娘，那说的是儿，闺女哪能不听妈的话？”

“妈，我也有话跟你说。”万生硬着头皮说道。他知道运气坏到极点，这是一个最差的时机。可是谁能保证别的时机不会更差呢。

第二章　乡村五虎匠

如果日子流水似的过，按部就班，总会感觉缺点什么，过着过着，就开始厌倦，走向各种糟心。人在一起生活久了，也容易相看两厌，不想听对方说话，不想忍对方瞪眼，连喘个气都觉得烦闷。所以，柳条村有人常说：“过日子不如吃粉条子，粉条你可以吃上一辈子，绝对不带腻的。”

说这话的人是柳五娘。柳条村由四个自然屯组成，人口不过千人，却是远近村落里能人最多的。早些年，村里有很多手艺人，但是随着时间的流逝，村里的一些行业也渐渐消失了。木匠打的家具样式老，收入也不高，木匠干脆把家伙事儿收起来进城打工去了。瓦匠在城里挣得更多，也出去闯荡。留下来的匠人里，还能靠手艺支撑生意的已经不多了，最著名的是“五虎匠”，分别是胡铁匠、周酒匠、小油匠、皇家织匠和柳粉匠，柳粉匠就是柳五娘。

沥粉，没人不服柳五娘。沥粉的过程叫“水中取财”，那一根根绵长的粉，是顺顺利利的象征。柳五娘做的粉条滑软通透，口感筋道，最重要的是，她不放那些个工业添加剂，用的就是和柳家族谱一样老的制粉办法。当年柳掌柜接管了父亲的粉铺子，遇上灾年，手里只有一口大缸、一盘老磨，连拉磨的毛驴都是借邻居的，但是柳掌柜善经营，能琢磨，在他手上，硬是把粉条铺做起来了。可遗憾的是，家里没有男娃接管粉铺子，妻子生了第五个丫头之后，肚子就一路瘪了下去，再也没有动静了。柳掌柜无奈，在前面几个姑娘们都出嫁之后，给老丫头柳五娘招了个上门女婿，继承粉铺。招上门的男人姓杨，在儿子杨林山上小学的时候有一天晚上突然就失踪了。村里人都说他是跟柳五娘过不下去，找了小的。柳五娘不信，请了邻村的老萨满来做了一场法事，那时候的老萨满是现在去各地演出的那位高师傅的叔叔。不像侄女只表演跳鼓舞，老高的本事在早些年被传得神乎其神。做法事那天人山人海，好不热闹，老高晃荡了一番晕厥过去，醒来后就说人在南边。

人们一路往南，找了好几个村子，一无所获。有人猜，柳五娘的丈夫是不是去南方打工了？慢慢谣言变成了杨女婿是被某个去深圳打工的大姑娘拐走了，后来那姑娘家因为这个事在村里受不住闲言碎语，没多久便搬走了。佟梅花爱唠闲嗑，她和别人说柳五娘家肯定是对赘婿不好，人家不干了，一走了之。柳五娘知道后怒不可遏，因为这事和佟梅花吵了一架。那场架在村里相当著名，那是“嘴茬子”之争，两个女人飙着高音互相揭短，结果是佟梅花碾压式的胜利了。

那会儿万生还是个少年，目睹了母亲和柳姨的一场激烈骂战，下意识地抿紧了嘴唇，望向母亲的目光更加畏惧。佟梅花在家里是说一不二的，万生只当是父亲脾气好，事事谦让母亲，没想到，母亲在外也那么厉害，万生在那一刻像是重新认识了她。佟梅花一战成名，在万生心里却落下了阴影，从此更不敢在母亲面前多说话，他生怕说错了被母亲揪住理劈头盖脸说一顿。而柳五娘和佟梅花之间就结了怨，互相瞅对方不顺眼。

柳五娘吵架输了，桃色传闻就更甚了，直到杨林山上高中的时候才被辟了谣。那时候村里修路，把路边废弃的枯井都拆了，柳五娘丈夫已腐朽的骨头和衣物一起被打捞上来。这个消息还是万生的父亲万利成去柳家跑了一趟，告诉了柳五娘。一开始柳五娘不信，她早就接受了丈夫和别的女人私奔了这样的事实，怎么会死在枯井里。她以为万利成在戏弄她，嘲讽老万家没一个实在人。可是万利成态度诚恳、焦急，一点也不像撒谎，柳五娘打了一个哆嗦，浑浑噩噩跟着他去了。在见到那森森白骨的一刻，她反而坦然了，那骨头像是被酒精浸泡过，仿佛能闻到几年前那晚空气里的酒臭味。至于是谁和老杨喝了酒，还是他借酒消愁独自畅饮，真的无从查起了。过去了好几年，对柳五娘来说，有他没他，已经没什么区别。这些年，柳五娘叫了几个亲戚帮工，自己撑起了粉铺子，儿子才是她的希望。杨林山爱看书、写诗，柳五娘没有一点儿文化，跟不上儿子的思维，但是对儿子的才气她感到欣慰。杨林山考了两次大学都没考上，上了三年技校之后，“屈尊”回村里当了会计。柳五娘倒是乐意的，她有漏粉的生意，也不必在意那几亩薄田闲旷着，儿子在村委会工作也算有面子。

万生回来那天，最兴奋的就是杨林山，他逢人就说自己偶像回来了。他从小崇拜万生，羡慕人家能当“状元郎”。这次万生回来，他很高兴，甚至忘了母亲和万家有龃龉，围着正在工作的柳五娘说万生大哥是干大事的人，他回村一定能成就一番事业。

“就他那个闷蛋？你没看他话都说不利索，能有啥出息？我看人不会看错。我就纳闷了，佟梅花那么能说，她儿子怎么就是死读书的呢？”

结束了粉坊一天的工作，柳五娘把熏得暗黄的围裙解下来，刚放进盆里，盆子里的清水一瞬间就如墨水般黑浑。她抹了抹手，就去给杨林山做手拍粉，大院的工作台上，摆着几个大盆，里面是漏下来的粉条，正浸泡在凉水里。柳五娘熟练地把浸泡好的粉条捞出来装在碗里，葱花、韭菜末、蒜末、辣椒碎一拌，再搥一勺鸡蛋酱，递给杨林山。看儿子吃得津津有味，她在一旁絮叨起闲嗑：“那万生就考试能耐，真要有大本事，怎么一个状元郎还在县农业局窝着，早该进市里了。这次回来也不知道他要干啥，瞧他说的那话可不咋靠谱。穷乡僻壤的，种啥百合啊。”她和村里大多数人一样，对万生的建议根本没往心里去，甚至因为对佟梅花的厌恶，还很不屑一顾。

杨林山以前就不知道打哪儿看来的名堂，捅捅咕咕种了中药材，什么黄芪、当归，自己瞎种一通，落得地里是寸草未生。这个村里异想天开的人们做过各种各样的尝试，种过木瓜、提子、西兰花，都赔得啥也不剩，最要命的一回是邻县鼓励大面积种植蓝莓，他们也跟风，平原地里拔了玉米，挖了土豆，撅了大葱，一棵棵坚挺的果树苗植上，结果因为没有种植经验，那些嫩苗没到一个月就像被吸干了精血似的都蔫巴死了。

这年头，看别人都能挣到钱，于是看什么都像能挣钱，最后除了老祖宗的经验，是啥都不能信的。

不止柳五娘，佟梅花当然也是这么想的。那一辈的人谁不是靠着经验活下来的。所以，佟梅花在万生坦白之后，像一只被激怒的母狮子一般向儿子咆哮："啥？你把工作辞了？还要跟秋云离婚？你……你……日子不过了咋的！"

万生最怕母亲跟他河东狮吼，小时候，只要母亲吼他，他就畏惧得语无伦次，所以成年后他早早组建了自己的家庭，没大事尽量少回母亲家。如今他已经四十三岁了，母亲还像训小鸡仔一样训他。万生忍着心里的不快，语气平和地解释："妈，你别激动，你想岔了，我没辞工作，辞的是科研小组组长的职务，现在政策鼓励我们技术人员创新创业，我是暂时回家推广项目创业来了，单位是支持我的。还有秋云就是跟我闹点矛盾，暂时回娘家住了，我们没说要离婚。"

佟梅花恨不得在儿子身上猛锤几下，像他还是孩子时候那般狠狠教育一顿。儿子像他那个早死的爹一样窝囊，谁能想到一个有事时候半天也憋不出个屁的小子，居然还敢跟老婆分居？真是长能耐了！

万生怕母亲生气伤身，赶紧说："分开住这事不是我想的，是她提出来的，她气我把房子抵押贷款了，一时想不明白……"

没想到佟梅花更生气了："啥？你……说啥？你把你们在市里的房子抵押了？"

“哦，这不是啥大事，只是抵押，按时还款就行了。我创业需要启动资金，买种球、农机，还有租地、雇工都需要钱。”

佟梅花不懂他要干什么，只知道他现在离开了工作岗位，房子悬在空中，儿媳妇也悬了，而钱又实打实地没了。她拍着心口坐在炕上抱怨，抱怨的内容和往常一样，我是什么命，一个人拉扯大两个孩子，结果儿子姑娘都作我哟……无论是兄妹俩谁让她生气，她都得把含辛茹苦的养育史重新梳理一番，敲打他们要孝顺。

万生最怕她提这茬儿，他父亲又不是在他们小时候去世的，而是在他上大学的第二年因病走的。那时候他早已不用家里供养，甚至每个月都往家寄一些钱。但是佟梅花的夸张说辞又是不能纠正的，纠正就是抬杠，进而成了不孝和忘恩负义了。而且不管怎么说，母亲带着荣荣这些年总归是不容易。他拍着母亲的后背，不知如何安慰，更加心烦意乱。其实，在他跟上级打报告要回乡种百合的时候，王局长就跟他探讨过村民面对新鲜事物时可能的心理表现，王局长还劝他循序渐进，找对方法让他们接受。万生到底是大意了，以为好歹自己的亲娘好劝说，不用讲什么策略。说到底这个南墙是自己撞上去的，不，佟梅花是一座哭不倒的长城，她心里坚硬的砖块是长年累月垒起来的，根本不容易被撼动。

万荣比她哥更了解母亲的脾气，自知避开这堵墙绕道走才是上策，不然一口一个“为你好”，作为晚辈横竖都说不出理来。她出门时只带了一个手机，过日子可以没有男人，但不能没有手机，屏幕上那一个个小视频就是她心灵的寄居地。任何时候只要有了它们就有了全世界。哦，还得有 Wi-Fi。

万荣一边刷着小视频，一边向二婶家走去，等二婶回了家，就和她一起看直播乐呵乐呵，彻底隔离那些不必要的烦恼。这时屏幕显示有一个语音来电，微信名是“香香夫人”，头像是一个咖啡杯。关香香是万荣的发小，虽然已经嫁到省城去了，却一直和她保持联系，也是她唯一的倾诉对象。

“你干啥呢……”软糯的声音传来。

“我有心事了……”

村外峰壑静谧，夜幕让村里的青瓦粉墙都隐匿了色彩，萤虫小咬燥热不安地叫着飞着，去窥探一户户没有入睡的人家，谁也不知道那些恼人的虫语里传递着什么小秘密。它们也许会飞出金马山，去另外的六座大山寻找听众，银马山、东鹤山、西鹤山……也许七星山的眼探都是相连的，它们把各家的故事讲给山里的其他动物听，讲给伊水河听，编成悠悠哼哼的歌，弯弯曲曲绕过一座座山坡。

关香香和万荣通话的第二天一早，悄无声息地开车出发了。老公还没起床，昨夜里他又出去应酬，现在睡得像一块磐石，她都懒得搭理他。她得赶紧去一趟柳条村。

算起来举家搬到城里后，也有五六年没有回老家了，她生在东鹤山下的村子里，和万荣兄妹上的是同一所小学、初中，时间过得飞快，那时候一起在泥里、雪里玩耍的小伙伴，早都各自成家，唯独万荣还是单身，这也是关香香的心病。昨夜听说万荣又拒绝了一次相亲，心情不好，关香香本来想调侃两句，没等说出口，万荣又告诉她哥哥回家了，要种百合。关香香在网上查了一宿百合。

高速两边群山环绕，苍翠欲滴，关香香把油门踩到110迈，模糊的绿景在耳边倏倏而过。远远地，前方路边出现一个人影，伸手试图拦她的车，关香香完全来不及思考，疾驰而过的黑色速腾轿车箭一般冲向远方。等她反应过来，已经开出去一段距离，关香香并不在意，反正她也不爱管闲事。

路边，刚才伸手的矮个儿青年叹了一口气，继续伸手拦车，却没有车辆为他停留。“我怎么走这儿来了，伊城县到底还有多远？”他嘀咕着跺了跺脚，明显长出两寸的裤脚又蹭了一层灰，那里磨得开了一圈儿线，像漆黑的鲫鱼翻着白肚皮。

一辆奔驰轿车驶过来，依然没有为他停留。青年忍不住骂了一声，不是骂车，而是骂自己蠢。

“怎么有人在路边拦车？”坐在奔驰车后排的女人问司机。

“杨总，这人不一定是干什么的呢，不然好端端的怎么一个人走高速上来了。”司机回答。

“没准咱们一停，他就倒地不起来了，农村碰瓷儿的个个都是戏精。”坐在副驾驶的年轻助理说。

被称为杨总的女老板正在看平板电脑，司机车开得平稳，她趁机在车上处理一下工作，被这样一个插曲打断思路，不由得抬头向后看了一眼，透过后窗玻璃，她看到一个矮小的身影，不禁拧了一下眉毛，回过头敲敲前座：“师傅说得对，小心点好。但是你们以后说话得注意，谁家不是农村出来的？咱们发展的重心就在农村，你们要是嘴上没把门的，到村里走的时候可容易得罪老百姓。”

年轻助理轻咬了下嘴唇，赶紧道歉，她差点忘了杨总的老父老母也是农民，刚才不自觉就表现出了一丝身份上的优越感。她跟着杨总也两年了，还是摸不透自家老板的脾气，但一些低级错误千万不能再犯，老板的雷区哪是她可以测探的。

“师傅，靠边停下车。”老板又发话了。

“杨总，这是高速公路，没有紧急事最好别下车。”

“让你停你就停，停应急车道上，就一会儿。”

见老板的语气不容置疑，司机只好靠边停了。年轻助理陪着老板走下车，顺便向来时的方向看了一眼，才几句话的工夫，刚才那个试图拦车的人影已经被甩得只剩一个模糊的黑点了。助理有些不解地问：“杨总，您想让那人搭车啊？车都开出这么远了。”

“我可没那个意思，”杨总摇摇头，看也不看身后，而是指着一片农田后的山峦问，“这片山风景不错，这是什么地方？”

原来老板要赏景。小助理松了一口气，赶紧背书似的介绍这里是伊城县境内，看那边的山，七星山，说是长白山的尾巴。

“清朝时候就是在这儿修筑过柳条边墙，把地圈起来了，你知道为啥吗？”

小助理摇头，历史是她的软肋。

“这可是龙兴之地啊，当然得保护起来。小李，你再看，还有什么特别的地方？”

小助理挠挠头，不知道老板指的什么，她看了眼远处浓郁的绿色和近处的耕地：“看，多好的黑土地啊！农民都种上苞米了。”

只见老板扑哧笑了出来：“哎呀，丫头，你可太逗了，人家种苞米和你有啥关系？咱们是文化产业，又不是搞农业的。看见山脚下那一片红瓦房了吗，你拿单反相机拍几张远景，主题是远山村落，咱们回去放网站上。”

原来是拍照啊，小助手一撇嘴，老板最近要做乡村文旅项目，这会儿带着她出来调研，走到哪儿拍到哪，她哪里敢有意见，赶紧去车里取相机。这时不远处传来警笛声，司机撇嘴，这下罚单可是跑不掉了，被抓了个正着。老板是不差钱，但是驾驶员要扣分呀。

两名高速交警下了车，检查司机的驾照，处置违停的事。这个间歇，杨总看到警车后座上坐着一个虎愣愣的小伙子，看那破破烂烂的衣服，可不就是刚才半路拦车的那位。

“警察同志，那小子怎么回事？我们刚才从他身边路过，他还要拦我们车呢。”她饶有兴趣地打量着警车里的人，隔着半开的车窗，车里的年轻人显然有些局促不安。

年纪大点的交警冷漠地打量着这个背着名牌包的女老板，厚厚的粉底之下，也猜不出年龄，穿着布料精致的职业套装，露出两条细白大腿，就像生怕别人看不出她身材苗条。打量过后，问道：“你是干什么的，车为什么停这儿？”

“我们是文创公司的，刚才在这儿取景，实在抱歉，以后我们注意交通规则，下不为例。”女老板递上一张名片，上面写着“流年文化创意公司执行董事、总经理，杨月”。

老交警看了看名片，点点头，又指着车里的人问：“你们给他停车了吗？和他有接触吗？”

“没有，看见他这样的人拦车，我们哪里敢停车。幸亏您二位把他抓住了，果然是碰瓷的吧？”助理抢着说。

“你都没跟人接触咋就知道是碰瓷的？啥叫他这样的人？”老交警指着车里一脸茫然的年轻人说：“这虎小子就是想搭个顺风车，我们已经批评过了，现在是顺便捎他一段。女生注意安全是对的，但别把人都想得太坏，再碰上这种事直接打电话报警。”

教育完小助理，老交警又转过头特别对杨月叮嘱了一句：“以后高速上别瞎停车，多危险啊，这么大经理，这点道理能懂吧？”

等杨月的车开走以后，警车也缓缓启动。

“师父，那伙儿人是要去哪儿的？”小交警好奇地问。

“关你屁事，先给后面那孩子送到县里去，还得接着巡逻呢。”

小交警瞅瞅后面一声不吭的那位，撇撇嘴说：“送这位爷走嘞。”结果又被师父一顿呵斥。

“孩子，你要找媳妇儿，我给你送派出所去打听一下。你自己都不知道人是哪个村的，就这么瞎找，上哪儿能找到啊。”老交警点燃一根烟，开着车窗也弄得满车都是烟味。

“咳咳。”年轻人咳嗽几声，断断续续说：“我……我只知道她是伊城县的。”

年轻人的身份证，老交警早看过了，叫孙有命，这名字挺有意思，这孩子跟他说的故事也有意思。但是他吐着烟圈，并不想多管闲事，找媳妇不在他的管辖范围，他要尽的职就是保证人在高速上别出事。这些年，见惯了那些个不听劝、不守规的，也深知，有钱的没钱的，上了这高速，命就都一样了。

“有命呐，你再有命也不能闯高速，知道不？有几条命也不够啊。”

“老大姐，万生到底回村干啥来了，你老实跟我们说说。”

“我听说他要种百合，那是啥东西，我咋没听过。”

几个老姐妹围着佟梅花叽叽喳喳地说着话，佟梅花自己都快插不上嘴了。她也不知道该咋说，因为她和大伙儿一样摸不着头脑。万生那孩子，从小就让她省心，学习自己学，工作自己安排，找对象不用催，还让她顺顺当当地抱了孙子，仿佛所有别的父母要紧盯的事，她的儿子一件都没让她操心，让她把精力都用在了女儿身上。可是这一回万生让她犯愁上了。好好的工作，说停职就停了，和媳妇还闹了矛盾，这是嫌日子过得太顺吗，怎么儿子也开始让她不省心了呢？

佟梅花担心起来，她和老姐妹们说，万生想发动大伙儿种百合，也不知道要怎么种，能挣多少钱。她们姐妹团中会上网的就拿出手机搜索了一下，说百合是一种花，白色的，结婚时候常用。

“谁家结婚用白花？”佟梅花纳闷。

“这你就不知道了，现在小年轻就喜欢西式的，连结婚都不是大圆桌酒席那样的了，我外甥在城里办的是草坪婚礼，那桌子、凳子还有花都是白色的。”

看着手机里白色的花，佟梅花摇摇头说，不是这样的，万生说的是卷帘子。

“卷帘子不是红的吗，怎么叫百合呢？”

“卷帘子山里就有，还用种吗？”

老姐妹七嘴八舌的谈论让佟梅花心烦起来，回想起今天还有活没干，也不和人唠闲嗑了，打了个招呼就离开了小群体。

佟梅花回到自家园子，一进去就感到了不对劲儿。她家后院有一亩地用来种菜，平时都是佟梅花自己在侍弄。今天她想把早豆角种上，可是地里感觉被人动过，有明显的翻土痕迹，她预留的两垄地都被人占上了。这是谁干的？是万荣那丫头搞破坏？不对，她昨天半夜里回来，这时候还没起床呢。

那就是浑小子了。万生一大早就说上地里，准是他。可他这是种的啥呢。佟梅花伸手扒拉着土，抓出一把白花花的百合种球，一瓣一瓣，跟大蒜似的。这就是百合种球？就是为了这玩意儿，他抵押了房子？

肇玉兰到嫂子家门口的时候，正和大步向外疾行的佟梅花走个碰头。她见嫂子脸色不好，似乎怒气冲天的，问道："你这着急忙慌要上哪去？怎么的，板凳底下着火，烧着屁股啦？"

"上地里，找万生。"

"干啥呀？"

佟梅花大脚开步，边走边说："削他！欠削的玩意儿。"

佟梅花在自家那片农田找到了万生的身影。这片田有四亩地，平时雇人种着苞米、土豆和大葱。远远地，看见万生埋头在田间弄着土地，那一撮撮的黑土熟稔地在他手里把玩着，不知他在倒腾个啥。想起后院的地，佟梅花心头有了不好的预感。她想的一点儿没错，只是低估了万生的"破坏能力"。

"妈，你咋过来了？我还想回去跟你说呢，我跟你要几垄地，你看这是我的劳动成果，这两条垄我都种上了。"

"哎呀，你咋把我大葱都薅啦！"望着万生得意的脸和他的"劳动成果"，佟梅花心都在抽搐，原本成行的大葱垄此刻光秃秃一片，万生手里还攥着一把白花花的百合种球。

万生对母亲的反应不以为意："妈，家里种那么多大葱也吃不了。我刚才看了，咱家地里土质不错。过些日子把苞米都收了，种百合正好。不怕事儿难，就怕手懒，老话说得真一点儿不错，这么会儿工夫，你看我干的！"

"你还要占苞米地？"佟梅花紧紧攥着左胸的位置，仿佛那里随时会碎裂一般。

“当然不止这点儿地，这点儿够干啥的，我先打个样，回头再租地、雇人，建立种植基地，种上它一千亩。”

佟梅花只觉眼前一黑，儿子这是着魔了吗。跟过来的肇玉兰见嫂子这模样生怕她动气又伤身，忙上前安慰着：“嫂子你别急，大葱我家有的是，你要吃，上我地里随便薅。”又转向万生：“我说大侄儿啊，不是二婶说你，这百合是专给女人吃的玩意儿，你个大男人非得种它干啥啊？”

“二婶，你咋说是专给女人吃的呢？”

“嗨，这话我都不好意思说，你忘了二婶姓啥啦？”随着二婶提到她的姓氏，那自然是有关她身份的话题。万生没明白，百合跟她那煊赫的家族有什么联系。二婶外号“皇家织匠”，不是织布的织，而是编织的织，她有一门能织会编的好手艺。过去他家里用的土筐、土篮、笸箩、簸箕，还有给万荣准备陪嫁的衣箱，都是肇玉兰用柳条编出来的。然而，普通的织匠不足以树立她在村里的威望，胡铁匠、柳五娘，也都是老一辈儿的能人。肇玉兰厉害就厉害在她的姓上，和清朝皇族沾亲带故，所以村里人提到二婶都高看一眼，甭管她血统正不正宗，也甭管家谱跟皇族是否沾边，有了皇姓就了不得。

“听人说，咱家老祖宗慈禧太后就吃百合，到老的时候皮肤都是白白嫩嫩的，脸上一点儿褶没有。那百合莲子汤、百合茶，不都是女人美容养颜的嘛。”说着说着，二婶拍拍自己满是皱纹的脸，有些惆怅。

万生实在不好意思告诉她，叶赫那拉氏算不得她的老祖宗，甚至从历史兴衰角度可以说是她的家仇敌人。可是他不能跟历史较劲儿，更不能跟二婶较劲儿，眼下，她是他最该团结的伙伴，在家里，可以和佟梅花分庭抗礼的也只有“皇家织匠”肇玉兰了。

于是万生就顺着肇玉兰的话往下说，要多种点美容的好东西，天天给二婶吃，让二婶皮肤比太后还嫩、还白，等二叔年底回来，保准给他个惊喜。

二婶脸一羞，嘴上说着："都这么大岁数了，还啥惊喜。"眼里却多了那么点儿期待，看向地里的表情也饶有兴趣。旁边佟梅花还在义正词严地表态："不行，坚决不行，咱家自留地得种苞米呢！"肇玉兰已经有了别的念想，刚才万生的话让她心里一动。老头子年初出去打工的时候，跟她说过这么句话："我回来给你买点儿高档的雪花膏，咱别总造得灰头土脸的，以后出门开个会啥的要精精神神的。"

老万家两个兄弟，一个已经走了，还有一个年年在外地的酒厂干活，留下肇玉兰和佟梅花两个女人在柳条村，不说相依为命，也是常相往来。两个女人年龄上差了5岁，佟梅花不在意保养，头发已经稀疏露顶，脸上也沟沟壑壑。肇玉兰则不同，常在村里走动，好面子，平时也跟着万荣涂个防晒霜啊、乳霜什么的，看上去显得年轻多了。但怎么保养也架不住岁月的摧残。最近几年，她是越看自己越觉得衰老，眼看就步入农村小老太太的行列，难免生出了几分不甘心。尤其是那个柳五娘，自己穿得花枝招展的就算了，还老和别人议论她穿衣服土，显老。她怎么就土了，那一身深蓝色的西服，还是请了最好的裁缝做的，干练、精神，符合她的气质。有意无意地，肇玉兰就想和柳五娘较个劲儿。面子问题，慢慢变成她日常生活的一个重大板块，但凡能让自己变好看的事，她都愿意尝试尝试。

在柳条村的东口，胡铁匠的铺子是几十年的老地标了，过去铁匠铺是泥土房，塌过一次之后，就换了砖墙，胡铁匠自己修整了一块厚铁皮做屋檐。被火熏得漆黑的小屋子前摆着各种打制好的器具部件，刀、耙子、锄头，两扇木门中的一扇上贴着民间木版年画，是一幅红脸的门神图，上面一笔一画写着"尉迟敬德将军"。尉迟大将军早年也是打铁出身，铁匠铺将这幅画像贴在门口倒是正好。

关香香的轿车在铁匠铺门口停下的时候，胡铁匠夫妻俩一个正在抡锤，另一个手里握着把铁锹，观察着红砖围砌的铁炉里火候，等待着拉风箱的契机。那清脆的锤声“铛铛”不绝，像唱歌一样带着天然的韵脚。

关香香下车叫了一声“胡师傅”，倒是给胡铁匠吓了一跳，他定睛去看关香香，平日里就耷拉得厉害的眼皮此时眯成一条缝。他在这村口守着铺子，来来往往，经过各式各样的人，他大半是有印象的，眼前的闺女烫了一头长卷发，穿着米色连衣裙，外搭着精致的小外套，洋气得很。他想不起来认识这样一个姑娘,她看起来不像生活在农村的，也许是哪家从城里回来探亲的小媳妇吧，听人介绍来他的铺子看看。

“闺女，想买啥？”

“胡师傅，我是东鹤的关香香啊，您记得我不，我家以前用的农具都是你打的，我小时候来你这儿玩过，手上差点被你那炉子烫出疤来。”

胡铁匠这才恍然大悟，拖着一只有点跛的脚慢悠悠走出来 :“香香啊，记得，记得，听说你在省城，咋回来啦？”

“来找我发小，万荣家咋走？好多年没回来了，变化真大，愣是找不着道，亏得您这铁匠铺一直在，还是老样儿。”

胡铁匠这就有些骄傲和自豪了，这个村每隔几年就会大变样，好多老房子没了，又建出新的来。儿时记忆里的泥土房，搭在地上的泥烟囱，几乎都消失了，就是他这铁匠铺也翻过新，但是人还在，炉还烧。

“那是啊,我还想打造个百年铁匠铺呢。万荣家你往下走,过三趟街，一排柳树那儿拐个弯，看见绿色大铁门就是了。”

关香香道了谢，顺手拿起一把菜刀掂量了起来，那把刀有点沉，握在手里很有分量。香香问这菜刀多少钱。

胡铁匠答 :“五十块一把。”

关香香不信服地瞅瞅菜刀 :“这刀咋这么贵呢？我在网上二十就能买把刀。您这刀刃好像还有点厚呢。”

“那不一样，我这是纯手工的，钢口好，经久耐用。刀在磨，磨几下就锋利了。”

又不是品牌，这价钱怎么想都不合适啊。关香香摇摇头，转身准备要走，还没迈开步，心里琢磨了片刻，又回来掏出五十块钱递过去。“来都来了，咋也得买把胡叔的刀。”

胡铁匠给她选了一把好的，说：“你回去试试，肯定好使，不好使回来找我。”

香香应着，回到车里。

胡铁匠和老伴儿望着远去的汽车，都有一些伤感。最近这些年，买刀的越来越少了，小年轻都爱买现成的不锈钢刀具，不经用，用坏了宁肯换个新的。

胡铁匠的老伴儿头发已经全白了，相比头上光秃秃的铁匠，反倒显得老。她劝着老头：“香香这孩子心眼儿是挺好，要我说啊，你就别打菜刀，又卖不出去。打点锄头、铁锹就够了。”

胡铁匠呸了老婆一口：“你懂个屁，那机器做的，能赶上我的吗？这是三十年的老手艺，我还能再打三十年！”

老太太叹气道：“三十年以后啊，谁还记得这铁匠铺，咱家小子成天坐那儿，就知道搞什么直播的，他能继承你这手艺吗？”

胡铁匠叹了口气，蹲在地上吧嗒吧嗒抽起旱烟。他的儿子，和村里那几个小混混一起，成天捅咕手机，还把家里原来的苞米仓给腾出来，墙壁贴上花花绿绿的海绵块子，弄成什么录音棚。他老了，已经过了能拿着铁锹满院追着儿子跑的岁数，再加上有一回不小心砸了脚之后，走路就有点不利索，哪还能撵上二十岁的大小伙子呢？也就由着他瞎搞吧，胡铁匠放弃了管教。

从胡铁匠那里离开，关香香依照指引开车去了万荣家。一路走来，环境整洁，房屋建设井然有序，河沟水流畅通，再也不见垃圾漂浮，她不禁感叹柳条村变化真大。通往万荣家的小胡同她曾经来过很多回了，后来万荣去打工，她有好几年没回来，现在差点不认得了。还记得中学时候，万家的门比现在矮，也不是整块的铁板，而是一根一根镂空的铁栅栏，从外面一看，能把院子里的场景全收入眼底，还能看见院子里有只大黄狗龇着歪斜的獠牙，冲她呼噜噜地叫。

想起万荣家那只大黄狗，关香香真是心有余悸，第一次来她家玩，就被它两只锋利的爪子搭在双肩上，那参差不齐的尖牙里流露出血腥的味道，吓得她魂儿都丢了。有那么一瞬间，关香香以为自己就要被吃了,嘴里除了尖声喊着“妈呀”,什么都忘了。万荣一巴掌拍走大黄狗，手指转着胸前的麻花辫子，笑她胆子小。

关香香把车停在院门口过道上的简易停车位里，以前这条胡同狭窄得很，如今居然连停车位都有了，早上还停着万生的捷达和邻居的农机。万荣出来给了她一个拥抱,大喊着你可想死我了,把她迎进了屋。万家院里也早已不是从前的模样，房子全部翻新过，里屋原来那扇破旧的木门没有了，大黄狗也已不在，只有炕沿上坑坑洼洼的麻点仿佛还带有一丝童年记忆的温度。关香香努力把自己从回忆的抓挠中挣脱出来，问万荣咋就她自己在家。

“我妈去地里收拾我哥了。”万荣答道。

“为啥要收拾万生哥？”关香香有些惊讶。

万生这个名字，像是晚宴上盛装着香槟的高脚杯，她俩谈话的时候走到哪里就带到哪里。万荣喜欢谈论她哥哥，香香喜欢听她讲她哥哥的事儿。她们俩当初可能正是因此才成了好朋友。

关香香和万荣许久不见，一进门来，还没等坐热乎，就听她唠起她哥不知道抽啥风，突然就要种什么百合。其实关香香这次来也好奇这个事，万生为什么种百合花呢？东北适合耐寒、花期长的花卉，这样浅显的道理，万生在农业局工作不会不知道呀。

对关香香的疑惑，万荣挑了挑眉，那是她惯有的八卦表情。“你大老远跑回来，咋一进门先惦记我哥？又看上我哥了？”

“呸，狗嘴里吐狗牙。”

“不图三分利，谁起大五更？这是我二婶说的。我就是吐槽一下在家里待不下去了，你刚撂下我电话第二天就跑来了，不是看上我哥了，难不成是看上我了？”

关香香扑哧笑了：“你个鬼荣子，还真让你说中了，我就是看上你了。”

第三章　闺蜜的邀请

“关香香她妈水拉巴叉，洗脚的水烀地瓜，被窝里吃被窝里拉，被窝里放屁蹦爆米花。”儿时，孩子们总在顺口溜里互相调侃。万荣和关香香对唱的时候，关香香发现她吃了亏，因为她名字里是三个字，叫起来顺嘴，而万荣只有两个字，怎么叫都不顺口。于是她就给万荣起了个外号，叫“大傻荣”，这样就顺口了，然后惹得万荣追着她打，叫她“大傻香”。

两个扎着小辫的女孩在院子里哈哈大笑，一遍遍冲对方大声念着骂娘的歌谣，佟梅花听着生气却不能跟小孩发火，于是就让放暑假在家的万生出来教育她俩。万生比她们大十岁有余，那会儿正在努力复习功课考大学，哪有心思管女孩儿们，只敷衍着让她们上街里玩去。

那时的万生是个面若桃花的少年，一脸书卷气，像古代话本里的白面书生。关香香对万生有着天然的好感，她家里没有男孩，自然而然地就把万荣的哥哥当作自己的哥哥。毫不忌讳地学着万荣撒娇或者耍赖，等着万生赔上笑脸安慰她们，少年一副无可奈何的表情让关香香更想逗他。

那都是很遥远的事了，遥远得恍如隔世，仿佛回忆的屋子里全是黑色与白色的暗影，儿时幼稚的行为像是被蜜蜂蜇了的梦境，刺痛着，无法修复颜色。在经历了生活的磨砺后,关香香逐渐淡忘了过去的自己，只有看见万荣的时候，才能记起一点点往昔纯真的模样。

万荣永远是她记忆里的“大傻荣”，做事风风火火的，没啥心眼儿，更不会钩心斗角，相处起来自在舒坦。昨晚和万荣聊天，听说万生要创业，关香香心里一热，也坚定了某个想法。所以她这次来，不是单纯安慰一下心情不好的闺蜜，那还不至于让她一大早上开着车跑这么远，路上还遇到拦车的。她是为了“人”而来，所以才说“就是看上你了”。

万荣却以为她在开玩笑，不正经地说：“那我只能以身相许喽？”

关香香搂着她肩膀：“那我可不客气了，你现在干什么工作呢？”

这问题让万荣面露羞赧之色，她哪有什么工作，都是干点闲活。有时候帮佟梅花种苞米，有时候跟着二婶儿编筐卖点钱，偶尔在村委会帮帮忙。要说头衔，她也有一个，村组妇女小组长，一个她能想到的最小的“官”。

“我以为你当过最小的官是一道杠的小队长。”关香香笑道。

万荣却是笑不出来了。从小到大，她就喜欢管事，喜欢张罗，嗓门又大，老师们总给她个小官当，不是生活委员，就是组织委员，学校组织活动一准跑不了她，班长和团支书却从来没选过她。就说现在，妇女主任好歹是个职务，而她算啥？

“在村里有啥意思，你跟我走吧，我想在大学城里开个咖啡馆，缺个管理人员，你去帮帮我呗？”

没想到关香香真是看中她人了，面对好友的邀请，万荣却是叹气答复：“我可不行，一没学历，二没本事的，再说我在城里待得也不痛快，不想再去了。”

万荣虽说对现在的自己不甘心，自知之明还是有的，她不爱学习，不像香香至少还去了城里的技校，她中学毕业以后就跟着佟梅花在家种地。20多岁的时候，万荣进城打工，后来也随同乡去过南方。打工那些年，她辗转了几家工厂，一天坐在同一个位置上十个小时，头和屁股都沉甸甸的，只有手还在流水线上机械地操作。枯燥的生活没留下什么有意义的回忆，顶多是灰陶陶的制服，一顶没有颜色的帽子，以及简陋的工厂大门。她忍受不了打工生活，回家的时候，还被人笑话“80后”

吃不了苦。“干不成大事”是佟梅花给她的评价。

关香香一听万荣的说辞，马上摇头表示在她心里万荣可不是这样的。认识这么多年，万荣张罗的本事她最清楚了。自从做生意被人坑过之后，她就希望找自己人一起做事。关香香向万荣介绍她在大学校园的餐饮项目中标了，现在正紧锣密鼓筹备咖啡馆，希望万荣过去帮她，她缺一个知根知底的人帮她管事。

万荣听着关香香说她的生意，人家的见识和人家的经历，自己哪里比得了，言谈之间，万荣感到和发小的距离仿佛更远了，像柳条村到张家洼子村那么远。万荣问香香哪里有钱开咖啡馆，关香香也实话实说：“我老公赞助的，他不有家药材公司嘛，效益不错。”

香香的老公，万荣在婚礼上见过。和万生年纪相仿，但是头发像除草不均匀的草坪，中间稀疏，两边浓密。也正是因为这缘故，新郎虽然个子很高，看着却要老成许多。香香的家境本来和万荣家没什么差别，自从嫁人后，就搬去省城了，现在又像春天里的歌鸲鸟，花枝招展地开着轿车回来。万荣想着人与人的差距，就在几年之间，脱口而出：“真是长得好不如嫁得好啊。”

“瞧你酸的，你长得比谁好啊？”关香香狠狠地怼了回去。

“我又不是老板太太，我是一条咸鱼，我还想再苟一苟。”

“什么狗？你骂自己是狗？”

“你不知道苟是什么意思？你 out 了啊。”万荣哈哈大笑，终于有一样东西超过香香了，她解释道：“不是猫狗的狗，苟且偷生的苟，你看看小说，这是小说里流行语，我微信发给你。”

关香香看了下万荣的分享链接，都是一些时下很火的网络小说，书名很直白，《我靠咸鱼苟到了大结局》《女配终于苟赢了》《苟着苟着就暴富了》，她大概明白了什么意思。

“万荣，你多大了，还做梦天上掉馅饼呢，你是不是觉得我干买卖一点儿都不辛苦，你觉得谁能苟着把日子过好？”关香香说这话的时候，笑容很淡，脸上看不出冷暖，一开始陪着丈夫创业时的艰难日子，她不想和人说太多，对发小也讳莫如深。买卖人的辛酸，多少有些事是没法拿到明面上说的，吃的苦，只能自己咽进肚子里，留给别人的永远是光鲜亮丽的一面。

关香香觉得万荣不是意志消沉的人，和她唠了一会儿，劝她少沉迷于虚幻的世界，多为将来考虑。下午的时候关香香回自己村子去看望亲戚，这让万荣感到遗憾，是替香香遗憾，她还没和哥哥见一面呢。在万荣眼里，香香小时候那么崇拜哥哥，现在应该多少还有点那意思吧。青梅竹马小说没少看，万荣对少女暗恋邻家大哥哥的故事自诩是门清儿。她觉得香香对他哥是有过心思的，香香不说，她却看得出来，这像是她俩之间共同的小秘密。有了这个小秘密的牵绊，她就不至于与闺蜜越走越远，她们会永远亲密下去。

万荣突然有点怀旧，翻箱倒柜找出以前的日记本。黑色皮革笔记本的封面已经掉色，里面的钢笔字也淡淡的。扉页写着：“如果时光已经不停留，那么牵挂可以如同印在日记本上的文字一样不褪色吗？”

万荣读的书不多，也没有什么文笔，日记都是应老师布置写的，里面除了流水账，就是一些摘抄的句子，有中学时代彩色信笺上印的伤感文字，有流行歌曲的歌词，也有偶像剧的旁白。上学的时候，女生们就喜欢这种带着文艺气息的句子，万荣抄录在本子上，练就了一手好看的字。

青春的回忆像是魔法，让人沉迷，让人感动，就仿佛是得到了爱情的真谛，而且是美好的纯真的爱情。

可是在三十二年的人生里，为什么遇不到想象中美好的爱情呢？万荣感慨，她从来只有烂桃花。她把日记本塞回去，想去地里找她哥，结果刚出门没多远就遇到了她的烂桃花，还是最烂的一个。

“小荣啊，等等九哥。”

万荣仿佛看到一块狗皮膏药向她跑来。傅老九是村里的“准低保户”，但这个称谓要加一个括号——自封。老九名字里不带九，也不是家里第九个孩子，他本名傅勇，父母还在世的时候他是“大勇”，等到双亲一过世,没人再照顾他的时候,他就给自己起个新绰号叫“傅老九”。他说，按照高低贵贱的等级，三教九流，他在村里算是最穷最末的那第九流，逢年过节政府给困难群众送温暖应该有他一份，可是村里从来不给他上报困难户，哪怕他威胁村委会要去上访、告状，也没人理他。有一次市里民政部门到村里帮扶孤寡老人，他也去凑热闹，被老李头给骂了：“你有手有脚的，要这份钱，真不嫌砢碜！”

傅老九是村里著名的光棍，连热心的肇玉兰都不愿意给他介绍对象。因为他才四十几岁，还没有任何疾病，却不肯工作，也不种庄稼，家里有几亩薄地，都荒着。以前靠老父老母养着他，后来父母都过世了，他一个人住在破旧不堪的老宅里，等待有朝一日旧房改造，政府直接把他的房子换新。他的兄嫂都在外面打工，偶尔给他寄回来一点儿钱，他就靠着这接济凑合着度日。从去年开始，傅勇倒是有了点儿额外的收入。胡铁匠的儿子，外号“葫芦头”，是个二十出头的小伙子，没事总拿着手机拍他，并且跟他说，“老九”这个名字好，拍短视频就得用艺名。老九配合葫芦头摆出各种造型录视频，有时候还念台词，像演戏似的。最初几次老九觉得好玩，就免费让他录，次数多了，老九开始不耐烦，不肯再按剧本说一些“疙瘩话”，葫芦头无奈只得给他一些小钱，一次五块，够他买两个面包和一根香肠了。葫芦头跟老九说，这是直播产业，只要老九能让观众喜欢，有人打赏，他就经常找老九录像。录得好的视频，点赞人多了，就给他买酒。

傅老九嗜酒如命，可以不吃一顿饭，但绝不能失去一顿酒，为了酒钱他也就不管葫芦头让他拍什么，有时候穿得破破烂烂地躺在地上打滚装傻子，有时候站在房顶上学《乡村爱情》里的赵四跳舞，越是不可思议的视频，葫芦头越高兴，出手也越大方。自从有了这点儿收入，老九最近又多了一项嗜好，就是跟在万荣背后献殷勤。

“小荣，关香香找你干啥？你是不是要进城啊？”跑到万荣面前，傅老九还气喘吁吁的，唾沫星子快喷到万荣脸上了。万荣厌恶地往后退了好几步，横了一句：“关你啥事。”正眼都不瞅他一眼就绕开走了。她知道傅老九是什么心思，他双亲还健在的时候曾经也有过一个老婆，没过一年就跑了。这会儿又穷，说不上媳妇，就打起她的歪主意，不过是看她岁数大了，觉得不好嫁了，就以为她会屈就。“呸！癞蛤蟆想吃天鹅肉。”万荣打心眼里烦他，看见老九又像一口黏痰一样贴上来，就泛起阵阵恶心。

老九却是不死心的，万荣的白眼在他看来是欲拒还迎的勾引。“哥这不关心你嘛，你别走哇，你进了城还回来不？”

癞蛤蟆糊脚面子，不咬人膈应人。吃个苍蝇或者蟑螂，也不过如此。万荣心里鄙夷的同时加快了脚步，正好看见前面杨林山坐在墙前，专心致志地用刷子画画。万荣赶紧向着他走去，希望甩开老九。

杨林山不知道美术界会不会欣赏他的农民画。他起初也没想到自己有画画的天赋，他喜欢的是写诗，他想当个诗人。去年开始村里给他安排了在墙上画宣传画的工作。反正也没人会这手艺，他就硬着头皮接下了这样一个活。村里有个农家书屋，里面有本农民画册子，他拿过来仔细研究着，那些具有浓浓乡土气息的画，色彩艳丽夸张，内容多是乡村生活，他按照人家那个风格，有模有样地学了起来。别说，像是被点亮了天赋似的，杨林山写诗写得不怎么样，画画却一点就通，自学成才。于是柳条村的墙上，正被各种各样的彩画粉饰一新，有勤奋努力主题的，有家庭和睦主题的，有孝顺父母主题的，杨林山用一把刷子，一点一点蘸着油漆涂抹在凹凸不平的砖面上。

“林山！”万荣人还没走近，喊声已震在杨林山耳里。杨林山抬头看着她大步流星地冲过来，后面还带着跟屁虫老九，他手一抖，颜料淌了下来，像彩色的溪流似的。

万荣假装认真地看了他的画，评论了起来："你这画得也不像啊。这都是啥玩意儿？你看这人脸咋跟马脸似的，这么老长呢？"

杨林山一听不乐意了，努努嘴："这叫夸张、变形，农民画不是画素描。再说，咱就这水平，又不是梵•高。"

"烦谁？"

"梵•高！"

万荣一拍大腿："哎呀，是有人挺烦人的哈。"说着斜了一眼老九。老九见杨林山和万荣说着自己听不懂的话，感到没劲，讪讪地走开了。

杨林山见老九走了，轻笑道："荣姐，我说的是画家梵•高。"

万荣刀子似的剜了他一眼："你没见姐正烦'人'呢嘛，高什么高，还羊羔子呢。"

"老九就那样，见着大姑娘就缠着，谁让他没媳妇呢，要不你们凑合一下？"

"呸，本姑娘凭啥跟他个跑腿子凑合，我可不想跟他媳妇似的，被揍跑了。"

万荣转身的时候，像站在雪山之巅的雌鹰，由内而外流露出一股高傲，让杨林山生出一丝战栗。

直觉告诉他这个女人不好惹，也不好找对象。杨林山把话压在心里，一个字也不敢说出来，生怕被万荣的利爪刮到。回头看看面前的墙，一道道的颜料流下来，倒是有几分艺术气息。

"现在成了毕加索了。"杨林山自言自语。

另一头的老九独自在路上闲逛，心情烦闷，走路直踢石子。万生看见他的时候，他嘴里不知嘟囔着什么，活像一只发蔫的土狗。

万生可顾不上他的心情，打了照面就直接说："老九，我正找你呢。"

老九见是万荣的哥哥，有点心虚了，寻思刚被妹妹呲嗒一顿，哥哥又追过来，不会是来收拾他的吧？老九不由自主缩了缩脖子，可是仔细一想有啥怕的，等他也能像别的村贫困户那样得到政府盖的新房子，他就扬眉吐气了，兴许将来万生还是他的大舅哥呢。这样一想，他便摆正了脖子的位置，挺直了腰杆问万生找他干啥。

万生来找傅老九，是为了他家的地。万生要开始种百合，首先就是得有地，刚才路过一片地，地里荒着啥也没种，一问原来是傅老九家的。万生想他要创办合作社，要有成员加入，别人家地里多少都开始种东西了，你劝人加入合作社总要费一番功夫。而傅老九却是现成的人、现成的地，先从他开始最好不过了。万生想得特别简单，便问老九他的地怎么闲着。

一听万生问他家的地，老九一脸不以为意，荒着就荒着呗，反正家里就一个人，种不起。

万生也知道这个人懒，便打算先从土地入手，问老九能不能把地出租给他。

租地？老九有点儿蒙，你家地那么大，不够种？万生赶紧解释，母亲说什么也不让他在自己家地里种百合。

噢，没听说过那玩意儿。万生回来那天老九没去看热闹，只听柳五娘回来的路上说什么闭眼撕黄历，瞎扯呢。他不知道万生回来要干啥，也自认看不懂这些个文化人搞的一出儿又一出儿，当然也没有一星半点儿意愿要参与。地若是租出去自然是好的，他那片地位置不好，在山脚下，紧邻着林地，已经荒了很久。几年前传出修高速公路占地的消息，老九本想借机捞一笔钱，那是他最勤快的一次，把荒地里都种满了土豆，这样连着地上物都能获得补偿，可是最后规划出来，他的地连边都没挨上，什么也没捞到，土豆倒是卖了钱。

从那次以后，他倒也生出好好种地挣点钱的想法，可是他向村里要困难户补助的时候，村干部说他不符合条件，他觉得是因为那次卖土豆挣了点钱。如果他不干那费力的活，没有收入，村里不就能白给他钱了吗？他这么瞎猜测，也就啥也不种了。而他家那块犄角旮旯的地，从来没人愿意租。他小心翼翼问着万生如果租地有了收入，他想要政府的救助金，是不是就要不成了？万生赶忙给他算一笔账，他的地虽然是荒地，但地租按每亩地最低三百元算的话，也是不少的一笔收入，不比救助金多吗？再说了，正年富力强，有手有脚的人，又不是老弱病残，要什么救助金？

老九连连摆手说："那不一样，不是钱的事。租地能租一辈子吗？等哪天不租了，不是还要断顿吗？"老九的担忧是，拿政府的钱稳妥，拿个人的不把握，问万生是不是代表政府租他的地。万生急了，说："你怎么掰不开镊子呢，谁租不是签合法的协议。"见老九还是犹豫，万生便说："要不，你跟我一起种，你闲着也是闲着，有了收益能分红。"

老九想说："拉倒吧，我才不掺和你们那些事。"这么多年，多少村干部来劝他种地或者出去打工，老九都不明白他们怎么没有一个人为自己想想呢？但他转念一想，这一小块荒地，除了万生，从来没人正眼瞧过。再看看万生，他忽地想起来另一桩子事，连忙露出一副谄媚的笑容："万领导，租地的事好说，租金给到位，别亏了我，我乐意。我还跟你打听个事，你家小荣是不是要进城打工去？"

万生困惑了，他可没听说过这回事。老九却说："全村都知道，关香香来找她啦。"

关香香？万生想起好像有这么个姑娘，以前总来找妹妹，原来她们现在还有联系呢。他很少干涉妹妹的事，大多数时候，都是母亲在管教她，他也插不上手。回家后也没听娘俩说万荣要进城工作，万生说他不知道，老九却一脸担忧地说："我听人说关香香嫁给了一个有钱老头儿，小荣可别让她给带坏了，这女人啊一进城就容易学坏。"

万生皱了皱眉头，没有在意老九这番话。打发走老九，他又琢磨起去联络下一户可能加入合作社的人。合作社要五个人以上才能注册，自己的家人是最好说话的，而最难说话的是张百顺，他既是这个村说话最有分量的人之一，也是最有实力的。如果能让张百顺加入合作社，那就能带动其他村民了。万生想试试攻克这个最有难度的人，就像平时做实验，他喜欢攻克难关。

今年张百顺六十多岁了。他属羊，民间都传“十羊九不全，一人坐殿前”，小时候他家里人都怕他命运多舛，找了算命的给起了百顺的名字图吉利。算命的还说，张百顺就是那个坐殿前的。果然，后来百顺成了村里的种植大户，柳条村玉米合作社的理事长。他家盖了三层楼，面积四百平，锃亮的仿古红瓷砖外墙，高墙院落，尽显富贵。张百顺现在名望和钱都不缺，子女也不让他忧心，尤其是小女儿雨薇在县里有稳定的工作，让旁人很羡慕。

人前风光无限，张百顺自己却是知道这日子是越过越艰难。六十多岁的人，身体状态越来越差，尽管合作社的事儿早就交给了儿子们打理，但是喝酒比起以前可是力不从心了。在镇上的春红姐妹酒店，他给牛经理满上一杯榆树钱酒，自己的杯子里，只挤奶似的象征性倒了一点儿。牛经理是一定要公关好的，这个年轻人刚接手粮食经贸公司不久，却比他的前任更难答对。前任经理和张百顺岁数差不多，两人都做过粮食收购的生意，区别是一家只收购，粮食经贸公司越做越大，而张百顺从一开始就进入产业链前端的种植环节。那时张百顺看中玉米有临储收购政策，只要种出来，就有国家储备库兜底，后来市场化收购，还有补贴，让他的规模一下子就扩大了，玉米合作社流转土地的面积，短短几年，滚雪球一般增长。在这个过程中，与粮食公司的合作毫无龃龉，他们生意做得红火，不管行情如何，都会给张百顺满意的价格。而这家公司现在被收购了，新上任的牛经理显然强硬得很，压价压得低，一点儿口都不肯松。

“牛经理，来，来，再喝一口，今年的粮食，你得给我提提价，去年苞米卖得太便宜了，我白忙乎一年，没挣着啥。”张百顺是拉下了这张老脸，对一张年轻的扑克脸赔着笑。

牛经理岁数是不大，可长了一副“赖皮”面相，眉毛短促，小眼睛滴溜圆，眼尾窝深，一看就是在刀面上滚几个滚都不怕的主。他从坐下开始，脸上就看不出什么表情，一副深谙世事的模样，说话分寸拿捏得恰到好处，先是叫了一声“百顺叔”。这看起来是增进了关系，事实上，倒是把张百顺的身份往下拉了一拉，别人向来叫他“张总”，但是张百顺不在乎这个，本来就是种粮户，叫什么有啥关系，可是牛经理接下来的话，让他心里生起了疙瘩。

“咱们两家可是合作好多年了，据我所知，哪次收购不是给你定的最高价格啊，你家是最大的种植户，要是你都没挣着，别人就喝西北风啦。再说，我们给的价格，总归是高的，你们村的规模，又不够卖给储备库。”

这话不假。柳条村坡地多，粮食产量不高，年轻人都走了，剩下种植的也没几家，大储备库根本不主动来收。这家是外地收购商，他们需要客户，结算很快，和张百顺一直合作。只是最近两年，玉米供过于求，价格也一直被压低。张百顺叹了口气:“西风北风那都得先有风，眼看是没风可刮啦。”

牛经理抿了下嘴，张百顺倒是吃不透这小子什么心思，只见他拿起酒瓶子，给张百顺倒满，说道：“行啊，百顺叔，来，喝酒，亏着谁也亏不着你啊。”

这么推杯换盏好几轮了，张百顺有些吃不消，可这个牛经理一直没有个准话，他刚想问到底能给他们村什么价格，他们好决定苞米种多少，牛经理忽然话题一转，问起万生来。

“叔啊，我可听说县农业局来人了，好像说不种玉米，让种别的，这可不行啊，你们村本来就是小打小闹的，要真是收成少了，我们可就撤点儿啦。”

原来是这样。这粮食公司听到了点儿风声，是对他们村的产量起了疑吧，这岁月本来苞米就不挣钱，运输一次若是量少，更没有什么赚头。张百顺已经有了几分醉意，还是仰脖把一杯酒干了：“万生那个猴崽子，净扯淡。没事，我回头让我家姑娘打听一下看是咋回事，她也在县里上班。”

“对，对，咱们县里也有人，来，叔，喝酒。”牛经理此刻也换上笑脸，但是任谁也看不清笑意里有几分真，几分假。酒酣之际，他倒是无意透露出一个信息，就是现在公司进军电商行业，慢慢向农产品深加工转型了，所以像柳条村这样的散户，日后不知道会怎么样呢。

张百顺给女儿打电话的时候非常忐忑，虽然别人都羡慕他有个好女儿，但是没人知道，他从来不会处理和女儿的关系。雨薇原本也不叫雨薇，叫张国华。张家已经有了三个儿子，想来第四个也是个带把儿的，也没等孩子出生就起了名，谁也没想到是个女娃。张百顺不想要女孩，女孩不能种地，到了岁数就只能去念书，白搭学费，日后找不好对象还要搭嫁妆。他对女儿，没有那么喜欢，也没尽到多少父亲的责任和义务，基本是放养状态，而把家里好吃好喝的都给了儿子们。谁知道这孩子却是最有出息的一个，好歹读完了高中，还在县里找了份工作。张国华这个名字，闺女自己给改了，改成了洋气的雨薇，这事儿让张百顺生气了大半年，指着姑娘鼻子骂过，打电话骂过，两人更加生分了。

张百顺拨了雨薇的号码，想象着各种即将面临的冷淡和嘲讽，然而电话接通那一刻，传来女儿的一声“爸”，他倒是坦然了，毕竟是父亲，血脉里的威严在那里呢，如此也就恢复了气势，说话时候多了点儿颐指气使：“丫啊，你给我打听一下，万生从农业局回来，要干啥。”

送走牛经理，张百顺哼着小曲往家走，他这会儿酒劲上来了，面色潮红，脑袋也晕沉沉的。他在家门口看见了万生。

“百顺叔。”万生客气地打了个招呼。

张百顺看见他忽然有点生气，本来今天和牛经理可以谈好价格的，被万生的事打岔打过去了，他脸色就不怎么好看。

“百顺叔，我想和你说说种百合的事……”

“改天，改天啊，万生啊，叔今天喝高了，得睡一觉去。”

张百顺摆摆手，打断了万生。万生见他步态不稳，一身酒气，又直接拒绝了他，也不好意思再打扰，嘴上说着客套话，只能先回去了。也罢，已经先联络了一个傅老九，也不急于一天把人都凑齐。万生转而去准备和傅老九的租地合同，早一日把地租下来，早一日就能种上百合啦。

傅老九那片地荒得太厉害了，野草疯狂地生长，占据着土壤的主权。万生来不及雇人清理，自己先下地除草。面对黑土地，他心中的念头像团水草一样盘踞在脑神经的纹路上，缠绕成千丝万缕，尚且继续延伸着。他现在什么也不关心，满心想的是，把百合种起来。研究所里发生的一幕幕，如同盛夏炙热的人行道蒸腾起来扭曲的热雾，占据了他有限的可视空间。

因为过分的专注，当他头也不抬地整理着傅老九家那片荒地的时候，根本没有看见母亲气急败坏地奔向地里来了。佟梅花腮帮子气得鼓鼓的，比平日里更快地赶着小碎步，踩在许久未开垦的硬邦邦的土壤上，执着地在上面打下她愤怒的印记。

佟梅花四仰八叉地躺在万生面前的土地上，像一颗空瓤的大南瓜忽然被切成若干条，向着广袤的天地无限伸展。那画面滑稽极了，让万生猝不及防。

“妈，你……你这是要干啥啊？”

“干啥？不让你种！”

“我在自己家地里你不让，租地你咋还管？”

“屁，你租地不花钱？还是租老九家这块破地，你咋想的，好日子过够了，特意回来作死我是不是？”

“妈，我这儿雄心壮志创业呢，您能不能别管我？”

“雄你个土坷垃，你是我儿子，我儿子不让管？”

以前万生自己能做好自己的事，佟梅花操心得少，也就很少管教他，更不会对儿子说过激的话。没怎么经受过母亲训斥的万生这会儿也来了脾气，语气就急了一些："您看把妹妹管的，这个不行，那个不行，结果管得她都三十多了，还像个孩子一样啥事都不能自己说了算。我都四十好几的人了，只是想干点自己的事儿，您别瞎掺和行吗？"

万生从来没有这么和自己对抗过。如果儿子也和女儿一样顶撞她，她真是一点地位也没有了。佟梅花伤了心，这可是她的儿子，过去一直乖巧听话的好儿子。土地的温度传到她身上，让她回想起两次孕育的痛苦，两个孩子，像从藤蔓上生生撕扯下来的瓜一样来到人世，本想着让他们互相照应，但是现在，他们倒是一起撕扯起母亲。

"你妹妹的事你埋怨我？好，好，你们俩都埋怨我，我这是造的什么孽呦！"

她采取了以往对付万荣的方式，开始作闹。这几日，她在阻碍万生种地这件事上，耍泼了好几次，各种手段都用上了，哭闹、怒骂甚至自残。当然她的自残就是掐脖子掐出紫色的痧来，严格来说，仅是一种养生行为，却是农村老太太吓唬孩子的惯常做法。这些作闹成功地阻止了万生在自家地里折腾，佟梅花以为是他妥协了，殊不知，那是万生觉得反正是自己家的地，最后种也没关系，先去把别人家地租下来。

看见母亲像一串沾着黑面粉的打糕似的在地上来回翻转，万生自然是吓坏了，赶忙上前去搀扶，可是佟梅花却拨拉开他，独自在地上折腾。在万生束手无策之际，来了一个解围的人。

杨林山骑着车子路过，看见两个人影在地里晃动，又听见佟大娘吵闹的声音，揣着好奇把车子停在一边走过去，见到这一幕，忙上前问发生了什么事。万生见到外人，反而舒了一口气，赶紧对杨林山说："我要种百合，我妈不让，这不拦着我呢吗，林山啊，让你见笑了。"

这句让你见笑了，是说给母亲听的。有外人在，佟梅花当然也是要脸面的，家丑不可外扬，她停止像泥鳅似的滚动，直直地坐在地上。

万生见状，又拉着杨林山问："林山，你长大了，我回来之后还没跟你好好唠过，你现在都忙活些啥呢？”

“给村委会当会计，”杨林山掰着手指头回答，“算账、宣传，这些活儿也就我能干，他们都没啥文化。嗨，我一个高中生，在万大哥面前还说啥文化。”杨林山自觉羞涩，反倒不好意思了。

万生当然是不在乎学历差距的，这么多年，他并没有和家里人一样，把考上大学当作炫耀的资本，相反他只当那是一个起点。在大学里学的是农林管理专业，除了专业课，他还辅修了很多课程，正是因为他拥有非常丰富的专业知识，毕业后才被招进农业局的研究所里。

万生鼓励了杨林山一番，夸他有才华，以后会有出息，杨林山心里美滋滋的。他看了一眼万生的地，想起之前万生说过要种百合，就信口问了句：“种这东西有啥用？”

一听杨林山打听百合，万生露出笑容，甚至把坐在地上的母亲遗忘在一边，开始介绍道：“这可是个好的种植项目，百合果实食用、药用价值都很高，花能当茶，可以说全身都是宝。”

佟梅花在一旁狠狠“呸”了一下，两个光顾说话的男人才记得，地上还坐着一位呢。杨林山帮劝道：“地上凉，大娘你别着凉啊。”

佟梅花阴丧着脸爬起来，拍拍身上的土，头也不抬地走了。

万生笑着感谢杨林山，帮了他大忙。他从大袋子里拨出一小袋种球，大概有三五百株，就让杨林山拿回去种种试试。“怼进土里一埋就行。”万生示范了一下，把蒜瓣儿似的白色种球放进垄沟里。那条歪歪扭扭的垄沟，是他新开出来的。

杨林山是不种地的，他之前种过药材失败之后就再也不碰土地了。不过出于对万生的好感，也源于对百合的新奇，他愉快地收下了那袋种球。

第四章　出师不利

柳家的粉条是三代传承的老手艺。老式东北粉条的制作，需要准备泥缸、面盆、芡盆、梁瓢、漏瓢、铁锅、石磨等几十种工具，经历繁杂的手工程序。纯粹的沥粉，不会放那些名目繁多的添加剂，做出来的粉条口感细腻、爽滑耐嚼，没有胶质味道。

杨林山拎着袋子回家，母亲柳五娘正娴熟地指挥院子里的工人制作粉条，还没到土豆地瓜大批收获的时节，他们现在主要做绿豆粉。一口大锅热气腾腾，旁边放着几个盛水的大瓦缸，四个工人漏粉，柳五娘手捧一把把粉条挂在晾杆上。他们在干活的时候全副武装，身上穿白大褂，戴帽子和手套。五娘脚上那双老胶皮靴子不知穿了多久了，但毫无疑问，只要没坏，哪怕闷热捂脚她也能对付穿。

日子要节俭着过才能火起来，她总是这么教育儿子。每到这时候，还不忘对照一下林山的表哥："看看你表哥家过得多好，玉柱是会过日子的人啊。"

开超市的索玉柱，是她们娘家亲戚里日子过得最好的了。索玉柱去年跑到长白山倒腾山货买卖，小挣了一笔，今年还在扩大规模。长白山里，山木耳、榛蘑、榛子、松茸……好东西遍地都是，农民秋天上山采集野味，回来晒干，卖到城里销路还不错。柳五娘看人家日子蒸蒸日上，时常想，连玉柱那老实巴交的孩子都挣了钱，林山读过书，日后一定比他还有出息。

柳五娘对儿子是宠溺的，但也因为她把所有的心血都灌注给了儿子，就异常地盼望他出人头地。她总惦记着，让杨林山跟着索玉柱做生意，挣大钱，当上老板。见儿子回来，她放下手里的活，捆了几扎粉条让他给索玉柱捎过去。看见杨林山拎着个袋子，柳五娘顺口问："你手里拿的啥玩意儿？"

"百合种球，万生哥给的，让我种试试。"

听到万生的名字，柳五娘登时拉下脸来："别听他那套，好好的不种苞米，净瞎折腾，咱们村折腾得还不够吗？"

万生回来那天，柳五娘也去看热闹了，她当然不是去欢迎万生，而是想看笑话。她听说万生开的是台老破车，就知道他这是混得不好，十年前佟梅花到处炫耀她儿子在城里买房了，还以为挣到多少钱呢，原来也就这样，人家张百顺的三个儿子可是开着三四十万的车。再见到万生的面，听他说要种什么百合，柳五娘更确定了，她以前说万生那些话没说错。他这都多大岁数了，还瞎折腾呢，人生能平坦吗？指不定遇到多少坎儿呢。万生一个读书郎，他懂啥种地啊，那天大伙散场的时候，谁也没把他说的话当真，都当个乐呵听呢。

五娘夺过袋子，有点不屑，随手往墙角猪圈边一放，催着儿子去找索玉柱。"跟你表哥好好唠唠，让他带带你。你比他学历高，他都能挣到钱，你能比他挣得多。"

杨林山听着母亲的话，感到有点刺耳，他不想听她聒噪，便起身去索玉柱家，临走时候还叮嘱母亲别把百合种球扔了，他回来要研究一下。可是柳五娘根本听不进他说的话，她从袋子里取出几株种球看，心里想的是"这东西能不能喂猪啊？"

"林山在家吗？"

杨林山前脚刚走，万生就来了。刚才和林山分别后，他觉得自己说得太简单了，怕林山种不明白，就收拾了一下地里的活，准备再找林山交代交代。没想到，万生看到了令他震惊的一幕，装有百合种球的袋子放在猪圈旁，正被伸出头来的猪啃咬着。柳五娘见万生来了，马上问："万生，你来得正好，我还想问你呢，这玩意儿能不能喂猪？有毒没有？"

万生嘴唇哆嗦了一下，忍着火说："不能喂猪，这是种球。"

柳五娘嫌弃地把手里的种球往地上一扔："连喂猪都不行，那还能干啥？"全然没有看到万生已经脸色发青。

柳五娘的语气轻蔑，在万生听来分明是在奚落他，还有他的种植项目。万生平时话少，也很少跟别人起冲突，所以一直给人留下的是儒雅温和的印象。说白了，就是好欺负。万生想，只有他自己知道，他脾气没有那么好，被人看不起，他心里也会有气，遭人奚落，他也想反驳。只是，大多数时间他习惯了隐忍，时刻提醒自己一个人要有修养，不做无谓的争执。可是这样的表现换来的却是旁人对他的更加不在意，妻子、母亲、同事，在每一段人际关系中，他都是容易被忽略的那一个，好像没人重视他的意见。难道谁都觉得他是个软蛋，想怎么揉捏就怎么揉捏吗？

"柳姨，你这话说得不对。金子也不能喂猪，金子就没用吗？我给林山的种球是新的、好的，他拿去种保准成活。我能不能问问，他为什么放在猪圈门口喂猪了？"

万生难得硬气一回，还是面对柳五娘，谁不知道柳五娘在村里是出了名的泼辣，一说话阴阳怪气的，没人愿意惹她。万生把质问的话顶出去的时候，心里直打怵，他想着无论如何也得挺住别怂。

柳五娘头一次见到万生语气不善，愣了一下，万生以前可是个闷葫芦，什么话都不多说的，看来在县里当官，脾气是大了。她本来想噼里啪啦怼他一顿，但是转念又想，人家是县里回来的，指不定有多大的能耐，还是别招惹他好。于是柳五娘忍住脾气，好声好气地对万生说："林山去他表哥那了，没在家。不瞒你说，林山以前种过很多东西，没有一样成功的，他不擅长种地。你跟他一样，都是文化人，听我一句劝，别学人种那些花花东西，踏踏实实才好。要不，我把这种球先收起来，等林山回来再说？”

柳五娘语气温和，但那个态度万生还有什么不明白的，他拿起地上的百合种球:“不用麻烦了，种球我带走了，等我见到林山再和他说。”

杨林山不知道家里发生的事儿，他在村里晃悠了一会儿，买了几斤猪肉，才奔向表哥的家。福玉超市，是传说中的风水宝地。农村人信风水，如果谁家日子过得红火，那么不是阳宅就是阴宅建在了好地方。反之，则是被什么破坏了。要么是在不该有石头的地方有了石头，要么就是在房屋对角盖了烟囱。索家地理位置没的说，所以才会旺财，但是索玉柱老婆肚子一直没动静，一定是哪里没整对，各种分析头头是道，索玉柱一概不听。他按照石丽的喜好，把房子装修成苏氏园林的风格，入户是屋宇式大门，门楣以上遍施砖雕，白墙黛瓦，门外种着的那棵花楸树这会儿挤满了白色的小花，让复古的宅院门看起来生机满满。一进门是干净整洁的庭院，铺着光滑的青石板路。院中有绿植，有藤椅和书桌，石丽喜欢读书，这是专门为她打造的休闲区。东厢房住人，西厢房放物，两边有简易的回廊，回廊外两块整齐的菜地里种着大葱、小白菜一类日常的小菜，跨过菜地，南边则通向超市后门。这样一个小院，与世隔绝一般清幽，在柳条村是绝无仅有的，谁家也没有这样的闲情雅趣。

杨林山一来，石丽就把晚餐敲定好了。系着围裙的石丽掀开锅盖，蒸汽的热浪像燃烧着的榴弹扑面袭来，香气无路可逃。石丽家用的燃气灶，做炖菜总觉得锅不够大、不够深，但这样确实方便，不用添柴火，造得灰头土脸。石丽把抽油烟机开到最大，抹一把脸上的汗水，拿着大马勺反复搅动着一锅猪肉炖粉条，肉的香味顺着雾气飘满厨房，锅里浓汤冒着泡，发出咕咕哝哝的响声。

这一锅菜，足够两个男人喝上半斤白酒，他们轻车熟路地把口杯碰得清脆，索玉柱吸溜一口粉条，啧啧称赞 :“林山，你家的粉条子就是香啊。”

杨林山脸上挂着烫红的印章，毫不谦虚地说："那是，你看别人家卖的粉条溜光水滑的，但没有咱们这疙瘩粉好吃，还得是老手艺、老办法。如果是大铁锅炖得更香。"柳五娘的粉条，常年供应给索玉柱的超市，两家不只是亲戚，也是多年的合作伙伴，彼此信任着。

"林山啊，老姨和我说了好多回了，你跟我做山货生意吧，我这儿缺个跑运输的，比你做会计挣得多。"索玉柱说道。

端着酒杯的手停顿了一下，杨林山脸上露出一丝难色，犹犹豫豫地说："哥，不是我不爱干，可是，再怎么说我也是高中毕业。这跑运输啊，谁干都行，我怕别人笑话我。我虽然不是大学生，但也不想干一点儿技术含量都没有的工作。我妈总觉得我在村里干个会计是屈才了，可那好歹是个文职呀。我不想白瞎了学历。"

学历像白桦树上的斑点，既丑陋又醒目，和杨林山挺直的腰杆总是如影随形。屋里安静下来，一时谁也不说话了。

"你们喝着，我上园子里给你们摘点蘸酱菜去。"石丽打破了沉默。

杨林山没注意石丽是什么时候坐上桌的，她就起身了，更没注意表嫂脸上那鲜草莓一样的红晕。她长得好看，又能干，这是索玉柱的福气。柳五娘总说，这福气是因为索家在一块风水宝地之上。

索玉柱却是瞄到了媳妇的表情，哪怕她脸上只挂了一丝阴云，他都立马觉察得到。他想马上打住这个话题，对杨林山说如果有别的挣钱路子再找他。可是话还没说出口，就毫无征兆地咳嗽了两声，胸口偏下的位置猛地一紧。

杨林山看他脸色不好，当是酒喝多了，直劝他注意身体，自己又夹了一大块肉津津有味地嚼着。

晚风好像只是虚拟地拂过一下，没有留下真实存在的痕迹，热气肆无忌惮地在四周蔓延着。石丽送完菜，独自坐在超市里出神，那双美得让人沉沦的大眼睛里像落了一层灰雾。天气太闷了，她心下生烦，不由得想起一些不愉快的往事，以至于傅老九走进店里，自顾自拿勺子往瓶子里灌起酒来，她都没注意。

“弟妹，半斤散装白酒，我自己装完了，给我记一下账。”

听到声音，石丽回过神来，看到老九又醉醺醺的了。手里晃荡着一个酒瓶子，已然灌满了酒。

“哥，你咋又赊账，昨天不是记了一斤吗？”

“喝光了，弟妹，再给我记一回。”

“少喝点吧，媳妇都喝跑啦。”

“别提这茬儿，一提我就恨我自个儿。”老九自顾自说着，石丽摇摇头，在一本账本上记下今天这一笔。老九常赊账，有钱时候就会还上。

“我恨当初咋没揍死她呢，贱人。”

石丽听到此话抬起眼，落下脸来：“这个月光酒钱就一百八十五元了，加上今天的，总共二百，先把账结了。”

老九嘴里不耐烦地嘟囔着：“小娘们。”显然不把石丽的话当回事儿，晃晃悠悠就要走。脚还没跨出去，石丽提高了声调喊着：“回来，把账付了。”老九骑跨在门槛上，口齿不清地骂着一些难听的话。

就在老九像一块焐霉的抹布一样粘在地上，还哼哼呀呀叫唤的时候，万生出现在福玉超市门口。老九还没醉到不省人事的地步，看见万生，本能地坐起来，也不敢耍赖了，乖乖地给石丽扔下一张皱皱巴巴的五十块钱。

这是石丽和万生的第一次正面接触。本来万生是不该在此时来这里的，以万生的理智和耐心，即便被柳五娘奚落几句也不至于心尖冒火。可是，一想到他的百合种球被放在猪圈旁边被猪啃咬的场景，他就心疼不已。万生拿着剩下的种球来找杨林山，他要问问林山为啥不种了，不种不说，还拿给柳五娘喂猪。

一肚子火的万生看到了正耍酒疯的老九，而超市里眉头紧蹙的女人，应该就是索玉柱的爱人。万生的火气印在脸上，眼神阴鸷。

“万生你来啦，我……我没啥事，买酒呢。”傅老九晃晃酒瓶子，自己也不知道为啥和万生解释,好像做啥坏事了似的。他说完就赶紧走了。

石丽此时缓过神来，换上笑脸。她终于见到索玉柱口中常说的万生大哥了，的确和村里人的气质都不一样，他身上有股书卷气。石丽倒是对这气息很熟悉，也不觉得多么不寻常，她反而觉得万生没有人们传言的官派，他的眉眼中，像是夹杂着某种不知所措的茫然。听说他来找杨林山，石丽告诉他那哥俩在后院喝酒呢。

石丽热情地引着万生向里屋走，万生有点不好意思，他是来和杨林山发火的，至少也是要问个明白。而在别人家里，又有女眷在场，他的修养让他犹豫起来。尤其是走到门口，听见杨林山醉醺醺说道:“全村我就服万生，全县的状元，有能耐，当年我要是再努把力，我也是个大学生……”

万生停住脚步，心想算了，他客客气气地对石丽说:“我就不进去了，能不能麻烦你转告林山一声，就说我给他的百合，他要不想种，我就拿走了。”

石丽忽闪着大眼睛问：“百合？啥百合？”

“就是种的食用百合。”万生扒开袋子给石丽看了一眼，他只是顺手满足一下她的好奇心，没想到索玉柱的老婆却像发现新大陆一样感兴趣，大哥长大哥短地叫着不说，还问他在哪儿买的。

“我好长时间没看见鲜百合了，咱村子里没人吃，玉柱去城里买过，只有大超市有，卖得还挺贵。”

见石丽知道百合，万生的表情缓和了下来：“我这是种球，现在还太小，种进地里一年以后就可以吃了。这批种球我是在农科院研究所买的。”

“大哥，这种球质量不错，能给我点儿不，我撒园子里种种试试？”石丽随口一问，万生也大方地都给了她。既然她感兴趣，给她种着总比喂猪强。

万生还想教她怎么种，然而石丽淡淡一笑，说：“这个我会，我家以前就种过。”

万生有些诧异，在东北还有人家种百合吗？石丽解释说她家是西北的。万生这才想起石丽就是妇女们津津乐道的“外地媳妇”。西北是百合的主要产区，虽然和他种的不是一个品种，但在种植方法上是相同的。他和石丽又回到超市，聊起种百合来。在这个村能找到一个懂得百合种植的人，万生来了兴致，可是没等唠上几句，超市就有客人进来了。石丽忙着卖货，没空和他继续说，万生站在一边感到了尴尬，尤其别人打量他的时候，目光总像探索什么，带着一丝不怀好意。他也不想耽误石丽做生意，留下微信号就离开了超市。

石丽拿着百合种球回到后院的时候，只听杨林山还在屋里醉醺醺念着诗：“天生我材必有用，千金散尽还复来……仰天大笑出门去，我辈岂是蓬蒿人。”

索玉柱连连拍手：“有文化，有文化，你有文化。”

石丽也不打扰他们，她转身进了西厢房，里面虽然堆满了旧物，是杂货间，但是这些老物件被女主人摆放得井然有序，一点儿也不脏乱。两组四门双开的炕柜叠在一起，上面牡丹图案的瓷砖让她用抹布擦得锃亮，旁边立着的胡桃色榆木五斗柜也一尘不染，那是索玉柱结婚时候亲自打的，榆木疙瘩过去山里有的是，现在限制采伐树木了，榆木家具也就变得贵重起来。后来石丽喜欢上现代的风格，索玉柱又把家具都换了，欧式大床、布艺沙发、长条电视柜，看起来富丽堂皇，这个老式的柜显得与整体装修格格不入，被放进了杂货间。石丽翻开老柜二层的抽屉，从里面找出一本相册来。

那是一本老影集，记录着石丽的成长轨迹。翻开第一张是坐在儿童玩具车里的小女孩，额头中心点了一个小红点。再往后，有石丽第一次骑自行车的照片、中学体育课跳木马的照片、站在运动会检阅队伍里的合影。石丽翻到二十几岁的自己穿着学士服，站在百合花丛中，笑得明媚灿烂。黑色长袍，灰色领子，代表知识的方形帽子，在艳黄花蕊映衬下是那么明丽，那么耀眼，而这些仿佛离她已很遥远，成为遥不可及的旧梦。

石丽摸了摸过去的自己，又把相册合好放回抽屉里。地上并排放着两个四四方方的老木箱子，里面整齐排放着她常看的一些书，有一些教材，还有文学作品。她取出《呼啸山庄》，坐在炕上读了起来，《呼啸山庄》《简·爱》和《傲慢与偏见》是她最喜欢的三本书，她反复地读，每次都感到亲切。往事不可追，也不能想，越是回忆，越感到胸口沉闷。她不该有怨念，她怨不了什么，现在的生活是她思虑再三之后的选择，她早有承担选择的决心，那还不甘什么呢？她也不知道。

金马山，像一匹金色的小马驹，佩戴一个金色的马鞍子，坐落在伊城县的西南部。万生在回去的夜里梦见自己坐上那个马鞍子，把头靠在金马山肩上，脑海里设计着虚拟图纸。

第二天醒来，他觉得这是一个吉兆。虽然他不迷信，但好梦总让人心情愉快，有办事能成的预感。按照他的预想，要推广百合种植，首先得做好宣传，让老百姓知道种植百合带来的经济效益，积极参与进来。他回来那天因为时间、地点都不对，只和少数村民简单说了一下自己的想法，太仓促，不被认可也是理所应当的。之后他私下里接触过了肇玉兰、傅老九、杨林山和石丽，虽然最后只有石丽尝试种植，但他觉得这已经是一小步的成功了。只要好好和村民们进行宣讲科普，一定可以带动一批人投入百合合作社的建设中来。

第一个支持万生的人是万荣，她和关香香分开后，就一直琢磨她能干点啥，正好看他哥种百合挺投入的，她一方面想帮帮自家大哥，一方面也想给自己找点事儿干，于是忙前忙后帮万生准备。佟梅花对积极的兄妹俩冷眼旁观，自从和万生在地里闹得不愉快，她就对儿子板着面孔。儿子从小就是她的骄傲，她不能像训斥万荣那样骂儿子，会伤了他的自尊心，但她也不会帮着儿子胡来。

万生特意请示了村支书刘伟国，他想借村委会的大院，给村民们免费科普百合种植知识。刘伟国一听是免费讲座，答应得很爽快，还答应帮忙通知大伙儿积极参加。其实自从万生回来之后，大伙儿像是盼着村委会有点什么动静，来点什么热闹，都盯着万生呢。所以，当院子里刚开始挂上条幅“百合种植培训班”的时候，就有好多人来围观。可是当杨林山在村微信群里正式通知的时候，却没有多少人愿意前来。柳五娘说：“我一个做粉条的，不想参与那些新鲜事。”然后劝她的几个姐妹都别凑热闹。老李头，那个自认为什么事都看透了的老鳏夫，打万生回来的那一天，便把瞄准镜对准了他，逢人就说自己孙子铁棍儿都知道该种啥，不该种啥，他一个高才生能不知道吗？铁棍儿则在他旁边呵呵地傻笑，知道爷爷在夸他呢。这一天，他特别活跃，赶在村干部前面，看到想要来村委会的村民就上去说：“甭跟着瞎扯淡了，都是瞎折腾呐。”

傍晚的时候，村委会院子里稀稀疏疏来了一些人，都是平时爱看热闹的老头老太太们。刘支书看看表，问杨林山：“是广播喇叭通知的吗？”杨林山回答：“不是，是在微信群里发的，路上看到几个能张罗的村民，也让他们帮忙挨家传一下。”刘支书没想到杨林山是这么个通知法，那个微信群，本来也没多少人天天看，尤其老头老太太，基本都是子女帮着加的，平时都不看，哪有广播喇叭好使，而让村民互相传话就更不靠谱了。刘伟国有点挂不住脸了，他可是答应了万生帮忙组织。万生是县里来的人，他得好好关照，更何况这小子从小就文质彬彬的，不擅长说话和张罗事儿。

万生心里焦急嘴上却说：“再等等。”倒是万荣沉不住气了：“等啥，你看这架势，能来的早来了，哥你等着，我去把人都给你喊来。”万荣转向刘支书：“村委会换届前你是不是得跟大伙儿讲讲政策啊？我知道没到时候，你就先打个预热吧。”

刘支书还没反应过来，万荣已经一溜小跑出了村委会大院，边跑边说先找二婶去。这一家兄妹俩，性格截然相反，就像为了弥补万生的老实，才有了风风火火的万荣。所以，人们都说万生随了父亲，而万荣随母亲。

万荣加上二婶，那号召力就完全不同了。她俩分头行动，只是站在路中央喊了一嗓子，附近的人家就都出来瞅发生了什么事。尤其二婶那人缘，不用解释缘由，就说一句“走啊”能把一家人都拉去村委会。于是晚些时候，又呼呼啦啦过来一帮人，场面一下子变得热闹了。连老李头和柳五娘也被众人的好奇感染，跟着人流来到了现场。虽然他们只是想看笑话。这么大动静，佟梅花自然也来了，她心情非常复杂，也很是担忧。“万生要种百合也就罢了，他还要动员其他人和他一起，这就不是万家自己的事，合伙种植，风险谁来承担？万一别人没种好，赔了，不都得来找万生吗？”她在心底琢磨，这可不成。

刘支书先强调了一遍关于换届选举的纪律，每次换届前都要说，大家对那些话已经习以为常，他们站在这里，更多是为了等万生发言。上次很多人没去万生家，没听到万生说要种百合的事，道听途说了一些信息后，更加好奇。当村支书宣布万生有话和大伙儿说时，村民们把目光齐齐看向万生。

万生最怕被别人注视，一旦众多的目光集中在他身上，他就浑身不自在。为了准备今天的发言，他在凌晨两点才入睡，反复背着演讲稿，预演了所有的可能。即使出发之前做足了心理准备，万生在发声那一刻还是感到了紧张，说出的话他觉得不像是从自己喉咙里发出的声音，那些句子的质感很怪异，像是声乐课上说的颤音。虽然这种怪异感第一时间提醒他这不寻常，他也无法停止，只能任由那不属于自己的声音环绕在村委会大院里。“今天我想给大家伙儿讲讲种百合的好处，种植百合会帮助咱们致富，如果我们村成立百合合作社，一起种植百合，形成规模，那么未来收入是非常可观的。咱们各家各户都有土地，这是现成的资源，有闲着的土地可以投入进来，没有闲着的可以挪挪。下面我给大家介绍一下这个种植项目的可行性和市场前景。”

在简单的开场白之后，万生背起了给农业局写的报告，读报告比开场白说得更轻松顺畅，他感到自己声音已经没有那么颤了：“百合是一种药食同源的植物，是以鳞茎供食用或药用的一种经济作物。根据《本草纲目》等古籍记载，具有清热解毒、养阴润肺止咳、清心安神、美容养颜等功效。百合具有保健作用，能提升人们健康水平……”

他的宣讲，用词过于书面，下面的村民们听得一头雾水，老李头直皱眉头，手中的拐杖时不时地杵到地上。当万生开始讲百合的化学成分时，他终于按捺不住走到人群中间，清了清嗓子，打断了他。

“我岁数大了，听不懂，你就说种这个能挣多少钱吧？”

老李头代表现场的村民发了话。

万生本来想简单介绍一下百合作用的论文依据，以免让人们误会虚假宣传，结果思路被老李头打断了。他愣在原地，一时不知从何说起。刘支书在旁边提醒他，村民们关心经济效益，他才回过神，大伙儿更关心的是挣钱的事，他应该先把结果摆出来。

“做好了每亩地挣上万元没问题，我说的是纯收入。”

万生的回答，让一些人产生了兴趣：“如果是这样，那收入太可观了。”连对这事儿不感兴趣的柳五娘也一边嗑着瓜子一边说：“真合适。”大伙纷纷点头，老李头不再多嘴，从结果上看种百合更挣钱。那就听听农业局下来的干部怎么说。

这时有个意想不到的人开口了，就是佟梅花，她刚才看儿子讲得头头是道，心里愈发着急。这些话万生之前跟她说过一遍，她那时就觉得这事不靠谱，便从鼻子里哼了一声，冷言冷语道：“你们别短浅了，也不问问成本多少，那百合种球的价钱比苞米种子多多了。还有，当年长不大，至少到第二年才能卖，你们谁等得了？”

柳五娘吃惊得忘记了咀嚼，丰满的嘴唇上还挂着瓜子皮，瞧那模样不出声也知道她想说，不是当年就有收入哦，还那么贵呦！

“妈，你别掺和。”万生小声怼了佟梅花一句。亲娘翻了个白眼，爱理不理。

“我说大侄儿，这种球钱是县里给补贴吧？”老李头问出了村民们最关心的问题。

万生的心一下就悬起来了，这是他最害怕的问题，原本是打算调动起大家的积极性以后，再解释前期投入的。

“李大爷，咱们这是自主项目，自负盈亏。但是真的是好项目，能致富，先期投入大一点后期回报也大。咱这个品种一次性投入，以后自然繁殖……”

老李头哪里听得了他解释那么多，他只关心一个话题，那就是拨款。“啥？县里不给钱？那不能吧，万生，你可是在县里当官的，别的村不管，咱柳条村，你可得给拨款啊。”

一直没吭声的张百顺听到这里，轻嗤一声：“官啥官啊？我都知道了，万生，当着这么多长辈乡亲的面，你说实话，你是不是被农业局给开除了？”

忽然安静下来的空气像是凝固在了一股黏腻的汁液里，众人的目光齐刷刷地聚焦在万生身上，不再轻易被什么搅动。

万生被突如其来的一问给整的有点儿蒙，半晌才深呼一口气说：“没有的事，我没被开除。”佟梅花在一旁直叹气，大伙儿又看向张百顺。紧接着，又听万生说：“我是主动申请离开岗位回乡创业的，工作还保留，我这次回来是带大伙儿一起种百合致富的。”

老李头别的没听明白，离开岗位可是懂了，一听这话就炸了：“哎呀，万生，你是真拿我们不识数，你都不在单位了还能干啥大事啊？你看看我，带个孙子本来就是苦巴巴地讨生活，总共就那两亩地，这要不是政府的项目，赔了怎么办？以后我还活不活了？”

一听要自掏腰包，没有补贴，大伙儿都沉默了。万生好不容易得到一个全村男女老少都关注的机会，他鼓足了勇气才站到台上，却被打岔打过去了，这会儿一时忘了词，干脆从兜里取出稿子照着念。他的发言全部围绕种植百合，虽然头头是道，但是大伙儿听不明白，更不懂他说的什么供给侧啦，结构调整啦。万生想了几个晚上写出的发言稿，由于和平时呈交给领导的文件写法一样，村民们听不下去。他念到一半，自己也没了底气。在一锅出一样沸气腾腾的现场，他的声音逐渐被压了下去。最后大家也都不再听他念稿，自顾自地唠起了闲嗑。再后来，胡铁匠夫妻摇摇头走了，柳五娘转身也走了。院子里转眼间就不剩几个人了。

石丽是半途来的，走进院里的时候索玉柱正跟着老姨柳五娘往外走。

“没啥听的，回家吧。”索玉柱拉着石丽回去。

“不是百合种植培训吗，怎么这么快结束了呢？”石丽好奇地问，她还挺想具体听听呢，那天万生提到成立百合合作社，她就来了兴致，如果不是关店门前碰上买货的，她也不至于迟到。索玉柱没多说，拉着媳妇也往回走。

回到家，索玉柱干脆也不开店门了，直接休息。他搂着石丽的肩膀，感慨着：“这万大哥也是，不当官了也不跟大伙儿说。”

石丽轻叹着惋惜，她对种百合还是很感兴趣的。本来已经断了的念头，刚刚被勾起，没想到，万生的设想并不顺利。

索玉柱看见老婆眉心间隐约出现了几道褶皱，就知道她心里又不痛快了，只是她啥事都不说，就算你在面儿上看得出她不高兴，她也不说咋回事，她怕你担心，还特意装出一副云淡风轻的样子，殊不知她演技差得很。索玉柱心疼了，他揽过老婆的肩膀靠在自己怀里，宠溺地问她怎么了，有啥事一定跟他说。

他的手摩挲着她的小肚子，滚热的温度游进那空荡荡的器官，顺着血流传遍全身，石丽感受到他的期待是那样浓烈，烫得她心间震颤。

“我挺想种百合试试的，你知道，百合在我家那边特别多。”

“你想种啥，我都给你种。你要是喜欢，我在地里给你种一片百合园。”索玉柱轻轻地说。这些年,她很少提什么要求,但是只要她想要的,他一定给。

“长白山里的刺五加下来了，我一会儿夜里就走，跟车去进一批货。过去这野菜烂满山也没人吃，现在城里人都抢着泡茶喝。”他说。

“路上慢点儿。”她偎在他怀里，声音柔软。

“咱俩是不是得抓点儿紧？”他粗糙的手指在她的小腹上画了个圆，痒得她缩了缩身，却逃不出他手臂的力道，深深陷在一整团温热里，融化成了一杯绵软的玉米浆。

万荣心里不痛快，走路的时候也噗噗地带起一路的土灰。从小，她哥就没出过错，每走一步，都深思熟虑、稳稳实实，从考上大学，到县里工作，哥哥一个人把自己的事安排得明明白白，一直都是全村的骄傲和榜样。可是今天，她看到了他不曾有过的样子。

那个一直镀着金边的哥哥，眼里蒙着灰色的雾霭，一副茫然的模样让他看上去像是没交作业被罚站的小学生。二婶儿劝他别上火，跟他说这事得再从长计议，不图三分利，谁起大五更？和村里人打交道这么多年，她太了解他们了。刘支书本不想说什么，但还是忍不住给万生提了个醒：“自己创业的事儿难成，要么你就别瞎捅咕了，能回县里就早点回吧，我马上要退了，也帮不上什么忙。”万生垂头丧气地坐在花台子上。佟梅花看看儿子，有点心疼，想上去拉一拉，可想到她不能心软，她要是妥协了谁还能拽住儿子犯傻，最终狠下心转身走了。

万荣想不通她哥的想法，想不通她妈的想法，想不通村里人的想法，所以心里不痛快，更憋着一股子火。偏偏这个时候傅老九又来招惹她，万荣一看见那块狗皮膏药贴过来就加快了脚步，然而就是甩也甩不掉。

奇怪的是，这次傅老九的态度和以前完全不一样了。说话时候也不见以往死乞白赖的谄媚劲儿，而是挺直腰杆，底气十足地喊着："万荣，你来，我有话跟你说。"

万荣正心烦，没好气地说："没空。"她可不想跟他扯皮。

傅老九见万荣硬气，眼珠子一转，那模样分明是嫌弃万荣还没有搞清楚状况："你哥是不是虎啊，这么大的事也敢瞎折腾。乡亲们都埋汰他呢。"

"你才虎呢，呸！"万荣冲地上啐了一口。

傅老九摇摇头，挖苦她："颠儿，接着颠儿，你哥没工作了，你也没正经工作，万荣，我不知道你有啥好颠儿的。"

"你什么意思啊？"

傅老九也不顾万荣语气里的愤怒，平日的卑微一扫而空，得意上了："你看你，总是这么个态度。今非昔比了，你家也没落了，你还是个老姑娘，也就我傅老九愿意娶你吧。"

万荣深吸一口气，呵斥道："你给我滚犊子！我家咋就没落了，狗眼看人低，还想娶我，也不撒泡尿照照，你算老几啊！"

万荣又呸了一声跑远了。

傅老九看着姑娘绝尘而去的背影，也学着那模样呸道："嘚瑟啥啊，有你求我那天。"

万荣气势汹汹地奔回家，一路上心里骂了傅老九一万句。佟梅花本是坐在炕上郁闷，看见女儿这样，赶忙起来问咋了。

万荣跑了一路，气喘吁吁，她拿起舀子搲了一瓢水咕嘟咕嘟喝下去了，差点儿没呛着，待到平复了心里这口恶气，她喘了几下才说："妈，这次村委会换届，我想参加竞选。"

"就为这事儿啊？你原来不就是妇女小组长啥的吗，还竞啥啊？"女儿的话没头没脑，让佟梅花也是一愣愣的。

万荣却像坚定了信念似的，颇有大义凛然的架势："妇女组长太小了，没啥用，我要竞选村干部，就当妇女主任，反正二婶也要退了。

我当上了村干部，就能给我哥撑腰了，看谁还瞧不起咱家。”

佟梅花连连摆手：“哎哟，那活你可干不了，这村里妇女之间的事多了去了，琐琐碎碎的，哪有一个是好干的？你看你二婶说话好使，那是人家有威望，能镇得住，换你呀，不被气死也得被骂死。”

万荣不管，她觉得二婶行，她也能行。老万家被人瞧不起，她可受不了。只是这事，母亲未必站在她这一边儿。佟梅花在大是大非的问题上总和儿女们唱反调，今天不就是吗，哪有亲妈给儿子拆台的，万荣心里这么想着，但也不敢说出来，母亲心里憋着气呢，万一又冲她发火怎么办。真正能理解和支持她的还得是哥哥，他们兄妹必须互助了。

“我大哥不知道啥时候回来。”

佟梅花这时候才像想起万生来似的，流露出担心：“我们没一起回家，我以为他过一会儿能回来，可是一直没见到他人，我正想去找找呢。”

万荣想了想，拍着脑袋瓜说：“哎呀，他肯定是抹不开面子，不敢回家。你说你……哎，你们今天闹的什么事啊。我还想找他一起参加选举呢，如果当选了，他想干啥干啥。”

老母亲心力交瘁：“他干啥都行，可别出啥事就好……”

第五章　醉酒之人

万生感到胃里有什么东西在走位，在移动，或者说每处点位都错乱了，原本应该躺在这里的食物，流淌去了那里，它们彼此客气地打着招呼，说着："借过。"于是没有发生巨大的碰撞，仅仅是一场可控的翻滚。他很少喝酒，他认为酒精会让人变笨，在自我约束这方面他颇有一点苦行僧的味道，回来村里好几天了，唯独那一晚，他给自己破了例。

他喝酒的小饭店就在公路边，客人多是货车司机，没谁认识他，也没人打扰他。一盘大拉皮，一盘毛豆，几个肉串，这是他的下酒菜。他跟老板要一瓶白酒，老板给他极力推荐了一个从没听说过的牌子，说是老周的酒厂生产的本地白酒。老周是谁？老板说是咱柳条村人，在青石镇上开了一个酒厂。万生这才想起来，老周就是二婶总说的"周酒匠"，以前在村里有个酒作坊。小时候柳条村最出名的特产就是周家的烧锅酒，万生父亲很喜欢喝。就这个吧，他没有心思选酒，他只想要一点激烈，一点痛快，一点一醉解千愁的快感。

没有想象中那种呛鼻子的感觉，一口酒进肚，万生体会到的是腹中慢慢升腾起的灼热，这酒非常意外地让他有了良好的感觉，酒的热烈让人陷入另一种境地，而清香的味道仿佛告诉他，你看，世界很美好，一切都会变好的。好不好的，先吃饱喝足再去谈。万生被第一口酒激发了情绪，又点了一个熘肥肠，狠狠吃喝起来。

一个酒嗝，一声悠长的叹息，把万生拉入回忆空间中，那空间里的场景像一本古旧的书一样遥远易碎。无论是当年还是现在，村里人都觉得他是县里的高考状元，肯定会有大出息，在外面风光无限。可那些成绩，只是符号，停留在纸上，如今早已无足轻重。高考不过是人生的一个阶段，并不会带给他永久的荣耀，只有他自己知道这么多年经历了多少无可奈何的事儿，他过得并不那么如意。

在进入大学校园之后，他才知道小小县城的状元，在别人眼里不算什么，一个宿舍里，有五个比他分数高的，人家从没炫耀过成绩，因为他们在省城的高中里，还有考得更好的同学。万生想到历史老师讲的贡品史，想到柳条村可能带来的耻辱感，在学校里闭口不谈家乡，可架不住有的同学好奇，拉着他问老家的生活是什么样的，在农村有多少地，他暑假回去是不是会种地。万生不喜欢这个话题，可他又不愿撒谎，他尽量简单地带过他在辽远乡村的成长历程，努力融入新的生活圈子。

想象中，大学会把他变成另一副模样。从头到脚，到内心，他应该脱胎换骨，蜕掉一层旧皮，长出新皮囊，像村里人希冀的那样意气风发。万生强迫自己参加学生会的新生选拔，可是他说话唯唯诺诺的，毫无悬念地落选，刚入学就经历这样的打击，让他更自卑了。他看到学生会主席自信大方地站在台上演讲，羡慕极了，他想成为那样独当一面的人。万生把自己的口拙归因于母亲的强势，在家的时候，母亲说话像连珠炮似的，让人插不上嘴，父亲又老实沉默，这让他养成了少言少语的习惯。他想要培养自己的演讲和交际能力，决心大学四年都留在学校，假期自己可以泡在图书馆，再去外面做小时工挣些零花钱。他要把一身泥土气脱下来还给家乡的黑土地，不再捡拾。

可父亲的去世把万生重新拉回了柳条村。那一年霜降之后，山上的叶子像牛血一样红。回柳条村的路虽然平时也难走，但那天格外漫长。万生背着书包，坐了两个小时绿皮火车，从省城辗转到县城，再坐客车来到镇里，最后搭了一辆三蹦子回了家。

万生走在坑洼不平的土路上，内心一片空白，他这么空了一路了，依然没有实在的感觉。经过胡铁匠的打铁铺，那会儿还是一间泥坯房，门口贴的门神表情狰狞可怖。胡铁匠透过熊熊烈火看见了万生，放下活计走出来说了一声：“孩子，你回来啦。”万生木然地点头，继续向前。路过河沟的时候，他闻到一股臭味，雨季过了，河道里没有多少水，两岸布满了垃圾，那味道让人联想到尸体腐烂的味道，他差点吐出来。

家门口的道儿那会儿很窄，一辆马车就把道占满了，万生往里走，马车往外出，两人一马僵持住之后，赶车人示意他让一让，万生反应了半天才把后背贴向墙壁。马蹄声嘚嘚地远去，万生还靠着墙，保持着直立的状态，离家只有几步远，可是他不想走那几步路。一片薄光照在土墙上，把万生的影子拉得颀长，时间仿佛静止了，后背蹭上了乌黑的墙灰，他浑然不觉。

在万生的意识里，父亲应该活得更长远才是。他应该活到万生来接他进城享福，远离土地或是工厂，活到子孙满堂，活到桑田变成沧海，农村变成城市。他不该在一个莫名其妙的秋天毫无征兆地生病、离开。其实万生父亲生病是在很久之前，只是他一直瞒着所有人，特别是儿子。他发现咳血已经有一段时间了，干活时呼吸会胸痛，而且越来越严重，他猜可能是不太好的病，但没有去医院，浪费那个钱干什么，大病治不起，小病自己就能好。他连卫生院都没去，就瞎打听一些偏方吃着，病情时好时坏。他农闲时和弟弟一起在外面打工，弟弟劝他多休息，他没听，他认为多干活身体才能更结实，更重要的是，多干活才能挣到钱，供儿子读大学。还有女儿万荣，将来也像他哥那样上大学多好，就算不能再读书，也得给她留下丰厚的嫁妆。老万靠着这样的信念坚挺了快一年，终于没扛住，去医院的时候已是肺癌晚期，在回老家没多久，就撒手人寰了。生命最后的时刻，他还不忘提醒妻子，瞒着儿子，等儿子念完书再告诉他。

佟梅花没有听他的。老子没了，儿子得回来奔丧，不然别人会议论他不孝。于是她给万生发了电报，那只有短短十余字的电报，让万生回到了一心逃离的柳条村。

你爸不想在外面治病，他说，人总是要死的，别把家底都掏空了。你还要念书，念完书成家，到时候荣荣也该考大学了。

听着母亲跟他说父亲的遗言，万生心里深受触动。贫穷让他的父亲自愿选择走向死亡，那个大山一样的父亲，最终一个人担起了所有的重担。父亲葬在了金马山下一个坡地上。他这匹劳累了一辈子的老马，最后落叶归根，魂归故里。他从来没有说过生活的艰辛，没有嫌弃故乡穷，甚至没有一块像样的墓地，他走之前还惦记地里的秸秆该烧了，走的时候悄无声息。

“人葬在金马山，生命就变得辽阔。”万生在本子上写道。那不是日记本，而是听课笔记。他没有记日记的习惯，但是课堂上偶尔会走神，也写一点感悟。这句话记录在“土壤分类与分布”这一节课的笔记旁边。父亲被埋进黑土地里，肥沃的腐殖质土层，含有大量植物生长所必需的矿物质元素，数百年后，父亲的身体也会化作腐殖质的一部分。

父亲的去世，让万生很受打击，在相当长的一段时间里，他浑浑噩噩地听课，做实验也经常分心。辅导员看不下去，找他谈话，收效甚微。寝室的同学宽慰他，请他吃饭，他也没有心情。就在大家无计可施，以为万生就这么消沉下去的时候，有个意想不到的人找到了他，学生会主席杨凡，那个让他有点崇拜的学长。杨凡家庭条件不错，穿得西装笔挺，万生总觉得自己跟人家有距离，一直是仰视他，没和他有过接触。杨凡听说了万生的事，从职位角度出发，找到万生，他没像其他人那样言语劝慰，而是直接带着万生去了电影院。万生以往看电影都是和同学挤在食堂的大电视前，看电影频道，他们最爱看的是武侠片，他还是第一次踏进影院，花花绿绿的海报、一排排的沙发和大屏幕都让他感到新奇。杨凡带他看的是《阿甘正传》，一部外国片。

光线暗下来后，万生的注意力就被屏幕里光怪陆离的世界吸引了，一棵嫩芽也暗自在心里生长。

从那天之后，万生奇迹般地恢复了正常，人们看到他又变回那个努力、上进的小伙子，甚至比以前更勤奋。学生会主席说，这是电影的审美教育功能，优秀的文化作品能为人提供精神食粮和动力。当然，这也是他的优秀事迹材料。不管怎样，万生在一场电影里找回了自己，他有了新的想法。柳条村不能成为永远让他羞耻的地方，柳条村的村民也不能都像父亲那样隐忍贫穷，他终有一天要回去，像阿甘那样回去，回去改变村子。

万生毕业以后被招到县农业局的所属单位农业科学研究所，平时的工作是对经济作物进行育种和试验。刚踏进所里的第一年，万生是斗志昂扬的，如果能促进农业科研成果转化为生产力，就可以为家乡作出贡献，可以让柳条村富裕起来。在科研所，他没日没夜做实验，培育各种农作物，很快就有了一些成绩，但也没少经历挫折。比如，培育一个新品种，没等到收成呢，实验田里的样本被老百姓给偷摘了；他的试验还没有结束，别人就早一步先出了成果。挫折不可怕，怕的是辛勤的劳动得不到回报。

万生不善交际，在所里一直默默苦干，单打独斗，科研项目进展缓慢。尤其是他一心放在致富产业上，有些研究虽然理论上成功了，但缺乏实际效应，华而不实。与事业的艰辛相比，万生在生活上却进展神速。所里的老同事看这小伙子年轻踏实，便积极给他介绍对象。万生结识的第一位相亲对象就是陈秋云。陈老师在市郊的一所小学任教，给人的第一印象是能干、自信、朝气蓬勃。万生大学四年都没怎么和女同学说过话，陈老师侃侃而谈、活泼开朗的气质让他眼前一亮。而万生的木讷在陈秋云眼里是知性、稳重、谦虚，两人互有好感，顺理成章就结婚了。婚后小两口在双方老人的支持下在陈老师的学校附近买了个小房子，新房距离万生的单位有二十多公里，那会儿不像现在开车半个小时就到了，万生当年只能坐一台破旧的公共汽车通勤。后来有了儿子乐乐，万生要照顾家庭，生活变得更加忙碌，工作上则不温不火。

在职称晋升方面，万生一直停滞不前，眼看着后辈们纷纷走到了他前面，万生生出了一些不甘心。他感觉自己越来越成了透明人，在单位可有可无。以前领导还总找他谈心、谈职业规划，后来似乎越来越不关注他了。万生并不执着于职位高低，但人到了不惑之年，还一事无成的挫败感，让他心生恐慌，他不想睁眼闭眼就把这辈子过去了。希望全部寄托在这一次百合种植上。

发现卷丹百合是一个巧合。那一年父亲的忌日，他带着老婆孩子回老家祭拜，在父亲的坟边，恰好开着两株橙红的花朵，像秋日明媚的阳光。万生上前闻了闻，芳香四溢。就像有什么魔力似的，这两株花把万生迷住了。这是父亲要告诉他些什么？他拍下花的照片，问母亲，母亲说那是卷帘子。他头一次听说，什么是卷帘子呢？他又回到图书馆去查，很多植物书的目录根本没有这种植物。一茎向上，叶片向着四方伸展，花蕊龙爪般卷起，这到底是什么野花？万生又上网查，他那会儿刚刚学会用电脑上网，还不太会，费了半天劲儿，终于让他搞明白，这是卷丹百合，东北的百合。

他又陷入了新的信息海洋里，一番翻阅资料之后，他发现这种百合既有药用价值，也可以食用，是难得的药食同源植物。万生实地了解行情，发现市场上鲜百合的价格高昂，很多超市放在精品柜台售卖。这让他眼前一亮，他想寻得的致富品种，这不就来了。从这一年开始，万生研究繁育百合，起初是珠芽种植，后来又尝试采摘鳞片繁殖、根茎繁殖，直到研究出最快的繁殖方法，其间，万生在《农民日报》上看到一篇报道，某地乡村种植百合畅销广州，更加坚定了他的信心，如果带动农民种百合，让百合成为一个产业，柳条村成为“百合村”，一定可以实现致富的愿望。而他的事业，也将“咸鱼翻身”，单位再也不能忽视他，他不想再当透明人了。

万生就这样陷入百合产业的构想中。从事农业，一旦对某种植物产生兴趣，很快就会与之交融，与之对话，让身体血脉都与之纠缠。万生在反复培育与试验过程中，仿佛听懂了百合的音乐，读透了百合的心思，他把卷丹百合的前世今生都研究明白了。他生出一个执念，这花，这果，既然是在父亲坟前发现的，那一定是父亲对他的另类守护。父亲，和电影里告诉阿甘“人生就像一盒巧克力”的那位母亲一样，曾经对万生充满信心，充满期待，虽然他不能陪自己走完整个人生，但是有那样一段路，他为自己撑起了保护的雨伞，让他能够独立前行，已经让万生很是感激，接下来的路，虽然父亲放了手，但他会自己坚强地走下去。

经过两年的育种试验，万生培育的种球比野百合更耐病虫害，也更容易推广成功。万生想形成一定的生产规模，需要有足够的百合基础种球，试验田自然是不够的，他需要土地。夏至以后，是采摘百合珠芽的时节，他可以先带着乡亲们到山里去收取野生卷丹的珠芽，再加上在农研所购买的种球,很快就可以形成产业。这是他的设想。为此，他不惜和老婆大吵一架，也决绝地用城里的房子抵押贷款，购买了大批的百合种球，还和单位申请离开岗位回乡创业一段时间，他要在家乡创办百合合作社，并且成立百合开发公司。

然而，回村后这些日子遇到的现实，狠狠打击了万生，一切似乎又将不如他的意。他虽然懂得种植，懂得技术，懂得百合，但是他不懂柳条村的人，他甚至不懂自己的母亲。

夜幕降临，众声喧哗归于平静，万生感到前所未有的茫然，酒也越喝越多，越来越上头。在起身的时候，他已经不知道应该往哪里走，哪里都像没有尽头。

同一个夜里，索玉柱坐着货车出发没多久，就觉得肚子不对劲儿。

到底是哪里不对劲儿，他说不出来，隐隐的疼痛感像无数细小的蚂蟥，向着周身钻游，无孔不入似的在神经里欢跳。额头上忽地冒起几粒细密的冷汗，让他有了恐惧，越是恐惧，越是感到周身发冷。

三个月前，他就开始有这样的症状，起初很轻微，他没当回事，这几日愈发严重。他有不好的预感，也是三个月前开始，老婆炖了一条开江活鱼，他吃得酣畅淋漓，可是晚上梦见一条巨大的鱼冲着他张开了嘴，一口把他吞下去了。

夜里车开得并不快，三排车道都被庞大的物流车辆挤满，远远看去如同密密麻麻的鲫鱼顺着河流的方向齐齐游着。他们在车流中平稳地穿梭，司机有一搭没一搭和索玉柱拉着闲话，发现他蔫蔫的，戏谑地问他是不是走之前跟小媳妇黏糊了，咋看上去虚呢。

虽然这是实话，但是索玉柱知道不是那么回事，他是肚子里面疼，跟肚脐眼以下没有关系。

“别往长白山开了，咱们先进城一趟。”索玉柱临时做了决定。货车去而复返，在下一个出口下道，转身挤入逆向的车流中。

几公里以外，与高速公路平行的乡路上，孙有命晃晃悠悠地走着。在星光迷茫的夜晚，他并不知道风吹起的沙沙树叶声，是在警告他前方会有一场无妄之灾等着他。找了个没人的瓜棚，他就窝在里面对付了一晚。这是幸运的时候，此前他也曾往瓜棚或者塑料大棚里钻过，半夜被回来看守的农民发现，放狗撵出二里地去，所以他并不敢睡得太实，得时刻注意身旁有没有人声。

第二天，孙有命走到了青石镇，这里靠近青石山，是伊城县最繁华的乡镇之一，孙有命从没来过。他住在一百多公里外的东城县孙家瓦房屯，二十六年的人生里，他几乎没有离开过老家。这是头一回，他走出来这么久，一切都是为了寻找吴秀珍。

吴秀珍呐，狠心的女人，猫到哪了呢？孙有命不断问自己，也问别人，他像一根行走的旗杆，僵直地游荡在喧闹街头，不时问问路人：

“你认识吴秀珍吗？大眼睛，麻花辫儿。”

他走过四条岔道，收到两个叫吴秀珍的女人的信息，一个是街边卖豆腐的老太太，一个是四十多岁的妇女、两个孩子的母亲，都不是。他要找的吴秀珍，年轻漂亮。

他没头没脑找着人，在走进一家花里胡哨的店铺的时候，撞到了一个女人。那女人身上有浓浓的香味，这味道不能说刺鼻，但是让孙有命感到惶恐，他自然是闻不出香水的种类，也不懂柑橘、茉莉抑或是迷迭香的气味，只是那个味道，让他天然地感到一股不好惹的架势。他无意撞了女人，也不敢抬头看，低头说了声对不住就想走。但是那女人旁边的小姑娘却尖着嗓子数落他：“你这人怎么回事，走路看着点道儿啊。”

听到年轻女孩的声音，孙有命抬头看了一眼，这一眼在姑娘眼里很滑稽，只见他摇摇头，自言自语道：“不是她，她没这么洋气。”

女孩皱着眉头骂了一声神经病，他也不在意，他知道神经病是什么意思，他被人骂了好几次了，也没掉一块肉。他走进那家店里，刚要问店主认不认识吴秀珍，身后传来一声惊呼。

“我的钱包呢？”是被他撞的那个女人在喊。

“是不是被偷了？刚才那个撞你的人是小偷！”年轻女孩叫着，声音异常尖锐刺耳。孙有命转过身去，好奇地看着她们，他注意到这两个女人似曾相识，但此刻正同仇敌忾地瞪着他，用目光切割他的面孔。

被他撞的女人是杨月，一脸精致的妆容，衣着光鲜得体，和她身上的香气一样，扑面而来的压迫感告诉着孙有命这个女人惹不起。她身上没有油烟气，没有柴火和土壤的痕迹，与他是两个世界的人。

杨月又见到了那个倒霉蛋儿似的“碰瓷”小伙儿。之前在公路上短暂的接触早已被她抛诸脑后，没想到还会遇见他。半个小时前，她走进一家布艺店，那时她脑子里想的全是项目，开口像机关枪一样对着助理小李交代合同细节。

杨月手里捏着一长串非物质文化遗产传承人的名单，她在省内挨个走访，寻找合作的对象。她是靠文创产品起家的，最开始的时候经营字画、石雕一类的艺术品，后来又添加了年轻人喜欢的动漫周边，现在她把投资的目光投向了非遗。

这家布艺店专门出售手工刺绣产品，店主的奶奶是老手艺人，祖孙三代传承枕头顶刺绣。杨月亲自看过那些色彩艳丽、喜庆的绣花后，满意地和店主下了订单。省里的文化部门有弘扬传统文化的项目，杨月希望她的文化公司能从中分一杯羹，这样不仅拓展了事业和名气，还能获得一定的财政支持。杨月经过策划研讨，决定成立一家民俗文化体验馆，做民间工艺美术品展销。

这不是一件容易的事儿，首先要获得丰富的资源，这需要和非遗传承人打交道，请他们带着自己的手艺和作品入驻她的店铺。其次是要做好宣传推广，对于老手艺，年轻人大多不了解，也没兴趣，更别说传承和发扬光大了。她想走传统文化和商业化、产业化相融合的道路，需要创新宣传方式，比如制作动漫视频投放、直播平台带货，只有让产品内涵被深刻理解之后，才会带动人们去消费。

现在令杨月着急的是，她手里缺少足够多的产品资源。普通的工艺品都已经在网上批量贩卖了，没有什么独到的挖掘价值。非遗手工艺品是个很好的项目，只是相关传承人都在民间，很多艺人往往在农村，所以她才到乡下来，一家一家去摸找。偶尔还会遇到一些传承人性格古怪，很难谈下合作。不过杨月相信“一个人事业上的成功，只有15%是由于他的专业技术，另外的85%要依赖人际关系、外事技巧。”她想成为女强人，平时就熟读卡耐基的成功学，特别是这一句她最喜欢。人际关系就是生产力，即便文化水平不高，但是只要善用为人处世的能力，就能把生意做好。

助理小李并不理解老板这种寻找，她们已经签约了风筝、泥人、布贴画、陶瓷等近十个品类，也不知道老板到底想搜罗多少种产品。

杨月笑小李见识少了，这怎么能够呢。长白山余脉的非遗项目多着呢，再往深处走，还会有她们想要的东西。越是走访，她越是觉得传统文化里面有无穷无尽的宝藏。过去公司做的产品，一直都是模仿流行元素，特别是一些舶来品，没有多少原创的内容，一开始卖得还可以，后来市场饱和，就走下坡路了。热门的IP，你能想到的，别的企业也能想到，你在做，别人也做，没有什么新意可言。但是现在她们寻找到的民间手工艺制作品却不一样。手工艺是唯一的,不可替代的。

“但是这样的商品不能量产呀。”

助理的质疑,也是杨月思考了很久的问题。“这恰恰就是它的价值。”杨月给助理解释，有些作品如果从制作人手里拿到市场上，好好讲制作的过程，讲背后的故事，就能卖到很高的价格。这类带有传统文化色彩的产品在国际市场尤其走俏。

杨月是在一个很偶然的机会接触到民间的非遗项目的，有一年她去参观了一次农民画展，一股乡土气息扑面而来，她惊讶地发现，她对那些抽象艺术没有什么感觉，却能轻易理解和接受眼前造型质朴、色彩艳丽的农民画的美。再看画作介绍，有的作者只是最普通的农民，但是已有画作被国际知名的展馆收藏。杨月回来在网上搜索，看到一排排在澳大利亚、日本、德国等世界闻名的美术馆展出的农民画照片，让她有了全新的设计方向，既然“师从”了国际级的成功学家，那么她的文化生意将来也要接轨国际。

不惑之年的杨月，体内积蓄着某种灼热的力量，她在寻找一个厚积薄发的机会。在和孙有命撞个正着的时候,杨月心里还想着她的项目，当然也没有听清那句“你认识吴秀珍吗？大眼睛，麻花辫……”。她要抓紧一切时间去完成她的宏伟愿景。手机里有一张电子表格，记录着她此行需要去寻访的地方和人。去掏手机的时候，她才发现，钱包没了。她和孙有命撞了一下，这是离她最近的记忆，所以在没有缓过神来的时候，怀疑的目光便自然而然地落在孙有命身上。

孙有命很矮，看着比穿着高跟鞋的女助理矮半头，但他又不是那种瘦而小的身材，他肩膀宽阔，肌肉紧实，像个倒立的干葫芦，那黑黪黪的脸膛和一身破烂的衣服，透露出这人仿佛在世间摸爬滚打了几个轮回，经历过无数坎坷。他怪异的模样和落魄的打扮，让人自然质疑起他的身份来。

女助理最先作出了反应，她一喊抓小偷，店里的伙计马上帮忙堵住了孙有命。一个小矬子，没什么可怕的，伙计上前揪住孙有命的衣领，却没承想他力气大得很，几下就挣脱开了。惊慌失措的孙有命本能的反应就是跑，但是他没跑成，街坊四邻已经围成了一个圈，把他堵在门口，身后追出来的人也气势汹汹地横在门口。

“真是倒霉。”他又骂了一句。这不知道是第几次了，他把自己骂个透彻。他只能骂自己，一切都是命，从娘胎里出来就是。无论遇到什么事，都不算稀罕。人群指着他吵吵嚷嚷算什么，被人揪着衣领算什么，他经历的相同的目光还少吗?

民警拨开人群进来，孙有命看到那个年轻的女人和警察叽叽喳喳说着什么，像只饿急眼的家雀儿似的。他突然想起这俩女人之前在高速公路上见过。

“警察同志，这人偷了我们杨总的钱包。他假装那么一撞，就把包给拿走了。”助理绘声绘色地描述着。

偷钱包？什么钱包？这个女人在说什么？孙有命心里纳闷。

“小偷啊”“小偷”“偷东西的”，四面八方的指责，让孙有命蒙了，他支吾着说：“我……我没偷……”

“之前我们在高速公路上，他就拦过我们的车，当时还被交警带走了。你看他个子矬矬的，一看就不是好人。”小李义正词严地指认。

“矬矬的。”孙有命到了派出所，还依然在回味这三个字。矬读二声，个儿矬，小矬子，在村里是说人长得矮。长得矮怎么就不是好人了呢?孙有命不理解。而在小李的语境里，矬是指全方面的矮，除了身材，还包含了品行和道德。

民警看了孙有命的身份证，和之前的交警问了相同的问题："你这名挺奇怪的，是你家里图吉利给起的？"

孙有命不得不又解释一遍："本来爷爷给起的孙有才，但是在俺妈肚子里捡着了才生出来的，就叫孙有命了。"

"捡着了？"

孙有命说起他的故事。这个故事在他家村子里人尽皆知。孙家瓦房砖厂有个长年看大门兼搬砖的矮子。矮子身高才一米五，说他是侏儒吧又不是，可生生比村里男人矮了半截。一双小脚，像小学生似的。村里，人人叫他孙有命，没人知道最初他爷爷对他的寄托，是有才。他是捡了一条命的人，全村人都知道，他本不应该出生。

二十六年前，孙有命的母亲已经生了两女一儿，当时家里三个孩子一个挨一个的，想供着读书都费劲，再多一个孩子怕是饭都吃不上了。于是，她狠狠心去了卫生院，把人流手术做了，肚子钻心似的疼了好几天。从此，在大家看来，孩子就没有了。谁知又过了三个月，有才妈肚子像个灯笼似的鼓了起来。难道是手术没做干净？去卫生院要说法，大夫说："问题不能出在我们这儿，你可能是消化不良。"大夫还给她开了一些肠胃药，她喝了也不见好，而且肚子越来越大，再去卫生院，大夫看了直摇头，说可能是肿瘤，让她进城上大医院拍片看看。有才妈想这瘤不是什么好病，治也白治，不如省钱给儿子娶媳妇，人这一辈子早晚都得死，多活几年又能咋的，不治了。

女人这样想，就回家等死去了，结果没几天，肚子里叽里咕噜一阵动弹，分明是胎动，便惊喜地对丈夫说："我这肚子里好像不是瘤，肯定是个孩子。"

他爸恐慌了，别人在卫生院做人流没事，咋就他家没做下去呢？他将信将疑，生怕女人搞错了。可是生过三个孩子怎么能错呢？有才妈信誓旦旦地说:“没错，就是个孩子。”两口子也没声张，继续过日子，于是没人知道孙有才还活着。没过多久，女人在地里干活的时候羊水顺着大腿根儿流淌了下来。还是卫生院那个大夫，闻讯赶来帮忙接生，孩子生出来,她和大伙儿都傻眼了,谁能想到还真就是没流下去。“有命，有命,这孩子有命啊！”大夫连说了三句“有命”,掩盖了她的医疗责任。

这个男婴，八个月就出生了，长得瘦小，怎么看怎么丑，无论哪个部位都觉得缺少点什么，但又说不出到底缺什么。爷爷早先给他起名叫孙有才，可村里人硬叫他孙有命，做人流都没做下去，可不是有命吗？在若干年后落户的时候，不知是有意还是马虎，当地管理户籍的民警也给他落的孙有命这个名字。日子一天天过去，又一年年过去，孙有命二十多岁了，个子始终矮矮的，有人说他是“半拉儿人”，另一半因为做人流给带走了。

孙有命不仅身材矮小，长相也抽抽巴巴，脑袋小，眼睛小，五官紧凑在一起，而且他还不长胡子。在别的男孩下巴上星星点点有了黑胡茬的时候，他的下巴干干净净，有人笑话他是“太监”，也有人说，胡子长在另外“半拉儿”了。“半拉儿人”孙有命一直跟着家里干农活，倒是练出一身力气来。老爹老妈觉得他先天条件差，又没有好出身，怕他找不到媳妇，于是各种托关系给他硬塞进了砖厂去看大门，这样好歹算有工作了。然而，在砖厂干活的小伙子一个个结婚了，孙有命过了二十五岁连个媒人都没有，他的哥哥和姐姐们早已成家立业，他变成了父母的一块心病。直到那一天，砖厂新招来一个做饭的姑娘，苹果脸，大眼睛，麻花辫，让村里未婚的男青年们一个个望眼欲穿。姑娘自称吴秀珍，她的横空出现，引起了不少热议，最劲爆的就是她没干几天活就跟孙有命聊得特别开。谁也不相信这个漂亮姑娘会相中孙有命，秀珍会看上“袖珍”，一开始连孙有命自己都不相信。

可是爱情就是这样，它光顾了那个小小的脑袋，把生命中未曾见过的光彩映照进来，让孙有命天旋地转。姑娘一声“哥”，让他心里忽悠忽悠的，姑娘塞给他一个苹果，他已经开始想象为他俩的孩子种一片苹果园。姑娘像天上的星星，让他对黑夜也着起了迷，别人都说这事儿有古怪，只有孙有命觉得那是他有命。当认识了不到十天的吴秀珍开口要五万块钱彩礼，说要给她妈治病的时候，孙有命想都没想，拍拍小脑袋就一口答应了。

五万元彩礼，这个数不多，在这个村里想娶个好人家的姑娘，彩礼的金额已经达到十万元了，物价涨，农村彩礼也跟着涨。但是对于孙有命家，这还是个不小的数字。他白天辛辛苦苦搬砖，再加晚上打更的微薄收入，满打满算就攒下两万多一点。老爹老妈一听有姑娘肯嫁给那个倒葫芦似的小子，东挪西凑出三万块钱。孙有命的婚事像一场夏季的急雨般订了下来，孙家生怕姑娘跑了似的要领结婚证。姑娘却云淡风轻地说户口本在娘家，等回门时带上户口本再回来登记也不迟。姑娘说得有道理，村里那么多办了婚席就算结婚的，直到给孩子上户口时才想起来登记，姑娘说家在伊城县，坐车又不远，着啥急。

差就差在他连姑娘住在哪个屯都没问。一句伊城县，就把他打发了，以至于当媳妇像被风吹散的薄雾一般消失的时候，他连寻找的方向都没有，只好沿着伊城县最边缘的村子一个一个寻找。

“吴秀珍，她答应跟我结婚，刚给她五万块钱彩礼，人就没影了。那是俺在工地上一块块搬砖挣回来的，是太阳底下晒，手上起满血泡换回来的……”

孙有命缩成一团坐在派出所地上低声啜泣，鼻涕顺着下巴流到原本就肮脏不堪的衣襟上，形象更“矬”了，杨月听得心软下来，递过去一张纸巾给他擦脸。

“现在说的是你偷窃的问题，不要扯别的，说说这位女士的钱包吧。”民警们听多见多了这类骗婚的故事，不带任何感情色彩，只想着办理眼前的案件。

杨月却不一样，她看着这个“半拉儿人”，生出了怜悯之心。其实她活到这个岁数，也见过形形色色的人生，但是孙有命真情流露讲的故事，戳中了她的泪点。杨月摆摆手，说道："算了，算了，同志，是我记错了，钱包没丢，大概是落车上了。"

小李想说什么，杨月使眼色让她别说话。民警不乐意了："你别听这小子胡扯一番就同情，若真是小偷，那小嗑编得一套一套的。"

孙有命听到"小偷"两个字，身体更加向内地缩了缩。

杨月笃定地说："就是没丢，我记错了。"

民警们见失主都不追究了，那也省得麻烦，便说都可以走了。这时杨月却没有要走的意思，她上前微笑着问："同志，能不能帮他查查那个媳妇，伊城县也很大，他这么找可不知要费多少工夫了。"

"那要回他老家的派出所，以诈骗案立案，这种'放鸽子'的也是最难打击的。"警察解释道。

"不是诈骗，我媳妇肯定是有事才走的，她妈妈病了。或者遇到别的什么事呢？她就是失踪了。"孙有命突然连连摆手，仿佛之前故事里的男主人公不是他，仿佛哭泣的人也不是他。孙家瓦房那边的派出所他没有去，就是怕人们以为他媳妇跑了。可不报案，民警有啥办法呢？只能摇摇头让他们走。

孙有命刚才那么一哭，早就吸引了户籍科一位女警察的注意，女警察从办公桌后面站起来热心地问孙有命媳妇的身份证号是多少，孙有命说他不知道。女警察犯了难："叫吴秀珍的有好几百个，户籍信息也不能随便给人看。你这种情况，连身份证都不知道，还没有任何法定关系，没法报失踪。"

警察同志都这么说，孙有命叹了口气，还是自己去找吧，没人能帮他。

孙有命冲着帮他说话的杨月鞠了一躬，像个迟暮的老人佝偻着身躯离开派出所。杨月在孙有命铁灰色的背影里找到了扶贫救济的一丝安慰。她又做了一次善事，但愿这个可怜的人能迷途知返。而当她在车前座的口袋发现了那个“被盗”的钱包后，心里一下变得沉重起来。她不仅是白白感动了自己，还真的误会了别人。

索玉柱从来没有遭遇这样的“堵”，等待就医的长龙比高峰期的国道还堵，医院里人挤人，头挨头，微信里老婆问他到地方了没有，他想了想，回复：“路上塞车呢。”凌晨赶到医院急诊，大夫验血后说不是感染，让他等白天看专科。早上门诊一开，他就去挂号，却还是没有抢到前面的号，连中间的号也没挂上。就在他一次次以为该轮到自己的时候，护士叫的都是别人的名字。他有了些许愤怒，这些人根本没有出现在挂号队伍里，护士告诉他，人家是网上挂号的。

索玉柱也不争辩了，他好多年没有来过省里的大医院看病，大城市的规矩，遵守就是了。等了一个上午，终于轮到他了，医生没给他任何解释，就给开了肠镜、胃镜、彩超一堆的检查，让他第二天检查完再来看结果。索玉柱问大夫能不能给开点药，肚子有时候针扎一样疼。医生公式化地说要先诊断出问题才能开药。

得，还不如去镇里的卫生院直接打个消炎针了。索玉柱后悔来这儿看病，一顿折腾不说，还耽误了他进货的时间。多年前，索玉柱在广州打工，他的脑子就是在那边搞活起来的，后来做起运输行业，跑了很多地方，直到在兰州遇见石丽，他有了安定下来的打算。回到老家，他开了个特产超市，还用打工挣的钱承包了村里 50 多垧的林地，林地里栽培了榛子树，每到八九月份在山野里就能采集到蘑菇、木耳、榛子等山货。但这些还不够，他偶尔会跑跑长白山区，做人参买卖。最近两年，营养丰富的刺五加茶又成了热销品，索玉柱每隔一段时间就会进一批。他父母已经过世，又没有小孩。石丽就是他的贤内助，她春天采山菜，秋天收购山货，和丈夫配合得天衣无缝。两口子这些年日子过得红火，让全村人都羡慕。

坐在烤箱一样的医院走廊里，索玉柱回想他的人生，总觉得缺少点什么。是什么呢？钱他不缺，媳妇温柔体贴，工作也自由得很。那是什么东西，在他心里挖出一座空荡荡的孤岛。这时他看见一个抱着孩子的妇女从身边经过，他听见孩子的啼哭声，此起彼伏，非常刺耳。对了，是孩子。他想要一个孩子。

可是这事他一个人说了不算。石丽的肚子为啥总是没动静？索玉柱握着医院发的病历本，转头去挂了男科。他一直没好意思去看，生怕是自己的原因。可是到了医院，反而没那么大抵触了。假如真是自己有问题，那就治呗。如果是老婆……那就是命，他认了。

石丽不知道丈夫要面临各种器具冷冰冰的检查，她以为他在进货的路上。昨夜，发生了一件不可思议的事，她还没有缓过来。也不是没有醉汉闯进过福玉超市，而昨夜那位比较特别。也因为那个特殊的闯入者，带给了石丽不一样的心情。一早，她爬起来就去了自家的林地。今天，村里好事的人也许要带着轻佻的目光，揣测福玉超市为何大白天紧锁大门。石丽不在意，她骑着电动车，先去了林地里那个十几平方米的看护房，里面放了一些农具，还有休息用的床铺。石丽拿了锄头走上看护房前面的陡坡，她家的林地东面有十几亩的山坡耕地，石丽在那里种满了玉米、黄豆。只剩下靠近陡坡的地方还闲置了几块空地，以前她实在是种不过来了，就随意扬几把蒲公英种子，过了收割野菜的季节那些土地就荒着。

石丽拿了一袋百合种球，精心地种进这片地里去。勾垄让她流了一身汗，花布衬衫湿涝涝地贴着身体，心情舒畅的人从里到外都泛着阵阵潮热。以前在家乡，她就种过百合，也了解百合的价值。她母亲曾经让她参加公务员考试，报考当地的国土局或者农业局，她最终也没有去考，而是嫁到离家千里的地方。但是绕来绕去，她还是没离开土地。眼前的土地，她是那么了解，腥香的气味丝丝缕缕熨帖鼻尖，仿佛拥有生生不息的力量。

她现在突然有了新的期望，因为昨夜那位醉酒的闯入者。

第六章　夜的倾诉

索玉柱离开家的那个晚上，柳条村热闹沸腾，人们热衷于讨论万生的经历，有人扼腕叹息，有人幸灾乐祸，也有人觉得别轻易下结论，可以再观望观望。

那晚，万荣和母亲心绪难平，佟梅花没想到自己简简单单插嘴的几句话，带来了一系列连锁反应，村委会一场不欢而散的宣讲，让她们家成为热议的对象，也让万生的名声一落千丈，连万荣都遭到老九那样的人戏谑和冷嘲热讽。面对外界舆论攻势,母女俩难得地冰释前嫌，互相安慰起来。她们心往一处想，可是最该被安慰的那个人却不见了。佟梅花一连给万生打了七八个电话，才换来儿子带着火气的声音："别打了，我不回家。"万生哪有过这么抵抗的时候，佟梅花担心起来，也彻底没了脾气。肇玉兰看她这样，心底直摇头，作为母亲，这一刻才体恤起儿子，恐怕晚了。心里这么想，还是劝嫂子放宽心："孩子不想回来，你别逼，让他缓一缓心情。"

家里空气焦灼，万生浑然不知，酒后他的脸色驼红，伴着夜晚昆虫的奏鸣曲，步伐紊乱地出现在街头。他已经在烧烤店喝得醉醺醺的，直到打烊才晃荡出来。

他平时不喝酒，这一晚却放纵了自己，那周酒匠的酒，让人意犹未尽。酒精的麻醉让万生感到酣畅痛快，但是这种外助式的快感不能停止，一旦停止他就头痛万分。他自己都不知道，潜意识带着他一步步走向了与家相反的方向。

福玉超市关了门，里面的灯还亮着，彼时索玉柱刚出发没多久，石丽正在拾掇屋子。万生迷迷糊糊地走到超市门口，踉踉跄跄地上前拍门，嘴里喊“玉柱开门，我要买酒。”

石丽给这位不速之客开了门，她熟悉这村里每一个醉汉，万生还是第一次见，让她有些许意外。万生一身酒气，满脸通红，一直嚷嚷着要添酒，模样憨憨的，和平时见的酒鬼不一样，这人平时大概不怎么喝酒，石丽不知为何有这样的感觉。石丽递给万生一杯凉白开，把他让到超市的椅子上坐着。这也是个例外，若是傅老九那样的人，她早给撵出去了，甚至门都不会开，可是她不仅给万生开了门，还留他在屋里歇脚。她对眼前这个“状元”有些好奇，第一眼看见他，就觉得他的气质和村子格格不入，当他说要种百合，就更让她惊诧。

“万大哥，你咋喝成这样，玉柱没在家，你坐这儿醒醒酒吧。”

“你说，你说咋就这么难呢？”万生自言自语地说着。如果是清醒状态下，他是不可能和不熟的人倾诉的，更何况是位女性。只是此时，万生陷入自己的世界里，在他眼里，已没有性别之分、身份之分，他眼前站着一个人，不知道是谁，或者说，可以是任何人，他的母亲、爱人、妹妹或者刘支书、杨林山、张百顺，那是一个当时当地合理的存在，管他是谁，都可以倾诉。他有疑问，困扰在心里的疑问，他要说出来，也只有借着酒劲，他才能说出来。只是他的诉说，毫无逻辑。东一句，西一句，偶尔从当下跳跃到几年前甚至更久，像博尔赫斯的小说，迷宫一样绕来绕去。石丽很认真地聆听，有时候插嘴问几个问题，才大概整理出他口述的故事，知道他如何艰难地做着百合种植的试验。她还没有见过这样的醉酒者，别人喝多了是胡咧咧，口齿不清。而他正相反，表达比起清醒的时候更流畅。万生虽然在无序地倾诉，一会儿说创业，一会儿说家庭，但是语言一直遵循着内在的逻辑，每一个名词都准确清晰，这些话俨然在他脑海里早已演练过许久，他此刻更像是站在台上演讲，她是唯一的听众。

“我们团队在打造智能农业、数字农业，通过智慧管控平台能有效提升作物管理，团队里每个人都有自己的项目，我反复论证调研，做了大量实验，决定了种植百合，咱这里土质疏松的坡地是最适合种植百合的土壤，我有信心能把这个项目做好。你知道我和领导打了多少次报告他才同意我回柳条村种百合吗？市里、省里都有精准扶贫项目，村里种好了完全可以获得财政上的支持。家里人埋怨我离开单位，可我要抢在别人前面形成规模，就不能等，不能靠，我得抢先把种植基地建起来，不形成一定规模谁扶持你啊！”

万生讲到他的回乡，情绪更加激动起来，他明明是为了回来创业才向单位提出的申请，明明是为了更光明的前途，但在亲人眼里，却成了不务正业，是不珍惜工作。他的妻子就是这么想的，她强烈反对，不愿万生放弃安逸的生活，更怨他不顾家庭生活，甚至赌气收拾行李带孩子回了娘家，这是最让他难过的。他们结婚多年，这是第一次分居，别人是感情出了问题才分居，而他们之间又没有第三者，也没有性格不合，就因为万生想要回村种百合，他俩的意见产生了巨大的分歧。他们以前也有一些矛盾，但一直都互相体谅隐忍，这一次陈秋云冲他发了很大火，给他好一顿数落。

“我们纯粹是在理念上有了冲突。”万生絮絮叨叨地说，不忘喝一口白开水，再咂巴嘴，像刚嘬了口白干似的，他还没有从喝酒的场景中走出，“她完全不理解我的事业，只顾家长里短的事，孩子也不小了，怎么就离不开我了呢？她什么时候变得肤浅了，她以前不是这样的！”

“也许她有她的立场，你可以试着从她的角度去思考。”石丽与万生的妻子素未谋面，但她却希望他们能够冰释前嫌，男人考虑事业，女人顾虑家庭，所谓夫妻矛盾大抵都是没有换位思考，她和索玉柱就不存在这样的问题，他们总是先想对方的需求，而且他们也没有孩子……

万生没有听清石丽的话，他此刻还陷在无序的叙述里。

“她怎么说也是当老师的，瞅瞅她说的什么话，居然说我属蔫巴黄瓜的，欠拍！”

石丽扑哧一笑，这个比喻真形象，她想象了一下拍黄瓜的场景，又想象着万生妻子说话的语气，觉得他们之间吵架吵得还挺有趣的。万生却不再提妻子，他的思维跳跃到了另一头："我老婆理不理解没关系，我最担心的是村里人不理解。果然，这帮人太容易被带节奏了，特别是我妈，在这件事上四六不懂，还愿意掺和！”

“你也没说清楚这些，大伙儿是看结果的，你得拿出让人信服的理由，让大家相信跟着你是能挣到钱的。”石丽忍不住插了话。前因后果她听明白了，可是那天从村委会回来，丈夫都没提扶持政策的事，可见万生讲得不具体，别人听得云里雾里。村民们内心有顾虑更在情理之中，政策上的事得和他们细掰，让他们听懂，万生没有讲清楚，也没有具体的规划，难怪碰壁。

石丽说完有点后悔，万生都醉成这样了，她说啥都没用。果然万生没有搭话，而是醉眼蒙眬望着她问："你知道百合是什么吗？”

“知道，一种很美的花，象征纯洁美好。”

万生撇着嘴大笑一声："肤浅啊，你肤浅了。”石丽一皱眉，心中不快，但只当他酒后失言，也不计较。

“百合，是一味中药，还是营养丰富的食材……”

万生背着百合的功效，和网上写的一样。石丽不禁莞尔，原来他说的是这个意思，他要种的百合，不是观赏花卉，是中药材和食品。的确，在她的家乡，百合到处都是，菜里、汤里、茶里，随处可见，嫁到了东北，就很少看到这个品种了。卷丹百合她在山野里见过，但还没见谁家种来吃的。如果万生的卷丹百合也跟老家的百合一样具有食用价值，那也许是农民一条种植致富的新思路。

“开公司、办合作社。农民参与，这是产业结构调整的新策略……”万生絮叨着他的设想，这些他没有和别人细说过，老婆听了几句就不耐烦，根本不给他机会说完。

选择目标市场、找准产品定位、制定营销策略和产品策略、寻找分销渠道……石丽在脑子里演练了一遍百合作为商品进入市场的流程，“公司＋合作社＋基地＋农户”，石丽跟着万生的思路又想到一套产业化生产经营方式。随后她自嘲地摇摇头，这和她有什么关系，她家的生意都在山货上。

石丽又给万生倒了一杯水，犹豫着要不要找人把他送回家。偏偏这个时间索玉柱还走了，她连万生家人的电话号码都不知道。万生断断续续地唠叨一番，已经到了深夜，孤男寡女共处一室，石丽有点不安了。她对万生并不熟悉。但是耍酒疯的男人，她可是见过不少。像傅老九，喝高了就失态，以前是打媳妇骂媳妇，现在剩自己一个人了就逮谁闹腾谁。好在万生自打进了屋就坐在椅子上，除了不停地说话，没有别的举动。

“我是农大毕业的，我比他们懂得多了。我专门研究过土质，做了很多品种栽培实验，全县都在争抢致富项目，我为了形成百合种植产业链，申请离岗创业，专门跑回家乡来……居然没人理解我，还说什么我被开除了，没工作了，回来瞎折腾来了。明明一个好事，到了别人嘴里怎么就走板了呢？”

权力或者利益的纷争，石丽不感兴趣，万生在单位，肯定有很多千丝万缕的关系和旋涡，她听见也当是耳旁风，她心想怎么让他离开……这时，万生忽然把话又转向了自己的母亲。

“你见过谁家妈妈不向着孩子的？我家！我没想到我创业最大的阻力居然是亲妈！你被亲妈拦着过吗？亲妈啊！跟你作对，拦着你！好像我是捡来的。”

石丽听到这里，心里恍惚了一下。回忆蒙上一层淡淡雾气，她的心被遥远的记忆击中了，轻轻颤动。眼前的人保持着醉酒的坐姿，眼神飘飘忽忽，说完话就沉默了。石丽有一瞬的愣神，耳边好像正负电荷发出噼啪碰撞的声音，心跳突地快了几拍。

万生在沉默的半晌时光里没有等来她低语着说“拦过”，就仰在椅子上以奇怪的姿势睡了过去。

那年二十多岁的索玉柱，身材健硕魁梧，偷摸爬上石头土墙的身影却显得心虚胆怯。土墙院里传来母女俩激烈的争吵声，他焦急地向院内的二层砖土房看去，又不敢出声。才一冒头，他听见准丈母娘用粗犷的声音吼道：“你个傻娃子，你到底想做啥，哪个能嫁那么远的，别被个哈怂骗喽！”

这么多年过去了，那天尴尬的场景还是记忆犹新。丈母娘说话带口音，索玉柱听不怎么懂，但是知道那是在骂人呢。他就是那个哈怂，而且还在被点名的时候露出了爬墙的脑袋。

从省医院拿出两份检查结果，索玉柱坐在城市灯火通明的街头像一尊雕塑般肃穆。霓虹灯晃得眼睛刺痛，索玉柱想起多年前那个错过最后一班公交车而搭上他货车的女大学生。想起她哭着对母亲说：“妈，我们是真心在一起的，他是个好人，他对我很好。”

“你一个大学生，非嫁个货郎儿，白培养这些年，你是想气死我哎！”

母女俩的争吵声言犹在耳。石丽的母亲无法理解女儿要远嫁，还是嫁给一个做小买卖的人。那时候，索玉柱是一个和女神完全不搭调的农村小子，因为搭车时候的一见钟情，每天拿着一大捧花在学校门口等着石丽，买最大最甜的苹果送到她的宿舍去。谁能想到，石丽那样又美又有才华的女孩，会不顾母亲反对，执意要嫁给他呢。

那一年，被未来丈母娘追撵着损毁辱骂，他还蹲在地上哭哭啼啼。一切过往历历在目。只是如今，面对眼前两份先后出炉的诊断结果，索玉柱一日之内体验到了人生的过山车，从喜到忧，从云端跌入谷底，大脑一片空白，他倒是哭不出来了。

过了许久，索玉柱给石丽发了消息“一切安好”，然后给在宾馆睡大觉的司机打电话，他们耽误了一天行程，要继续出发了。在收到石丽回复的笑脸表情之后，他收起复杂的心情踏上原来的行程。

柳条村没人知道在索玉柱身上发生了什么。前一日的晨曦时分，人们照常从鸡鸣声中醒来，开始充满希望和活力的一天。万生从宿醉的噩梦中清醒，睁开眼睛便是一阵头痛。他发现自己睡在还未开张的超市里，有些惊讶，他以为是昨夜自己喝多了被索玉柱收留了。可是超市里没有人，他喊了一声玉柱，却是石丽端着一碗热汤从后院走进来。万生这才发现，超市里只有玉柱媳妇一个人。他尴尬到了极点，石丽却大大方方把热汤递给他，还细心地收起滑落在地上的毯子，那是昨天她给他披上的。石丽问他睡得好不好,这让万生羞臊得手足无措。索玉柱出外进货，他怎么就在这个不巧的时间宿醉在人家超市里了呢？万生臊红着脸直挠头："那什么，给弟妹添麻烦了，对不起啊，我……我现在就走了。"说是要走，万生却不知道如何迈开这步子，外面是什么情况，有人看见他进来了吗？他一身酒气从屋里走出去，被人看见了会怎么说呢？

石丽以为他还在为种植项目的事情闹心，忙劝道："万大哥，种百合的事你别泄气，万事开头难，只要有心，一定会办成事儿的。"

万生耳根发烫，自己可能是酒后失言了，他也不知道跟玉柱的媳妇胡咧咧了些什么话，思及此，他顾不上避嫌，低头说了句谢谢，匆匆向超市外走去。万生低着头离开了，生怕被人看见，再扯老婆舌。可是没想到越怕啥越来啥，他没走出去几步道，就被傅老九神神秘秘拉扯上了。

大清早的，傅老九一副睡眼惺忪的模样，身上和万生一样飘着酒气，裹着隔夜食物的腥臭味。万生不想节外生枝，只想快点回家，偏偏傅老九不让他走，鬼鬼祟祟的样子，非拉着他到背人的地方说话。

"我说万生啊，你咋从索玉柱家出来了？"

万生搪塞着说去超市买点东西，可是老九不依不饶地追问："不对，不对，我亲眼看见卷帘门打开你才出来的，这大早上的，超市还没开门呢。”

见傅老九像个侦探似的刨根问底，万生不悦道：“早上来得早，敲开门买点东西，人家还想再晚点做生意，你咋那么闲呢，瞎打探啥。”

“我咋瞅着是索玉柱那小媳妇送你出来的呢，”傅老九眉飞色舞地说，“昨天你是不是住索玉柱家里了？”

“你胡说什么，我就去买点东西。”万生慌张起来，这要是传出绯闻可说不清楚了。

“真没想到啊。”老九啧啧感叹着，看透了一切似的摇头晃脑，万生心里一凉，这下坏了，解释不清了。

“真没想到，你万生，大干部，文化人，也有跟我傅老九一样喝大酒的一天，你瞅瞅，咱俩身上都一个味。”

万生深吸一口气，像做了一个冗长的噩梦刚刚睁眼，真希望快点回到正轨去。他这会儿是真不想搭理老九，但是老九显然还有话要说，支支吾吾的，脸上露出怪异的笑容。

“大兄弟，你那百合挺挣钱呗？”

老九没头没脑地问了一句话，听到百合，万生顿时清醒了不少，他点点头，等着老九说后话。

“那啥，我不是把地租给你了嘛，我寻思，你要是在我地里种吧，土质被影响了，你还挣大钱，不能就给我那点儿钱吧，是不是得涨一涨？”老九搓着手，露出一丝谄媚的笑。

呵，一个不成功的培训宣讲，种百合的没吸引来，倒是引来坐地起价的了。万生脑瓜仁生疼，本来老九家那块地，就不咋样，在一条山岗上，东边是国有林地，西边是一条长沟，北面是黑鱼山余脉，茫茫山野无边无际。邻近那块地，有一处林子，据说很早以前，曾有人在那附近开垦，正干着活时候来了一只狼，居然在大白天把种地人的脚后跟给啃了，后来人们给那林子边缘地带起名叫“狼啃脚后跟”，意思就是地点偏僻。挨着那地界，老九家的地是谁也不愿意要的，可利用率不高。不过只要有阳光，不缺水，他的百合都可以种，万生正愁没有地才和老九租的，现在老九居然拿捏起他来了。

“我总得喝点小酒嘛。”老九嘻嘻哈哈说。

万生见不得他这副没有志气的样子：“老九，俗话说得好，好汉娶好妻，懒汉没人理。你看你，一穷二白，还天天喝酒，哪有姑娘愿意搭理你？”

“谁说的，我那视频上，好多大姑娘小媳妇给我点赞呢。”老九争辩着。这倒是不假，他在葫芦头的账号上，叫九傻子，净录那种搞怪的视频，什么九傻子用盆喝啤酒，九傻子大冬天舔铁门，葫芦头的社交软件上，各种礼物刷到飞起，还真有不少点赞叫好的。

“那些都是网友，”万生嗤之以鼻，“她们能嫁给你咋的？还不是只把你当个傻子图乐呵？”

一说到傅老九的痛处，他就蔫了。粉丝们评论都是给葫芦头评论，他不会操作，也搭不上话，葫芦头不让他跟大伙儿互动。万生顺势劝道：“要不你跟我种百合吧，我回家先给你一袋种球，你就在租给我的那块地里种一点儿试试？租金你也别涨我的，你种出来多少，我帮你卖多少。”

老九吓了一跳，让他干活，还不如要他的命，他连连摆手。万生见状也不多劝，转身要走，老九又追着问：“这玩意儿能挣钱吗？比给贫困户的补助多吗？可别赔了。”

万生一再保证，百合一年栽种，一次投入，可多年生长，连续受益。老九说要万生先赠送他一袋种球，他试试。如果真挣到钱了，租金就不涨，但是要是赔钱了，万生得兜着。万生又好气又好笑，但还是答应了。

“谢谢大舅哥了。”傅老九在心里嘀咕了句，他还不敢在万生面前说得太露骨，可是就在刚才，他的小算盘打得噼啪响。跟万生合作种百合，怎么都不亏，他还有机会接近万荣了，没准，大舅哥一高兴，就同意他们的婚事呢。

万生一夜未归，电话也关机，可把佟梅花急坏了。她像个没魂儿的机器人一样扇着蒲扇，一声连着一声叹气。弟妹肇玉兰在旁边递话：“扇子再扇它也不如自来风，这人呢再亲也不如亲儿子。你跟万生较什么劲儿？他愿意干啥，你就让他干啥，那么大人了，还没个分寸吗？”

佟梅花瞅瞅蒲扇，放下来，又叹口气：“这孩子以前从来不让我操心，我说啥是啥，可是我也知道他骨子里头犟得很，他们老万家人都这样，他爹也是到死都犟着不治病。可是再犟，他也没跟我摆过脸子。”

“那爷俩是敬重你，才不跟你吵，有些事你做得过了，别人就算嘴上不说，心里也生气。万生是个有分寸的人，他说能挣钱的项目你让他试试又如何。儿大不由娘，你不能把所有事都攥手里管着。”二婶劝着。

“就是啊，妈，我看我哥办事挺靠谱的，我打算全力支持他，咱们是一家人，劲儿要往一处使。”万荣一点也不担心她哥，倒是看见态度强硬的母亲几近一夜未眠，担心母亲的身体。她和二婶合力的劝说，让本来就动摇的佟梅花妥协了。

好在万生一早就回到家了，佟梅花一颗悬着的心算放了下来。可是万荣不乐意了，她帮他哥说了一晚上好话，他怎么把傅老九那个烦人精带回来了？傅老九一进门就嬉皮笑脸问万荣吃没吃饭，仿佛昨天跟万荣吵架的不是他而是别人。万生送给老九一些种球，好好哄走后，和妹妹解释说，老九要跟他一起种百合。万荣直翻白眼，佟梅花却说：“多个人挺好，帮你哥出出力，就是不知道那懒蛋子会种地不，荣啊，你明天开始没事也帮你哥去。”

万生好半天没反应过来，母亲这是在说啥。二婶拍拍他说：“你妈这是答应你种百合了！”

突如其来的疲惫像潮水一样涌进全身，万生的舌头干涩了，把话都困在嘴里，只发出咕咕的声音。佟梅花带着几分心疼，轻声对儿子说：“儿啊，吃饭了吗？给你下碗面条？”

看着老母亲一张同样憔悴又焦虑的脸孔，万生不由得点点头。

佟梅花这才面露一丝笑意：“你等着，马上好。”

两人有默契地不再提之前的事，母子俩冰释前嫌，有了家人的支持，万生省了不少心，也更加专注于他的事业。妹妹万荣是第一个支持他种百合的人，也是最积极的一个。她闲着就跟万生往地里跑，跟着学习种百合，只是她本就不喜欢种地，干一会儿活便喊无聊。

“哥，我觉得我不是种地的料子，但是我可以帮你跑业务，以后你干大了，就让我当个经理啥的，我帮你联系买卖。”万荣拍着胸脯说。万生想，妹妹爱张罗，性格也开朗，业务上的事交给她更放心，于是万生让万荣去联系注册公司。

村子里拉扯佟梅花套话、说八卦的人一波又一波，有同情的有趁机奚落的，佟梅花能躲就躲，躲不掉的就站在当街骂一顿。肇玉兰则逢人就宣传，万生的项目有前景，将来是要挣大钱的。万生带着母亲、二婶，还有妹妹把自家的地都种上百合，这是打个样。等差不多种满的时候，他才腾出工夫要去指导一下傅老九。

老九家的地，以前都是种玉米。种玉米的流程很简单：撒上化肥、播撒种子、封垄压平、喷洒农药，操作轻松。爹妈在的时候，老九偶尔也能帮个忙干点活。而种百合就不一样了，需要深翻土，深沟垄；需要手工栽培，还需要施用农家肥。这些都是人工操作，流程复杂，劳动强度大，一道手续不能丢。再加上人工除草，难度系数对老九来说比种玉米大多了。平时老九就好吃懒做，帮忙种个玉米都比别人磨蹭，听万生在那讲种植方法，老九一双三角眼骨碌碌转，心猿意马的。眼看万生半蹲在地上把一粒粒的百合种球排列在翻动好的垄上，技术熟稔，老九不禁佩服起来，心想：“这大学生，倒是会种地。”

大约半个小时，万生看着自己种好的百合对老九说：“老九兄弟，你看这一排白色的小豆豆，过两年可就变成金豆子了。你这块地是沙土，又是坡地，种百合比别的作物收入高。多好的事情，你跟着我种百合是明智的选择……”

万生自顾自地说着，听老九没啥动静，一回头，看见人早没影了。

“老九——”万生左右瞧着，茫茫一片原野，哪有老九的身影。

“兄弟——傅老九——”万生喊着。

人跑哪儿去了？能是回家了吗？回家也不能不说一声啊。许是方便去了？万生等了一会儿，还是不见老九的人，瞅瞅土地上的脚印，是向着“狼啃脚后跟”的方向去了。曾经听说山里有狼出没，就在那地方留下过脚印，虽然没人见过狼的影子，但是万一有呢？老九可别遇上狼啊。

“傅老九——哪儿去了！”万生的声音在那片林里回荡着。

因为地早翻好了，万生手里没带锄头，空手在林地里找了一圈，心虚得很，再往深处走，他就害怕了。山里的小风一吹，万生感到汗毛都竖起来了，背后一阵阵阴冷。给自己壮壮胆、打打气，万生清清嗓子，大喊：“我说你这个跑腿子，到底哪儿去了，回个话！”

跑腿子就是那些找不到媳妇的男人，不是啥好称呼，万生平时不会用这种有辱人格的词，这会儿是急了，不管不顾地喊。

“你喊谁跑腿子？”老九的声音，从山坡上传下来，只见他慢悠悠从茂林间走下来，表情毫不在意，也浑然没有失踪人士的自觉，仿佛刚刚上哪儿玩赏一圈回来似的，悠哉游哉的。

万生见他没事人一样，松了口气，问他跑哪去了。

“嗨，看你种百合，一蹲一站的，太费劲了，我站着都感觉膝盖软了，就找个凉快地方睡了一觉。”

万生被他这副吊儿郎当的模样气笑了：“那你不能跟我说一声吗？你这一走啊，可把我吓出一身汗，还以为你让狼给叼走了！咱就说能不能种百合事小，人命最重要，你要是人出点啥事可咋整。”万生说着抹了把汗，刚才又是紧张又是呼喊的，累出一身汗，衣领都湿了。

看着万生为他焦急的模样，老九嘴唇嚅动了一下，像是有了一点儿感动，脸上的表情有了一丝松动。万生走过来拍拍他肩膀：“你要是种不来就算了，我还是多给你点租金吧，可别累出个好歹来，身体要紧。”

老九挠挠头，有点不自在，看万生一脸真诚，是真的关心他，而不是嘲讽。老九心里不是滋味，猛地做了一个抱拳的动作，给万生吓了一跳。老九噘着嘴说道：“万生啊，没想到你是这么实在的人。这村里头，除了村干部，没人关心我这条烂命。那年我喝酒喝高了，半夜到家的时候，我老婆骂我，说大半夜的你咋不让狼叼走呢。我心里拔凉的，一生气踢了她一脚，谁想她第二天就收拾东西走了，再也没回来。像我这样的人，死了都没人管哪。你不一样，你是个好人。我这地你随便种，赔了挣了的都无所谓。你需要干啥，跟我说，我能干的就跟着干，干不动再说，嘿嘿。”

万生费了九牛二虎之力，除了自家母亲、妹妹、二婶，才动员了老九一个人加入合作社，有点不甘心。扶贫还得扶智和扶志，村里人还真不缺“智”，说话一套一套的，比他能耐。扶志呢，他自己曾经差点都没志气了，真没有信心能扶起来别人。

就在万生自怨自艾的时候，妹妹又带来了好消息。关香香打来电话，虽然人在忙着新店开业的采购，但是她还没忘老同学和老同学的哥哥。关香香的老公是做药材加工的，听说万生要种药用百合，很感兴趣，他们平时加工的是黄芪、人参之类的，没有做过百合的加工，一是因为原材料产地离着远，二是因为对市场不熟悉。如果自家门口就有百合，质量再好，他们也许可以做出一条生产线来，到时候可以大量收购农民种植的百合，村民们就不用担心销路的问题了。但目前他们还从未加工过东北百合这样的品种，作为新品种的尝试，药厂对来料的质量要求会格外高。

听到这个好消息后，万生兴奋极了，谁说没有志气？和可靠的单位签下订单，有了强大的收购保障，成功还不是一鼓作气的事儿吗？他要马上把这个消息跟村民们说，让他们放下后顾之忧，不然现在都没几家人种，量要怎么保证呢？

二婶劝他别冒进，香香那话也没有说死。没签下合同的事，就不算定下来的事。万生却不在乎，干什么不都得冒风险，再说就算她家不收购，只要有货，再找别的药厂不就行了。说着就要去找村支书。

二婶又拦住他，建议他别去找刘支书了，人家要退了，不爱管这事，村委会马上要换届了，等新班子成立之后再说不迟。

听二婶这么说，万生觉得很有道理，他让自己冷静下来，眼下最要紧是赶紧把规模扩大，让更多人种百合。大范围宣讲没有成效，他就分而治之，挨个人说和。上次杨林山已经表现出了对百合的兴趣，虽然柳五娘不同意，但是可以再问问他，况且现在村里能帮他干活的也就只有杨林山那小子。林山肚子里有点儿墨水，人缘也不错，还是个热心肠，能跑腿，如果成了，还可以让他帮忙去各家各户宣传。

万生去了趟村部，找到人称“万事通”的杨林山，后者正捧着一本破得掉渣的《本草纲目》看。见到万生，他赶紧翻到折角的一页，指着书说：“大哥，我正要找你去呢，你看这书里，有百合的功效，跟你说的一样。”杨林山念起书中的介绍，头头是道。

“你咋又看起中药书了？”这个最受村里姑娘欢迎的小伙子，总是展现给万生不同的一面。听说他总有一些自己的想法，比如曾经为了致富，鼓励村民种植中药材，买过不少中草药种植技术方面的书籍自学，却从来不去向有经验的药农问上一句，结果自然是一无所获。药材作物和大田作物的种植不同，在资金、人力等方面的投入要大一些，不是新手上来就可以冒蒙去种的，在这一点上，和百合种植一样。

“我表嫂子让我看的啊，”杨林山直言不讳，“万大哥，以前你给我百合种球，我没当回事儿，可是我嫂子拿去种了，她还跟我说百合是味好药材，有万生大哥指导，这次不会种不出来。我先少种点，实验一下。”

万生这才想起来，那原本要给杨林山的种球最后给了石丽。那个外地来的媳妇，是个挺不错的人。按理他应该去感谢她，可是那一晚，他在她店里睡了一夜，见面怕是不好意思。万生很快把这个小插曲忘在脑后，他和林山谈了许久，并且鼓励林山这一次可以放手一搏，大面积种植。和杨林山的谈话非常轻松，万生放下了人前的紧张，把种植要点、利弊都讲解得很清楚，杨林山一下子就被万生的规划吸引了。后来，杨林山挨家挨户向村民宣传百合种植的收益，万生的电话很快就成了热线，被村民们打爆了。

杨林山的地，在村子南面一个山坡下，靠近一座秃山，山体被挖得半壁残缺，用柳五娘的话说，跟狗啃了似的。这附近有两家采石场，过去整夜整夜地采石烧石灰，遍地石灰石、青石、硅石、花岗石，石灰像白雪一样覆盖道路和山林土地，连地里的庄稼都抹着一层厚厚的粉底。杨林山家的地也受到一点牵连，他家为了供给粉条作坊原料，地里都种的土豆，但因为这石灰，有接近三四亩地种不了，小苗刚蹿出来就枯萎了。为了受损的土地，柳五娘上村里、镇上闹了很多次，并且扬言要上访。大家都知道她是以做粉条为生的，并不真的在意农田能不能种什么，就为了要些补贴。最后村里以让杨林山当会计为条件，把柳五娘打发了，土地依然是蒙受着粉尘。今年是采石场承包期的最后一年，当工期结束，就会给土地做恢复生态的处理。

杨林山也知道那几亩地是用不了的，就想用剩余的三亩地入伙，成为万生百合合作社的一员，他跟万生保证一年之后土地恢复原状，再纳入进来。这事他瞒着柳五娘，因为一旦母亲知道，啥事也干不成。他已经是成年人了，不想啥事都被干预。万生想了一下，把那几亩暂时不能种的土地也吸纳进来，只是暂缓种植。这让杨林山非常感动，他入了伙儿，自然希望生意做大做好。杨林山还劝万生多和村干部走动走动，在村里如果有话语权，发动人也容易。杨林山又说，采石场为啥在村里风生水起,还不是因为过去有村干部家里的股份。见万生犹豫，杨林山又说，要不你也竞选村干部去，不过得给关系还差不多的人家送两桶油，让人家选你。

万生听了哭笑不得，他一个搞农业研究的，跟村里竞选一点也搭不上边，还要他贿选？那更不可能了。心里觉得这是个玩笑话，万生只对林山笑了笑，完全没在意。

第七章　远来寻妻

这几日万生很忙，他忙着回应感兴趣的村民。这期间，石丽也发微信问了他一些种植的问题，万生给予她详细的解答。两人都没有提那一夜醉酒的事，仿佛那个夜晚并不存在一样。不面对面地讲解，万生就一点儿也不紧张，他在微信里事无巨细地把需要注意的事项教给石丽，石丽也很聪明，一点就通。

“如果你感兴趣，可以加入百合合作社，合作社还没有正式成立，我们可以先拟定一个协议。”万生在微信里提出邀请。

石丽心动了，她回答万生要先和丈夫商量商量，正好索玉柱进货回来了。索玉柱回来时没有像往常那样火急火燎地卸货、分装，而是慢悠悠地干着活，带着几分懒散，就像是一点儿也不在意买卖似的。眼里是浑圆的山丘，心里是繁花遍野，对于索玉柱的异样，石丽完全没有发觉,她甚至没注意到他回来得比预期时间要晚。帮着卸完货之后，石丽先告诉丈夫自己在后山种百合了，想加入万生的合作社，而且她还动员杨林山也跟着种。

“林山本来是不上心的，但是一听我说百合也是中药材，他立马去看书查资料，看到了书上写百合有很多药用价值。林山是个孝顺的孩子，五姨总是嗓子不舒服，他就想到如果能天天喝一点百合银耳汤，可以保护五姨的嗓子，再加上是他偶像万生创办合作社，他很乐意参与进来。”

索玉柱听妻子喋喋不休地说着，问她：“怎么就突然想种这玩意儿了呢？”石丽犹豫了一下，决定和盘托出，把万生来过家里两次的事和丈夫说了。石丽一五一十叙述着万生如何醉酒倒在了家里，又絮絮叨叨说了种百合的前因后果。石丽说她也不知道为什么，有点同情万生，又有点好奇，就想种种看，也许就能种出来家乡那片百合花海呢。

看着老婆对一件事情这么有热情，索玉柱在他杂乱无章的大脑中开辟出一席清澈之地，医院的检查结果不过是这个脑子自以为是的幻觉，眼前有更真实可靠的存在。比如，他老婆是多么天真，一个男人夜宿在家里，她也能绘声绘色地和丈夫实话实说，甚至毫不掩饰支持这个男人的想法。

索玉柱经常出去进货，有人就跟石丽打趣，他在外面保不齐会采路边的野花，男人哪有不偷腥的。石丽听了从来都当笑话，连问都不问。他们彼此之间就是这么信任。人家一个大学生，跟自己回了穷乡僻壤，索玉柱一直感到对不起老婆，所以自己只有十分，也要给老婆十一分的好，舍不得让她受一点儿委屈。

“我陪你一起种吧，”索玉柱突然说，“咱家山里的地随便种，只要你喜欢，院子里、农田里都可以种，如果忙不过来就多雇个工人。”

石丽只当他是说笑，家里的山货生意还要他去掌舵呢，他哪有时间种地。再说，她种百合，本来就是一个思维大跳跃，临时兴起，重新回味一下种百合的体验，没有任何经营逻辑支撑，当然也没指望有多好的收成，她不能让丈夫和她一起承担风险。

“我是明白万生大哥的，虽然说他也有一点儿私心在里面吧，但是整体的规划方向没错，咱们村子只靠年轻人出去打工，自己不发展，早晚人都走光了。”

石丽给索玉柱讲万生醉酒时说的话，又讲了输血、造血理论，索玉柱囫囵听着可劲儿地点头，不管听没听懂，老婆有文化，老婆说的肯定是对的。

“哎呀，你听明白没呀？我估计呀，村里人大部分都不明白万大哥这份心思。”石丽见索玉柱光看着她，并没有用心听，也就不说她那些设想了。

“还用估计吗，肯定没明白。别看万生也是大学生，讲话可没有我媳妇水平高。哎，丽丽，如果你当村干部能挺好的，我觉得你比他们都强。”

索玉柱说话漫不经心，石丽这才注意到丈夫的反常。他今天是怎么了？先是像从山里闭关修炼出来似的平静，又像猛然开窍了似的活跃，各种想法层出不穷。索玉柱背后抵着抱枕靠墙坐着，笑盈盈地看着她，他的身形竟然已经开始佝偻了。而十年前，他还是挺拔的。

石丽愣了一下，她的梦想，大概就是在见到挺拔的索玉柱之时，彻底成为梦的吧。石丽忆起毕业的那一年,她放弃了在老家当职员的打算，跟着索玉柱来到柳条村举办婚礼。那场在村里人眼里热闹盛大的婚礼之后，石丽发现她根本不可能摆脱农村妇女的身份了。尽管丈夫还是那个温柔体贴的男人，处处关心照顾她，把她捧在手心上，可是作为索家的媳妇，她被固囿在众多亲眷之间，那么多双眼睛草绳似的缠着她不放。照顾多病的公婆，帮着丈夫打理小店，已经让她无暇分身了。而等到伺候走了家中老人的时候，石丽早已习惯了日常生活，习惯做一个大家眼中的贤内助。索玉柱从来没对她说过工作之类的话，甚至没对任何人提过她是什么学历。除了长相秀气，她在柳条村，和所有大字不识的农妇没有什么分别。以至于，这样的她，最不敢回老家面对母亲，母亲对她失望透顶，她每次回去都要承受母亲的埋怨和悲叹。

石丽曾在心里偷偷怪过他。他显而易见的没有安全感，心思敏感得像群蜂环绕的蜂巢般不可触碰，始终怕她不能接受柳条村的生活，怕她有一天会离开，所以总是想方设法让家庭生活看起来非常忙碌。她不是看不出来，只不过，他一直对她那么好，那么甜，每次她一流露想出去闯一闯的念头，他就蔫巴起来，像溺水挣扎的人，气若游丝地问她是不是不要他了，她心里就一软，实在见不得他委屈。这倒是头一次，索玉柱问她要不要出去谋职，他不是不喜欢她抛头露面吗？

事出反常必有妖，石丽正想好好问问丈夫是咋想的，柳五娘风风火火地过来了，一进门就和这两口子诉苦，说杨林山着了魔，放着好好的会计不老实干，去跟万生种地了。

“玉柱啊，你给老姨评评理，你说我这么辛苦为点啥啊？还不是为了儿子！他好歹念过高中，有文化，怎么能跟人种地去？”

“老姨，万生还是大学生呢，不也种地呢嘛。”索玉柱噎了柳五娘一句。现在老婆想种百合，那种百合就是个好事，得夸。

柳五娘不屑地说：“他是落马的状元，不如咱们骑马的探花，林山他得干正事，哪能跟他胡闹。”

“啥是正事啊，老姨你觉得让林山跟着我卖山货是正事吗？可拉倒吧，我就没啥大出息，你还让他自己闯闯吧，别总困在你那闷罐子里啦！再说，万生种经济作物那是好事，现在我们家还要跟着他干呢。”

索玉柱一反常态，连柳五娘都怼了回去，要知道他平时对自家几个阿姨可是非常尊重的，就算她们说的话他不听，也不会回怼。石丽和柳五娘都惊讶了，柳五娘更是无计可施，气得直跺脚。

也不知道是谁传的，说万生要参与村委会的竞选。那消息像夏天的苔藓一样悄悄蔓延，传得到处都是，万荣从别人嘴里听说这事，第一念头是，他哥怎么没跟家里说，转念一想，他和家里那位说一不二的老太太刚闹过别扭，不吱声就对了。他哥一定是想偷偷干大事！万荣并没有思考一下这事的真假和可能性就自顾自地兴奋起来。她单纯地想，他哥如果能当村主任，他说种啥大家肯定都愿意跟着。她甚至都没问问她哥，就自作主张地去各家各户串门，一边游说那些有闲地的农户种百合，一边给自己和万生拉拉票。万荣笃定他哥是个抹不开面子的人，拉票这事肯定不会去干的。原本这种事母亲最合适，她在村里认识人多，有面儿，但是她又有点害怕母亲那张嘴，万一说跑偏了抱怨起哥哥种百合的事，容易把好事给捅咕黄了。母亲和哥哥都指不上，她决定亲自出马，反正一只羊也是赶，两只羊也是放，她要给自己当妇女主任拉票，顺便给他哥也拉。之前二婶一再跟她说，妇女主任的活不好干，她这脾气够呛能适应，万荣却满不在乎，不就是像二婶那样，东家长西家短陪老娘儿们唠嗑吗？有啥难的。谁长嘴不会说话呢？结果，她还没走几家，就知道二婶没有危言耸听。要是让二婶知道她的遭遇，恐怕会笑话她不信邪偏偏遇到了邪。

万荣没想到在胡铁匠家碰了钉子，她还没等跨进胡家的大门，就被人撵出来了。葫芦头穿着紧身裤，趿拉着拖鞋，在院里正录视频呢，一看到万荣要进来就皱着眉头往出撵："你来干啥，以后你们老万家人别上我家来了，你说你哥都干的什么事，我也没得罪他，他一回来就背后捅我刀子。"

万荣被葫芦头说得一头雾水，直接呲嗒回去："你吃枪药了，我哥怎么你了？"

"你们自己爱怎么玩怎么玩，爱种啥种啥，拉九傻子干什么，他现在不跟我录小视频了，说万生让他种地去，还说录视频就是扯闲片儿，没啥意思。老九不在，我打赏、点赞量都直线下降，这损失你们赔吗？"

原来是这么回事。万荣翻了一个大白眼给葫芦头，嘲讽道："关我们家屁事啊，还不让人改邪归正了？再说你录那玩意儿谁看呐，不是傻子被狗撵，就是傻子喝白酒，有本事你也直播炸裆啊！"

万荣一句话惹怒了葫芦头，被他用手机怼着脸录："来，看镜头，无美颜、无滤镜，谁脸大谁知道。"一想到摄像头靠太近显脸大，万荣怕丑态被传上网，转头就跑了，边跑边骂："葫芦头，你损不损，不开美颜，天诛地灭！"

"老胡叔挺本分个人儿，怎么生出这么个玩意儿？不好好学打铁，倒是学点别的手艺啊，不行像别人出去打工呗，成天窝在家里吃他爹妈，真是来讨债的。"

从胡铁匠家出来，万荣吐槽了一路。

肇玉兰知道后，对气鼓鼓的侄女直摇头："你这孩子就是不会说话，葫芦头再不好，也是乡里乡亲的，给你胡叔面子也不能当面埋汰人家吧？你真得多跟你嫂子学学，想当年秋云刚入门的时候，嘴巴多甜呐，把全家上上下下都哄得开心。你妈是一个说道那么多的人，都稀罕儿媳妇稀罕得不得了。你以后想当妇女主任，首先要学会说话。"

万荣丝毫不在意地说："我嫂子也就嘴上甜，要不咋能跟我哥闹离婚呢？"

这一句口无遮拦不要紧，把万生彻底出卖了。二婶听到这个消息，惊讶得暴跳起来，她的反应甚至比万荣预想中佟梅花的反应更加激烈。当年万生和小陈老师结婚，是老万家一大盛事。陈秋云的父亲也是老师，可以说是书香门第。这样的女子和万生多么般配。他们俩，怎么可以离婚？

万荣摆布不了二婶，只能嘘着指头，让她别大声吵吵，给人听见。她把祸水直接引进家里甩给了大哥，自己一溜烟跑没影了。

面对气势汹汹询问的肇玉兰，万生希望像接力棒一样，把炸毛似的二婶再丢给母亲，那当然是他的奢望，佟梅花听了弟媳的质问后马上和她融成一锅稀粥，把抱怨声越熬越稠，渐渐演变成咆哮和夸张的威胁，再也顾不得儿子的感受和自尊。

"赶紧去跟秋云道歉，有什么事两口子好好说，不然我不认你这个儿子！"

万生真是没有办法了，他何尝不想和秋云好好说话。可是妻子根本不愿意听完他的解释，多年的夫妻甚至不如外乡妇女石丽明白事理。万生现在像断线的风筝无拘无束，哪里还肯再去讨老婆的没趣，再说，有孩子在呢，秋云那点小挣扎，不过是女人吵架时候惯用的伎俩。万生跟两个长辈打个哈哈就以监督杨林山种地为由跑出去了。

走道趁凉，打铁趁热，杨林山和傅老九要是能给大伙儿打个好样板，百合试验田推广开了，合作社很快就能壮大。

万生的想法还是太乐观。老九才试着种了一垄地的百合，就放挺了。杨林山也不是能干农活的人，而且村里马上要换届，他还有在墙上画宣传彩画的任务，根本指望不上。倒是索玉柱两口子邀请万生去看他们在后山的地，石丽没几天就把眼前能种的地方种得差不多了。

“万大哥你看，我们计划秋天苞米收割以后，这片和那片都种百合。你的合作社，我们可以入个股不？”石丽揉搓着双手，问话的时候带着一丝不确定，仿佛是占了万生多大的便宜。

万生看到她的规划，喜上心来，连连答应：“没问题，我在技术上可以指导你们。买种球可以找我，我有渠道。”

石丽憨笑着点点头。万生和她唠着，唠了一会儿，不知道为什么，万生觉得索玉柱有点不对劲儿，究竟是哪里不对，他也说不上来。他和石丽交流种百合的时候，索玉柱只是站在一旁听着，全程一声不吭。

“万生，我听人说，你要离婚？”索玉柱冷不丁问了一句，让原本热闹的气氛忽地冷了下来。

万生心里震颤了一下，他不明白这话什么意思，石丽则感到诧异无比。

“你听谁说的？”

“甭管谁说的吧，好多人都知道了，是不是真的？”索玉柱像是审问犯人一样审讯着万生，目光闪烁着一丝阴冷。

“没有的事，不要听人嚼舌根。”万生的态度也冷落下来，这种私密的事他根本没和人说过，更何况他压根没有离婚的打算，也不知道这种谣言是怎么传出来的。更让他恼火的是，索玉柱就这么直白地问他，有点失礼。

索玉柱并没有刨根问底，他只是略一点头，莫名其妙地拉着老婆走了。

“你咋回事，突然问人家那么隐私的问题？”回到家里，石丽嗔怪丈夫，她眼见刚才万生的脸从惊诧到冷漠，知道他们冒犯了。

“这么大点儿的村子，哪来的隐私？你跟谁说过话、喝过酒，甚至在谁家里过了夜，哪有不透风的墙。”

石丽猛然明白了什么，心里一暗，一股火气就冒到了嗓子眼里，灼得她舌头生疼：“是不是有人传闲话了？那天晚上的事我都跟你说过了，我们坦坦荡荡，清清白白，你不信我咋的？”

索玉柱嘴上说着没有，脸上却挂着明晃晃的无所谓。这让石丽心头发冷，不禁打起寒战。从结婚到现在，索玉柱从来没有这样过。别说暗讽她和别的男人暧昧，就是有人当面挑逗她、背地泼她污水，他也从来没有怀疑过她一分一毫。

他这是怎么了？无论石丽如何追问，索玉柱都是一副你想多了的态度，含糊其词，要么就是转移话题。他最近说得最多的事，就是种百合以及让石丽去参加村干部选举。

“我觉得你该有点事儿干，在家里种地、卖货，太委屈你这个高才生了。”

“你最近说话怎么总是带刺儿呢？”石丽不解，丈夫像是故意跟她唱反调似的，总是有意无意刺激她。

“你看你，又想多了。我不是为你好嘛。”

为你好，这是索玉柱说得最多的三个字。石丽耳蜗里听出了流动的茧子，顺着神经藤蔓爬得满身都痒，隔着皮肤去挠又无济于事。

任谁看了都会觉得索玉柱表现出来的是毫不掩饰的醋意。万生自然也看出来了，惊喜和慌乱，两种滋味他在他们两口子身上一次体验到了，甚至不知道应该先回味哪一种。也许二婶教育得对，二婶说，如果男人不时常把老婆挂在嘴边，就容易招惹桃花和猜忌。想到连不熟悉的外人都在质疑他的婚姻出了问题，万生决定先把合作社的事放一放，妻子那里不能总是拖着，影响感情不说，对儿子乐乐的成长也不好。

他是男人，是丈夫，他得学会妥协。打电话怕挨骂，那就发短信吧。万生往家走的时候在心里小心地措着辞，陈老师不那么容易被打动，如果会写诗就好了，他记得她喜欢那个叫汪国真的诗人。以前家里有一本钢笔字帖，抄录的就是汪国真诗集，他俩还曾就封面上印着的戴眼镜的男人到底是诗人还是书法家争论过一番。

“我们学着只争朝夕。人生苦短，道路漫长，我们走向并珍爱每一处风光，我们不停地走着，不停地走着的我们也成了一处风景。”她读着用漂亮楷书写出的诗句，有时候会感动得落泪。而他因无法感同身受，只能欲哭无泪。她嘲笑他不懂文学，有时候还要上升到不懂生活，不解风情。这简直是难为他。

万生在漫长的婚姻交锋中已经渐渐对诗意产生了对抗式的排斥和躲避，以至于发一条短信都要检讨一下自己身上是否缺乏必备的语言能力。所以，在输入了一长段对当下形势的解释说明后，万生删除了所有字，最后只发了“最近怎么样，乐乐听不听话”这样无关痛痒的问话。万生这样发完，心里说不出的沉重，这陌生的公式化的问候，仿佛他们已经离婚了似的，离婚的夫妻不就是这样发短信的吗？

妻子没有马上回复，或者她在忙，或者根本不想理他。万生叹了一口气。还是没有语言能力，他又一次把无效的沟通怪罪给了前几年便已经去世的语文老师，懊恼地往家走去。

这时，他看到了对面走来的那个陌生人。他离开村里很多年了，路上遇到不认识的人很正常，只是那个身上落满了石灰的矮个子男人的样子很不寻常，引起了他的注意。

那人鹰隼一样盯着来往的妇女，仿佛她们脸上有什么印章似的。但在他的眼里看不到横冲直撞的欲火，也不像有精神问题，倒是每一张路过的面孔都让他看起来更黯淡、更失落。

万生产生了好奇，他走过去问：“兄弟，你是打哪儿来的？”

孙有命走到柳条村，费了很长时间。距离县城最近的乡镇村落他都走了一遍，没有找到吴秀珍。人们围着他劝他放弃，他那股偏执的热情几近歇火，也的确不愿意再如此这般折腾。吴秀珍像传说里衔着宝石的九天女神下凡，从他生活里就那么一掠而过，把他折磨得不成样子，他一介凡人，又有何本事去追索。可是凡人也有凡人的能耐，他想在放弃之前，至少耗尽最大的力气，也就甘心作罢了。于是他走到自己能走的极限的地方，在国道上搭了一辆大货车，没多久就到了金马山脚下，其实那天，他原本就要走到这里了，却被交警送去了别的地方。

这路真是难走，漫天粉尘吹得他睁不开眼睛，原本又黑又脏的衣服瞬间就染成了白色。为了躲避那些轰轰隆隆的大车，他绕了好几圈，好不容易走进了一个村子，却连歇脚的地方都没有。村口打铁的大爷像审视坏人似的把孙有命从头到脚扫了一遍，他觉得下一秒大爷就要拿起锄头来打他了。吓得他一溜小跑进了村子。

遇见万生和他搭话，孙有命的嗓子已经冒烟了，他摇摇头说："我找人，吴秀珍，你认识吗？"

"不认识，我好多年不在村里了，很多人都不认识。"万生实话实说，而孙有命就不愿意再和他交谈了，以为他也是个外地人，那还说什么。孙有命躲着万生，继续往前走。这个村子，似乎也没有他要找的人。可是，这里已经是他能走的最远的地方了。如果还是没有，这里便是他远行的尽头。孙有命感到累了，撑不下去了，他想回家了。

为了躲开像万生这样喜欢追问的人，孙有命穿越村庄，上了山坡。那儿正好有个看护房，里面连个人影都没有，屋里却是农具齐全。孙有命口干舌燥，抓起一个大水壶，里面有水，他试探着喝了一口，水滴滋润着他那被太阳炙烤得干涸的嘴唇，他肿胀的嘴唇一接触那滋润的感觉，就无法停止了，也不管水壶里是生水还是开水，咕噜噜就喝个精光。

胃部鼓胀之后，他满意地打了个水嗝，随后困意席卷而来，他没敢坐在那张一米多宽的折叠床上，而是蜷在角落的柴火垛上，沉沉地睡了过去。

晌午过后，石丽来看护房里取铲子，走近门口听见了里面传来轰轰隆隆的鼾声。起初，她以为是邻居干活累了在她这里打个盹儿，走过去一看，吓了一跳。一个陌生人睡在她们家柴火垛上，舒服地打着呼噜。

石丽免不了叫了一声。孙有命睁开眼睛，眼前飘过长长的头发，也吓坏了，大喊着：“妈呀，有鬼！”

附近田里有干活的人，石丽手里还握着把铁锹，况且眼前这个小个子看上去也没什么本事，她壮起胆来，呵斥道：“你才是鬼，你哪来的，咋在我家看护房里睡着了？”

孙有命这才看清来者是人，显然还是主人。他晃动一下头，让意识恢复清醒，忙不迭道歉：“对不起，我路过这儿，实在困，就睡着了。”

“你是哪个村的？”

“我是孙家瓦房的。”看到石丽疑惑，孙有命马上又补了一句：“在东城县。”

外县人，怎么上她家来了。石丽把孙有命好好审了一通，孙有命回答是找媳妇，但是他马上又改口：“啊呸，我是找骗子。”

“到底是媳妇还是骗子？”石丽看他也不像坏人，放下了戒备。

孙有命老实交代：“是媳妇，不，是骗子，不对不对，我也不知道。我可能让人……骗婚了。不，不，是我媳妇跑了。对不起啊，老妹儿，我实在没地方去，就想在你这儿窝一宿，那啥，我走，我马上走……”

孙有命其实是比石丽小的，只是石丽看起来年轻，让他误以为是老妹儿。石丽看他语无伦次，挺可怜的，动了恻隐之心，允许他住一晚上再走，还把自己带的馒头拿出来给了他。

“我要种地去，你在这儿可以睡一晚上，但是明天可不能再住这儿了。”石丽说道。

馒头是自家发面的，松软香甜还带着热气儿。孙有命真饿了，他啃了一口凶狠地嚼着，好半天才缓过神来，那踏实的味道和家里老母亲做的一样。石丽出去时把门关上了，看护房里没有开灯，昏暗得像母亲的子宫。孙有命想象他曾经多么艰难地从那个小暗房里拼命挤出来，成为今天的模样。虽然命运多舛，但他活下来了。

出来的时候见石丽在地里松土，孙有命二话不说就抢过工具，帮着石丽干起来。为这一口家的味道，他感激这个女人，吴秀珍若真是个仙女，那他也不差这一时半刻工夫，先帮人家点儿忙又何妨。若是个骗子，那早一点晚一点找到又有什么关系呢?

孙有命长得不怎么样，干活倒还可以，搬砖磨炼出来的力气，让他和正常人种地的速度差不多，不一会儿就帮着石丽把剩下的垄沟都松了土。石丽轻松不少，把孙有命请回家里吃了一顿热乎的饭菜。索玉柱原本诧异石丽怎么带了个男人回来，但老婆说是帮忙干活的人，请吃顿饭，他也没说什么。

索玉柱要请孙有命喝几口酒，孙有命拼命摇头，说他酒量差，不能喝。索玉柱哪里肯管，直接倒了一大杯自家卖的白酒给他，连着灌了他三大杯。孙有命喝得天旋地转，把自己的故事又酣畅淋漓地讲了一遍。两口子啧啧感叹，真是个苦命的人。石丽纠正他的称呼，让他叫她嫂子或者大姐，因为他比她小。喝醉了的孙有命跪地磕了个头说：“我喊你妈都行。”他还说，欠他们一顿饭钱，明天要帮他们把没种完的地种了。索玉柱乘兴说：“那你干脆给我家打工算了。”这本是一句戏言，索玉柱自己都没当真。

孙有命那一晚就睡在索玉柱家超市里，和万生喝醉那夜躺在同一个地方。索玉柱往他兜里塞了二百块钱，看着这个糊里糊涂的小人儿，直摇头。而第二天醒过来的孙有命，摸到兜里的钱，说什么也不肯收，非要践行昨天的诺言，给他家打工。这倒让索玉柱犯愁了，他家不缺工人，不过缺个看店的伙计，可孙有命这样既不会算账，看起来也不精明的人咋能看店呢?

“大哥，让我住在那个看护房里就行，工钱我不要，管饭就成。”

孙有命把话说到这个份儿上，两口子也不好意思再回绝了，索玉柱答应他秋收前帮工，冬天到了再议，因为天冷的时候，没有农活了不说，看护房也不能住人了。

索玉柱家添了个工人不过是往火塘里添把柴的小事，真正让小村燃起来的，是索玉柱的老婆要参加村干部选举的消息。石丽禁不住索玉柱撩拨，也想着找点事干，就同意去竞选试试。在她看来这是一件简单的事，可村里人却稀奇得很，七嘴八舌议论起来了。万荣去给自己报名的时候，听说石丽报了名，她愣住了，对石丽，她不熟。本来，只有万荣和被她拉来凑候选比例的两个妇女报名，这是大家都心知肚明的。石丽是怎么回事呢？是来凑数的，还是真要竞选村干部？这一连串的问题成为街谈巷议的热点。

万荣有点不以为意：“屁大个官，有什么好争的，管他谁报名，我就往上冲就是了。”

肇玉兰摇头：“你可别拿豆包不当干粮，这小官也不好当，再说你不也争着当呢吗？”

“那不一样啊，我是为我哥铺路啊。我在村委会有一席之地不也好说话吗？”万荣流露出对职位的不屑一顾。

“可拉倒吧，我还不知道你那小心思，不过是受不了别人说闲话，想争口气。我都后悔推荐你了，看你那损出儿，哪有一点儿干部的样儿。光想着帮你哥干事，以后能为村里的姐妹们干点儿实事不？”二婶敲着她的脑门说。

“你就甭操这心啦，我哥整那合作社是为了大伙儿，我帮我哥不也是为了大伙儿吗？电视里广告词怎么说来着，大家好才是真的好。”

万荣总有歪理，肇玉兰争犟不过，这闺女把工作想得太简单了，妇女主任要干的事多了，光是开展宣传教育、帮助妇女致富就够忙叨的了，现在又有最美家庭评选、文明家庭建设这类的工作，要忙活的事越来越多。

连妇女主任的候选人都多出来一位，村委会也头疼了。以往，他们的竞选相对是和谐的，不像其他村子那么激烈，主要因为“大户”不多，能服众的人选不多，上届支书、主任一肩挑的刘伟国，家里有采石场一半的股份，给村里解决不少就业问题。今年村主任的选举，也是毫无争议。曹福贵，张百顺的表弟，以前在粮店工作，现在既开鹿场又经营村里唯一一家农资商店，村民的种子、化肥、农药都在他家买，因为平时赊账很痛快，所以村民们大都拥护他。今年报名的人里不仅多出一个万生，还多出个石丽。

真正的重磅新闻，恰如索玉柱料想那样，是石丽的大学生身份。柳条村的学历崇拜源于稀缺，附近的靠山屯、三元屯早就出过很多大学生了，而柳条村寥寥无几。适龄的年轻人越来越少，不是出门打工，就是搬到条件好的地方去住了，谁家孩子考上了大学，那都是光宗耀祖的事，得放鞭炮庆祝，大宴三天。柳条村出来的大学生里，万生名声最大，被老人们夸赞是文曲星转世，而在他之后，再也没有出过一个县状元。现在，村里又多了一个大学生，还是外来媳妇石丽。

谁能想到，索玉柱那个小媳妇居然也念过大学，那是多不简单的事。而索玉柱，娶了个不简单的女人，却从来不说。看到石丽毕业证的人们好奇，石丽是工商管理专业的，这名字听起来就很深奥，像是当老板的才去学的专业，可是她这样的学历，怎么跑到柳条村当一个小卖店的老板娘呢？

柳五娘这几天，快把索玉柱家的门槛踏破了。当初，她们家的几个姐妹就反对索玉柱娶个大学生，在反对无效之后，又转过来劝索玉柱的妈，千万别让人知道石丽是大学生，也别在家里提这事儿，不然玉柱在家就没啥地位了，要被女人压制一辈子的。她们的确如愿以偿地打压了石丽，还让她也在村里守口如瓶，没想到，这会儿，这个小媳妇突然把那点儿底细都抖搂出来，还冒冒失失地参加什么选举。

“玉柱啊，是你压不住她了，还是她想飞上天了？”柳五娘唠唠叨叨数落石丽的不是，起先索玉柱还嗯嗯啊啊地应付两声，后来他索性把店门一关，谁也不见了。柳五娘吃了闭门羹，更加来气。她也顾不得往日的恩怨，气急败坏地去找现任的妇女主任肇玉兰评理。

“她算哪根葱，整这一出是想骑在我们玉柱头上拉屎吗？”

肇玉兰听着她说话越来越难听，赶紧打住她：“那是人家两口子的事，你瞎操啥心。再说我们万荣也报名了，别人都觉得竞选是光荣的事，你怎么还觉得丢人呢？”

“石丽能跟万荣比吗？万荣没结婚，她有家有业的，出来嘚瑟个什么劲儿？”

肇玉兰越发不爱听这些话了，开导着柳五娘，说时代早变了，她别抱着那些旧观念，柳五娘哪里肯听，不在这儿说，又跑去别家说。佟梅花听说这事，啐了一口：“全村就数那柳五娘最碎嘴子，她管我家万荣结没结婚呢，她算哪棵小根蒜，管得真宽。”

第八章　绽放芳华

又是换届时，柳条村热闹得像过节一样。万家兄妹俩同时参加竞选的消息不胫而走，佟梅花又一次成了焦点。平日里相处往来的老姐妹都围着她问长问短，有人说万生好好的县里干部，怎么就沦落到要和人争抢当村干部呢？佟梅花呸了一声说：“我儿子是研究生，马上要创办百合合作社，成为致富带头人，他有文化，有出息，当个村主任还是手掐把拿的。”

万荣劝她不能这么说，会影响哥哥的选票，万一人们想投他，听你这么一说又不投了。佟梅花气呼呼地说：“什么投不投的，本来也没想让万生选什么村主任。再说了，他不是说工作还在吗，那他选什么？”

“妈，我哥是那么说，可谁知道是不是安慰咱们呢？他那个人，从来报喜不报忧。”万荣分析，万生有可能真的丢了工作，只是撒了一个善意的谎，既然人人都说他要选村干部，作为妹妹，她得全力支持，不能再让他难过了。当然，他们的老母亲也不能捣乱。

“我不管了，随你们折腾吧，反正我们老万家已经这样了。”

佟梅花真是被这兄妹俩整烦了，一个什么也不说，心事都闷在肚子里，一个咋咋呼呼，没个深沉劲儿。她本就没把儿子参加选举的事当真，没想到的是，有些人当真了，听说万生参加竞选，倒是比她这个当妈的还上心。远亲近邻，平时联系、不联系的，忽然都跑出来，表示愿意给万生投票，老万家一时间门庭若市。

“老嫂子，我家娃要娶媳妇，可彩礼还差五万块呢。”——柳条村给彩礼的规矩就五万，这是全差了。

“他婶，我们在城里买房，还缺一个屋钱呢。”——在城里买房，总共也不超过两个屋吧。

“我家老太太住院半个多月了，医生让手术呢。”——你家老太太有医保，不然一个静脉曲张怎么会在医院里赖那么久。

佟梅花突然有一种感觉，自己就像过去给人算命的师傅，每一个来拜访的客人都倾诉着家里那本冗长难念的经。只是，人家是听的一方收钱，自己却是要付钱的。

我愿意投万生和万荣一票，但是请借给我钱。每一位访者都是同样的目的，被拒绝之后，都是一个模子的震惊——万生要创办百合合作社，他能没钱？

佟梅花从来没想过，竞选要付出这么大的代价。

“索玉柱还给我半斤酒呢，”过来凑热闹的老九说，“但是凭我跟我哥还有小荣的交情，肯定不能为半斤酒就选他家婆娘是不？我还白喝了他的酒，够意思吧？”话里话外，也是来讨几分好的。

撵走这些人，佟梅花像嗅到了什么捂巴的味道，浑身像沾着霉菌一般感到晕眩。刘支书听到了些风声赶来了，他对佟梅花说，万生没报名，就算报也白报，他不像石丽，已经把户口迁进柳条村，万生的户口早就挪出去了，而且他还有工作，从哪个角度看都不会参与村干部的选举，你可别瞎折腾了。佟梅花一听这话，头嗡嗡作响，本来她也没想让万生去选村干部，现在可好，不仅邻居误会，连刘支书也误会了。刘支书见佟梅花面色难看，还以为她很失落，便劝她想开点，说人家老曹众望所归，万生就是参选希望也不大。末了，不忘给万荣介绍对象，这次是县里一个老鳏夫，岁数大一点，可是有房有车，希望找个健康能生育的，太年轻的姑娘怕骗钱，不敢找，万荣年纪正好。

佟梅花没有如往常那般心动，她直接谢绝了这桩相亲。女儿虽然大了点，可也不是生育工具，媒人们真是越来越不靠谱了。失望的情绪让她有了新念头，她说：“如果万荣真找不到婆家，那就干脆送到邻村的高师傅那里学学做法吧，那高师傅也一直是个老姑娘，现在活得挺好，电视台都来录她。”

刘支书叹气道：“老黄历该翻篇儿了，这话可别往出说了，多丢人。人家高师傅不是做法的，人家是民间舞蹈的非遗传承人，市里文化部门总来人请她去表演和讲座呢。”

“啥？她还能讲座呢？她有啥文化？”

佟梅花对文化的认知就是上大学，尽管刘支书给她讲高师傅去传承民间音乐、舞蹈，在她看来都是故弄玄虚，拿着鼓跳舞，那是和她叔叔学的，算什么文化呢？万荣好歹上过学，不比她有文化多了。

刘支书摇摇头，佟梅花什么都不懂，跟她说不通。

高师傅现在是一位萨满文化专家，她那过世的叔叔是以前十里八村有名的老萨满，身上带着一丝神秘的色彩和传说，而她没有继承这些。她和叔叔学会了祭祀舞蹈，制作面具、皮鼓和萨满服饰，被前来乡村踏查的民俗学家像宝藏一样挖掘出来。在一次文化活动中，她第一次听人称呼她为高老师，受宠若惊，她连高中都没念，居然也有被称呼老师的一天，她胆战心惊地提出她叫不得老师这个称呼，人们告诉她，能传道授业解惑的就是老师。

渐渐的，高师傅接受了别人的尊称，也接受了她的新身份。她很明事理，知道面对媒体的时候要讲有历史依据的部分，而不提过去叔叔被赋予神秘色彩的那套，她把老萨满的技艺发扬光大。她平时用毛笔彩绘的那些花里胡哨的面具被城里的教授们赋予了美学意义，继而有了文化价值。在被邀请参加一些学术会议之后，高师傅学会了很多新词，民俗、人类学、文化记忆、非物质文化…………这些词打开了她的认知世界，让她豁然开朗。但是文化的觉醒不足以谋生，在她左右为难的时候，一家文化公司找到她，说要做她的代理人，为她策划发展方向，把她的知识转化成生产力。

和她洽谈的女人，脸上抹着厚厚的粉底，嘴上涂着鲜艳的唇膏，想要遮去岁月的痕迹。但是高师傅有一个独特的技能，就是能看出人的真实年龄，没人能在她面前隐瞒岁数，她一眼就看出眼前这个精明干练女人的实际年龄在四十二三岁左右，并且从谈话中得到了验证。

杨月初次接触高师傅，也被她毒辣的眼光震惊到，别人都以为自己三十五岁左右，还没有人说准过她的年龄，而高师傅能准到个程度，真是神了。杨月提供了一份合同，报酬丰厚，高师傅不太懂那十几页文字写的都是什么。

简单点说，就是包装，杨月给她解释："让更多人知道你，了解你，让你的记忆转化成符号与世界分享。"

高师傅有点兴奋，也有点害怕。早些年，她叔叔因为封建迷信活动被批斗，落个终身残疾，她没忘记。树大招风，她既想出名，又不敢太张扬，所以对杨月说的包装，有隐隐的顾虑。杨月为了帮她消除顾虑，又指着合同告诉她，出了一切问题公司会负责，包括解决法律上的事情。

高师傅被杨月说动了，和她签订了代理合同。流年文化创意公司将建立一个民俗文化体验馆，里面有民俗文化展览和工艺美术品展销，她作为萨满文化展台的首席专家顾问，只需要授权他们去批量制作面具和大鼓，在一些仪式上，和年轻的演员们一起表演叔叔教给她的那套舞蹈。

"你一看就是挣大钱的人。"高师傅对杨月说。

"借您吉言。"杨月笑得灿烂。她的民俗文化体验馆项目已经筹备妥当了，接下来她还会建设民间工艺产业园，并开展文化旅游项目。这是省里一位学者给她提的建议。那位学者告诉她，度假区到处都有，大同小异，想要凸显特色，还得从当地的文化入手，注入活态文化资源。杨月这才想到搜集民俗文化类的产品，越是探寻，越是被吸引。这位高师傅制作的大鼓很有民族风味，在别的地区是找不到的，正是这一独特性，让杨月觉得非签下她不可。

“你身体是不是不太好？”杨月正在思考未来的时候，高师傅突然来了这么一句。

杨月一愣，她想了想自己的状态，不像是有病的样子，不过最近总是咳嗽。

“您从哪里看出来的？”

“脸色。你脸色不太好，平时注意身体，别太疲劳了。”

杨月也不知道这个高师傅是怎么能看出她脸色不好的，难道是她粉底液抹太厚了吗？她没怎么在意这件事。

杨月又下一城，心里也敞亮极了。她相信，伊城县的文化产业可以完全盘活。但是,现在把蛋糕做大还不是时候。她总觉得少了点什么，少一点关键的东西。那位给她提建议的学者曾说，让她打造鲜明特色性的地域文化。她已经搜罗了不少本地非物质文化遗产的艺人，人和物都有了，似乎还缺一个让他们共存的载体，打造文旅项目，还得找到“文脉”。坐在红木家具堆砌的办公室里，杨月点燃一根烟，烟灰缸是朵翠玉色的荷藕，摆在招财蟾蜍旁边，看着让人静心。她曾把这个烟灰缸换成施华洛世奇水晶的，待客的时候显得高档一点，可是怎么看怎么别扭，又换了回来。

一根根烟蒂在美丽的烟灰缸里以粗俗丑陋的姿态躺着，杨月想起了那个叫孙有命的可怜人，黑不溜秋，和烟灰似的。她想起那个人一直在找媳妇，也不知道找到没有。就算找到了，恐怕只会让那个小土豆更伤心。

杨月并不知道，现在的孙有命已经不是蓬头垢面的小土豆了。他在索玉柱家洗了澡，洗去了一身泥垢和臭汗，换上了索玉柱的衣服，白衬衫的袖子太长要挽起来，裤脚让石丽给修短了，同样被修短的还有他的头发。孙有命看着镜子里全新的自己，有些不敢相信，他很久没有看到这么干净整洁的自己了，虽然矮子还是那个矮子，却不再像个流浪汉了。

见索玉柱毫不嫌弃地收留了外乡人孙有命，人们便说这个小矮子长得又黑又矬，没啥本事，勾搭不走小媳妇，所以玉柱才放心让他留下。可是，小矮子留下来能干啥，大家就不得而知了。因为他们没有看见孙有命帮着超市卖货，他总是早出晚归，和谁也不打招呼，即使有人和他搭话，他也闷不吭声。

有了孙有命做帮手，石丽种百合、看店，什么都没耽误。石丽的老家有百合之乡的称号，她小时候就见过别人种百合，虽然和万生给的品种不一样，但是在和万生交流后，她熟练掌握了卷丹百合的种植技巧。柳条村的土地好，加上孙有命细致的帮助，石丽家种的百合，甚至比万生种的先露出了柳叶似的绿箭头，披针形的叶片翠绿翠绿的，刚在大地里冒出来，就一天一天疯长。石丽时常在微信上向万生反馈百合的生长情况，她还看到万生的朋友圈里全都是与百合种植有关内容的转发。石丽对东北百合了解越多，越发感兴趣。有天晚上，索玉柱惊奇地看到老婆戴着眼镜，坐在电脑前打字，她平时用电脑就是记账、做表，现在她好像在写什么长篇大论。

石丽说，万生给了她灵感，她好久没有做过方案了，就以百合种植为例子，做一个商业运营的可行性方案，练练手。

“闲着也是闲着嘛。”石丽又跟丈夫解释一句，生怕他觉得莫名其妙，再生醋意。索玉柱自从上次对万生失态以后，再也没有提留宿那个话题，就像什么事也没有发生过一样。

石丽在家偷偷做着练习，万生则在实际操作。他收到县工商局的电话，他之前让万荣申请的公司营业执照已经发下来了，这让他高兴极了。“金柳百合开发有限公司”，他很满意这个名字，金是金马山的金，柳是柳条村的柳，多么符合家乡的特征。之所以定位“百合开发”，是因为在他的设想里，一开始可以先做种苗繁育，形成百合开发繁育基地，等规模足够大，就可以开发百合加工产品了，百合干、百合花、百合鲜果……在产品形成产业化链条的地区，光百合加工企业就会有上百家，前景非常可观。

“企业+合作社+农户”，是万生理想中的发展模式。眼下他急需把百合合作社组建扩大，可是每家的情况又有所不同，比如杨林山家的地，因为落灰的原因有几亩地闲置。万生实地看过那块地，其中有一亩多污染并不严重，稍微清理一下土壤就可以用，避免浪费。只是这涉及一笔费用，杨林山自己手里没有什么钱，他母亲柳五娘有，但是肯定不会给他出，本来人家就不想种这个，你再叫她投入她当然不干。万生就想自己掏这个钱，给村里人打个样。他一计算成本，得几千块钱，还能担负得起，就跟杨林山合计，既是帮杨林山的忙，也是开辟一处样板，他和杨林山签订了合同，这块地算杨林山的股份加入合作社，清理的钱他来出。杨林山高兴极了,但是万生又担心这事瞒不了柳五娘，这得怎么解释。杨林山说包在他身上。

佟梅花的直觉很准，今年夏天异常炎热。阳光灼烧着大地，山林里腾腾的蒸汽扭曲了视觉，使远处村庄的人们感觉到那山一飘一飘的。

过去关于七星山，老人们还给出过另一个版本的传说。原本天上有南斗、北斗两组七星，一个照白天，一个照夜晚，照白天的南斗觉得不如照夜晚亮，想跟照夜晚的北斗换，两组星星为此打起来了，南斗战败，被北斗踢下天际，就变成了七星山。所以，这七个山坡就是战败的象征。因为寓意不好，村里人都不喜欢这个版本。

现在佟梅花想起这个说法都要信了。在竞选中,兄妹俩齐齐“战败”。当然战的只有万荣，万生压根儿也没参与，他是最后一个知道自己被传要竞选村干部的，还被人追着问：“你咋没上台呢？”让他哭笑不得。万荣乐呵呵站在台上，热火朝天唠家常一样的发言方式逗得大伙儿很开心，如果没有竞争对手的话，她本来可以轻松当选。可惜这次她的对手实力太强劲了。人们从来没有见过那样的竞选演讲，或者说，只在电视里见过。石丽平日里非常低调，和邻里之间也鲜有闲聊，谁能想到她一开口就切中时弊，话说得那么体面，怎么做妇女工作，怎么帮扶困难群众，说得结构清楚，层次简明，又容易理解。石丽还提到如何发动妇女力量，改变贫穷现状、改变乡村面貌，如何打造休闲农业，让人们在绿水青山中享受生活。从立意到内容，演讲水平明显比万荣高得多。

石丽发言时候带着满脸的热忱与自信，眼里闪着光彩。从未见过标准式演讲的村民们为石丽精彩的表现折服，不约而同地把票投给了她。这让万荣非常意外，她当然不承认自己不如人，她愤愤不平地跟佟梅花说："肯定是索玉柱在背后捅咕的，他能给傅老九半斤白酒，就可能也给别人，不然怎么也轮不到石丽当选，就算她学历高，水平高，可人缘这块，怎么也比不过我呀。"

佟梅花被女儿吵吵得头疼，她觉得今天已经够丢人了，村里人看她的眼神里都仿佛带着嘲笑。她不想承认女儿的失败，也顺着她说："可不是嘛，索玉柱那小媳妇平时不跟人往来，谁能选她呢？"佟梅花嘴上这么说，可心里不得不认同，石丽表现得很优秀，万荣跟人家比不了。

即使是石丽展现了实力，依然会有一些声音和万荣一样，把她的成功归结为半斤白酒的胜利。石丽不明白索玉柱为什么要送人酒，她本来对竞选的结果没有多在意，她答应丈夫参选，只不过是因为在家闲得久了，又被万生勾起了专业上的兴趣，于是想参与村民管理，也算是不负春光一场。

"我就是尝试一下，结果不重要，你何必认真。"石丽对索玉柱说。

索玉柱沉浸在媳妇无可挑剔的演讲里，笑呵呵地说："媳妇你别听他们冤枉我，我只给老九送了酒，那根本不是贿赂，就是看他最近挺勤快，鼓励鼓励他。你当选完全是凭自己的本事，你大学毕业，本来就应该是干部身份，结果也没参加工作，直接跟我走了，我觉得你还是当干部合适。"

石丽听他这么说，放了心，又跟他说："村妇女主任也不是干部身份。"

"以后谁知道呢，再说你这么有本事，说不定干着干着就进县里去了呢。"索玉柱继续说："我媳妇，就是有能耐，你一开口，他们都傻眼了，瞅瞅万荣都蒙圈了。"

石丽在索玉柱炽烈的眼神里感受到一丝异样："你到底怎么了？"她忍不住问出口。

丈夫到底怎么了，石丽完全搞不明白。最近莫名其妙怂恿自己参加村干部的选举，又总是对自己表现出一副抱歉的姿态。而且他似乎变得特别懒，货断了也不再进，农活更是一点不干，全交给孙有命，还总张罗下馆子吃饭。到了夜晚，他疯狂地索取，已经不顾及石丽愿不愿意，着魔了一般着急要小孩。而且为了要小孩，他还不知从哪里开的一堆汤药，自己喝，也让石丽喝，说治疗不孕不育。以前，这四个字他俩之间是绝口不提的，因为要不要孩子并不重要，他们认为二人世界挺好，绝不会谈及谁身体有毛病才没有孩子这样的话题。可是现在索玉柱像疯了一样想要孩子，还越来越瘦，让石丽隐隐感到一丝担忧。

"中邪。"石丽脑海中想到这个词，过去村里人习惯把解释不了的事归于此因，但是所受到的高等教育又让她摇摇头，觉得这种想法太可笑了。或许他遇到了什么不开心的事，又或许是今年夏天太闷热，让人心情烦躁。

索玉柱望着眉头拧成川字的老婆，心里也好似拧成一根麻绳，难受得紧。他回想起石丽刚跟着他回柳条村的那一年，像朵刚刚绽放的鲜花，从上到下透着一股青春活力，她好奇地打量着他的老家，从铁匠铺一路笑着回到索家。父母对这个俊秀的儿媳妇很满意，就只有一个要求，希望她不要跟别人说自己是大学生，怕大伙儿说玉柱闲话，说他们女高男低，玉柱在村里抬不起头。那时石丽的眼里闪过一道复杂的神情，但脸上带着笑答应了。她对索玉柱说："学历不过是一张纸，没什么好说的。”他知道，那哪是薄薄的一张纸，那是她四年的青春啊。石丽却仿佛忘记了一样，再不提大学的经历，从此成为丈夫的贤内助，一家人和睦相处。

她的漫不经心，更让他心疼。如果能多待一会儿就好了。如果还有时间。索玉柱用枯草一样的手握住媳妇珍珠似的手，感受着她血管里温暖的血流过，和他的血管碰撞。他在心里说："下辈子咱俩还在一起。”但是她什么也听不见，只看见他漆黑的瞳孔深处有什么东西像要沉入谷底般地下坠。

石丽像是故事里的人参姑娘，跑到他家里报恩来了，许是他上辈子或者前半生无意间做过什么善事，于是得到了她这样又善良又好的老婆。她这会儿有太多的事忙，一边种百合，一边研究妇女干部做什么。孙有命看上去是个老实人，干活也卖力，没有正常人那么身强体壮，他就多干，用时间和细致填补缺陷。这个雇工能帮她分担不少事儿，最重要的是让他放心。

她那么好的人，以后会怎么办呢？她还那么年轻，一辈子很长。

索玉柱不知道，他不愿意去想这些。他想留下一个孩子，一个姓索的孩子。哪怕以后她改嫁了，这个孩子也依然姓索。她会嫁给谁呢？也许是城里某个有钱的老板，也许是万生，万生不是要离婚吗？孩子跟着万生这样的父亲，会长不少文化吧。

索玉柱独自幻想着。石丽肯定不会下嫁给村里那些老光棍，那些人满心只有男女之间那点破事，配不上她。或许她会回到家乡去，那里有她的遗憾。其实她一直都想离开吧，如果不是他用感情锁住了她，她理应是高飞的大雁，而不是困在他怀里的金丝雀。

索玉柱现在看万生很顺眼，他有学历、有地位，在县里工作那么久，应该也攒下不少钱，看起来又很老实，是个值得托付的人。这想法在他脑海里只是一闪而过，马上又转成了一股酸气。再好的人又怎样，我媳妇，那可是人参姑娘啊，谁也配不上她。

索玉柱心里叹息着。他就快离开了，从她的世界消失。他从医院回来，一直逃避着那个无法接受的事实。他逃避的时间没有太久，因为他没有那么多时间去思考，去犹豫。他开始着手给自己安排后事，总得照张遗像吧，可是他不敢在镇上的影楼拍，活人去照遗像，这不是告诉别人我快死了吗？为什么遗像不能是彩色的呢？非要黑白的干什么，人都没了，还讲什么规矩？

索玉柱最终还是去影楼拍了一张彩色的照片，他告诉摄影师要拍证件照，背景选了白色，然后照片并没有打印，而仅仅要了电子版。他自己用软件调成了黑白色，存在手机里。下一步干什么，他想到立遗嘱。万一他死了以后亲戚们欺负老婆怎么办，他得把财产都留给石丽。结果花了让他肉疼的咨询费，律师却笑着告诉他，他只有第一顺序继承人，连第二顺序继承人都没有，如果只是想留给妻子，没有必要立遗嘱。

“可我家还有很多亲戚，我有五个姨呢。”

律师说：“你父母和祖父母都不在了，七大姑八大姨在法律上没有继承权。”

原来他在这人世间，法律意义上最亲的人早就只剩下石丽了。从律师那里回来之后，索玉柱像变了一个人似的。除了石丽，没人注意到他这些变化。就在石丽选上妇女主任的前两天晚上，索玉柱搂着怀里的老婆说，他想去一趟北京。“祖国大好河山啊，还没来得及好好欣赏。以前做生意，总到北京送货，可是每次都是去批发市场，还没登过万里长城呢。常言道，不到长城非好汉啊。”

“现在北京特别热，咱们 9 月份去吧。”石丽说。

“那也行。”索玉柱想，怎么也能活到 9 月份吧。

然而竞选那天，索玉柱忙里忙外，又改变了主意，只要陪着老婆，去哪里都一样。好汉不好汉的，又有什么用呢？他这辈子是做不成好汉了。

竞选那一天，还发生了很多事。万生家大白天被盗了。贼人大概是看准了这个时机，等着一家人都出了门，就动手了。失窃的物品包括佟梅花藏在枕头顶里的几百块钱和万生的笔记本电脑。

镇上警察来勘查了半天，说人是从大墙外跳进来的，地上留有清晰的脚印，作案手法非常粗糙，采用的是暴力开锁。脚印的大小和开锁方式是重要线索，它们都指向一个嫌疑人，柳条村的刺头少年，今年十二岁的皮蛋。

说到皮蛋，连警察也头疼，那简直是一株无序生长的野草。他是他妈妈从外面带回来的，也不知道父亲是谁，一回来就扔给了姥姥养，他妈妈在南方打工，长年累月不回家，早些年还寄钱回来，后来就没有音信了，有人说是在外面另成了家，也有人传，她做皮肉生意后来死了。皮蛋的姥姥去世后，皮蛋在村里的亲人只剩下一个表舅，是开油作坊的程万年，刚开始还管他吃喝，可是皮蛋总是惹是生非，和镇里的混混们在一起玩，净干些坏事，总有人家找上门来投诉，程万年嫌烦，就把皮蛋送到寄宿制学校去，暑假时候接回姥姥家的老房子。那老宅年久失修，破败不堪，皮蛋哪肯住那里，不是住网吧就是住在狐朋狗友那里。警察拿他有什么办法，小偷小摸的，教育一顿就了事了。

因为这次不是小打小闹，而是丢了一台笔记本电脑，民警们不敢怠慢，带着万生直奔程万年的油坊。

程万年就是小油匠，他的油坊有四间瓦房，在村子西边，是他爷爷创办的，20 世纪 70 年代曾经一度停产，老器具也都被砸了卖了。改革开放后，程万年的父亲又重新修葺了老油坊，把父辈榨油那套工具拾掇起来，开了一家新作坊，榨玉米油、豆油。现在，到了程万年这一辈，笨榨豆油有段时间不时兴了，超市里一桶色拉油才多少钱，笨榨豆油成本太高，农村人不买账。但是最近又流行回来了，特别是城里人就喜欢它的原汁原味、营养丰富，有人专门开车来买油，还有一些街坊邻居在他家榨油，拿来自己的豆子和玉米，几天以后过来取油，油饼卖给曹福贵的鹿场喂鹿。

万生跟随警察来到程万年的作坊门口，只见大门紧锁，一只大黑狗冲着生人龇牙吼叫。民警使劲儿喊了好几声，屋里才走出一个人，系着黑乎乎的围裙，佝偻着腰，看不出他只有三十几岁。油坊平时不开门，有人来打油就喊两嗓子“打油喽”，人才出来。

见了民警，程万年扒拉开看门的大黑狗，门也不开，直接说：“那个臭皮蛋又犯啥事儿了？跟我无关，我很久没看见他了。”

万生心里一沉，早听说这个皮蛋人小鬼大，居无定所，人们找到他的时候，钱财多半已被砸进网吧和游戏里了。他的笔记本电脑里有各种文件，还有和老婆孩子在一起拍的照片，如果找不回来，损失不是用钱能衡量的。民警像是早就知道这个结果一样，但还是让程万年开门。

“臭皮蛋这次出息了，把佟老太太的钱给顺了不算，还把人家电脑给带走了。赶紧帮忙找人吧，臭小子要是把电脑卖了，就给他送工读学校去。”

“那真是烧了高香了。求你们快点把他送走吧。”小油匠把他们让进屋，虽然作坊在旁边的厢房，可房间里仍然到处污渍渍的，仿佛用手在墙上搓一搓，就能搓出一滴滴油来。民警们显然不愿意多停留，问了几句话，就走了。

“臭皮蛋不在这儿，咱们得去镇上的电器维修店找。”民警说。

到了镇上，果然万生的电脑被卖了，他们在一家维修店里找到了这台电脑，店家说：“皮蛋拿来卖的，换走五百块钱。”

万生想要回电脑，店家不肯白还，说什么都要五百块钱。民警调解之后，万生还是花了三百块赎回。走出店，民警安慰他，能找回来就不错了。

最后，他们在一家小游戏厅里找到了皮蛋，他穿着一件宽大的白色背心，和同伴们玩得正高兴。

民警一把揪住那小子，皮蛋知道他们来干吗，丝毫不在乎地说："我未成年，你们管不了我。"

"我家的钱呢？"万生问他。

"花了，"面对失主，他也一点儿不惭愧，还大言不惭地补充道："电脑让我卖了。"

"你卖了多少钱？"民警问。

皮蛋说："一百。"民警严肃地说他不老实，皮蛋只好说："是二百。"

"老板说给了你五百。"万生说。

"扯他妈犊子，"小家伙学着大人的模样骂起来了，"他给了我二百五，说那玩意儿型号旧，不值钱。"见说走了嘴，皮蛋又耍起赖来："你们得管老板要电脑，他是成年人。"

"为什么偷我们家？"万生问。

皮蛋邪邪地瞅了万生一眼，觉得可笑："为啥？为钱呗？我是孤儿，没人管我，不偷哪来钱呐。你是有钱人，你就行行好呗。"

孩子换上一副谄媚的嘴脸，那样子让人想起阅历丰富的"老江湖""老油条"，好像他在这人世间已摸爬滚打了好多年，和他的年龄完全不符。万生动了恻隐之心，想给孩子拿点钱，民警却马上拉了他一把说："你别管闲事啦，自己的钱要不回来还想搭进去点儿？回去换把好锁，养只狗看门，这小子再敢去，就放狗。"

回到家里，万生自掏腰包给佟梅花补上了丢的钱，就说是警察帮忙追回来的，怕她上火。佟梅花舒了口气，幸亏她的金镯子和金戒指都给秋云了，不然不知道要损失多少。

想到秋云，老太太又唉声叹气，叨叨儿媳妇和大孙子要跑了，万家就散了。

万生被她烦得闹心，耽误了一天，地里活都没干上。想到那个小毛贼，多可怜，要是有个营生也不至于是现在这个样子，可是他岁数太小，也不能帮他们家种地。

“你可别动那心思，”万荣赶忙制止大哥，“你没在家不知道，那个臭皮蛋呐，就是块滚刀肉，以前大伙儿看他可怜，想救济救济，谁知道，他这个没良心的，谁帮他他就偷谁，二婶带着县妇联的人给他送温暖，他把人家手表都顺走了，这样的人你千万别沾上。”

肇玉兰听到这话，心里酸楚，在她任上，这孩子的事儿愣成了心病。无论是晓之以理动之以情的谈话，还是皮鞭棍棒的威吓，皮蛋软硬不吃，我行我素。

万生想以后有机会和他唠唠，趁还来得及，别让他一条路走到黑。女人们齐齐劝他不要多管闲事，万生却觉得这个孩子缺少家庭温暖，缺少关爱，只要给他足够的社会温情，他会改正的。以后像孙有命那样，勤勤恳恳地干活，不是很好吗？

“我的大孙子，现在也和他爹分开了，也缺少关爱。你怎么不去爱自己的孩子？”

面对母亲的质问，万生心底陡然生出的一片热情被熄灭了。而且事实上，皮蛋也真是没脸没皮，万生没追究他啥，他倒更来劲儿地觉得万家有钱。三天两头就到万生家附近蹲点，寻求机会再偷。万荣拿着镐追皮蛋追了半里地，也撵不上，还换来一个鬼脸。吓得佟梅花天天拿个小铁锹坐在家门口，生怕他进来。无奈，肇玉兰到镇里买了一条大灰狗拴在院里，起名“灰狼”，专门防着皮蛋。

灰狼眼睛通红，看上去很是吓人。买的时候狗贩子说它是天热上火，缺少营养，吃点儿水果就好了，价格非常便宜。肇玉兰对外就说，这狗眼睛红是二郎神的哮天犬下凡，邪性得狠，狗不咬家里人，只咬外人，咬了就得疯狗病。这话是专门吓唬皮蛋的，皮蛋倒是真信了，毕竟是孩子，他再也不敢经过万生家了。

小偷吓走了，按理说狗狗完成了使命，可灰狼像是要和自己的名字般配似的，非要表现出勇猛的英姿，无论黑天白天，都嗷嗷地叫唤，弄得四邻不安。村里狗叫是正常的，也没人说什么，可万生被它叫得烦闷，就寻思把狗送走。佟梅花不同意，说灰狼走了，皮蛋还得回来。

万生不得已，抱着狗到镇里看兽医，心里还不太放心，兽医平时是给猪、牛、鹿看病的，给狗会不会看呢？兽医穿着黑乎乎的白大褂，粗暴地扒拉着灰狼的眼睛，惹得灰狼直龇牙。

眼睛发炎了，打两针消炎针就好了。

万生将信将疑，但还是按着灰狼，让兽医给打了一针。说来也怪，就这一针下去，灰狼忽地就老实了，也不挣扎，也不号叫，就在万生怀里呜呜打着咕噜。万生瞅它一双眼睛虽然红着，但水汪汪的甚是可爱。灰狼在万家安顿下来，佟梅花很高兴，因为七星山是二郎神鞋里的石子，那么和他有关的哮天犬就是守护神犬，会带来好运的。

第九章　零落成泥

七月的时候，柳条村被撕开一道巨大的伤口，看不见的黑红色血液让伊水河里仿佛流淌着一股子重重的腥味。索玉柱病得那么突然，让人措手不及。

俗话说:“大暑不暑，五谷不鼓。”许是从五月开始气温就高升不落，到了七月倒没有后劲儿了，腐草为萤的暑伏天反而有了一丝凉气，老人们叹着气说收成是要减半的。

那天闷得出奇，田里干活的人们睡意沉沉，不到正午就纷纷回家吃饭休息了。石丽戴着一顶面纱遮阳帽，把脸遮挡得严严实实，两颊的汗水却止不住溜串儿淌下来。还有一垄沟，种完这垄沟的百合，她就去歇歇。这是在七月里，百合叶腋间生出一些黑色的小珠芽，万生说这个是可以直接种进地里的，石丽在紧锣密鼓地收获，同时把这些珠芽种进垄沟里。雇工孙有命，早已习惯闷热的天气，他连个草帽都不戴，学着石丽的样子把一粒粒浑圆的珠芽怼进土里。索玉柱是给她和孙有命送饭来的。才走到垄头，就毫无征兆地倒下了，他像戳破气的气球软趴趴地栽楞到地上，缩成一个弓形的虾米，嘴里喊着疼。

孙有命虽然个子小，力气倒不小，他在石丽的帮忙下竟能扛起比他高不少的索玉柱，歪歪斜斜地往大道上跑。

石丽之后的记忆就变成了白色。和那时的救护车、医生穿的大褂还有盖在丈夫身上的被单一样，白的，什么都是白的。她现在看到白色的东西依然能闻到医院里刺鼻的消毒水味。医护人员来回地穿梭，询问病人的病史，她没有意识到事情多严重，信誓旦旦地说男人没病。

石丽再也不愿记起医生后来跟她说过的话，她不愿相信。医生查了索玉柱的既往病史，结合检查结果告诉她索玉柱得了胰腺癌。胰腺癌是恶性程度非常高的肿瘤，她丈夫的病情已经处于末期，治愈的可能性很小，只能尽量缓解症状。这病说不好还能活多久，病人现在出现了肠梗阻和心梗的症状，病情很危险，随时可能进一步恶化，家属要做好心理准备。

石丽木然地去窗口交费，一沓子单据，她也没有心情看都是什么钱，花费不小，但是她无暇去想。她觉得这是一场梦。

窗外不知何时下起了雨，玻璃被雨滴打湿，灰蒙蒙的天气让屋内的人心情更沉重。索玉柱鼻子上插着管子，在他床前挂着盛装着白色液体的瓶瓶罐罐，他刚刚做了内窥镜胃肠吻合术，医生说他现在不能进食，要留置胃管引流，还要靠体外的输液维持营养。石丽摸着丈夫消瘦的脸，再也忍不住捂起鼻子哭了出来。她小时候多爱哭啊，考试考不好会哭，妈妈骂她会哭，还有人说她是小鼻涕精。可是在遇到索玉柱之后，她就很少哭过。他总是想尽办法让她笑，让她快乐。他说过要照顾她一辈子，一辈子多长啊，这才几年，怎么就要食言了呢？她想问问他，这么沉重的事，为啥瞒着自己，可是她的眼泪滴在他脸上，他一动不动，他还没有醒过来。

能藏住秘密，也能藏住忧伤。这是他们一直以来的相处方式。石丽突然后悔，她这么多年，怎么就连撒个娇都不会呢？

索玉柱清醒过来的第一件事，是摸着妻子肿得跟蜜桃似的眼睛说：“对不起，让你哭了。”石丽的心缩了一下，眼睛又红了起来。

“别哭。”索玉柱虚弱地说。这时他意识到鼻子上有根管子，他摸了一下，石丽下意识地制止他：“医生不让动。”

索玉柱听话地停下动作。

“我刚才做了一个梦。”他对妻子说。

她有太多的事要问他，要和他说，可他一醒来第一件事，是和她叙述他的梦境。

石丽纠正他，未必是刚才的梦，因为他已经睡了一天一夜了。

“难怪，这是一个漫长的梦，特别长，分成好几段。”

“那就慢慢说，不着急。”石丽不想让丈夫太疲累，而索玉柱吞咽了一口口水，着急讲他的梦。

“最初有一条大蛇，大概五六米长，黑色的。我从没见过那么长那么粗一条蛇，身上还有斑点。太真实了，梦里我都能感觉自己要吓尿了。这条蛇可能代表我的肠子。”

索玉柱说他的梦真是太长了，长得像一部电视剧。他很虚弱，说话气若游丝，他怕忘记，一定要和石丽说。即便中间有几次被护士打断了，他也还要继续说。

在那条大蛇扑向他之后，他的梦境就转换了场景。他看见了石丽向一个院落走去，她梳着两个发髻，活脱脱的少女模样。院里坐着丈母娘，似乎得了重病，一直在咳嗽。石丽一副心急如焚的模样，说着要给她请大夫治病。丈母娘说她治不好了，得赶紧给石丽找个好人家嫁了。媒人来了，是肇玉兰，她扭捏着腰肢，手里拿着一个蓝色刺绣的花布包，说一定给石丽找一门好亲事，石丽却把肇玉兰关门外了。

索玉柱接着描述，他说梦境这时换了地方，石丽上山给母亲寻药，她手拿镰刀，像电影里的女侠。这时那条巨蛇又出现了，它滑行到石丽面前，突然变成人形，索玉柱说，这一个场景他站在了蛇的视角。

他告诉石丽，翻过眼前这座山，向西再过九道岗子，穿过一条大河，能找到草药，带回去给丈母娘吃，她病就好了。石丽去找草药，遇到了伊水河，水流湍急，还打着漩涡，无论如何她也过不去。

“那怎么办？”石丽听着丈夫讲，有点着急了。

“不是还有我吗。”索玉柱握着她的手。石丽心里一酸，又掉出了眼泪。

索玉柱说这会儿他终于不再是看着她的第三人，也不是一条蛇了，他是她丈夫，是梦境的主角，他可以和她对话了。梦里石丽让他想办法过河，索玉柱用三根木头做了个木排放进河里，他们就这么渡过了伊水河。上岸之后面前是一片花海，竟然全是卷丹百合，开得热烈奔放，像红色火焰燃烧到天际。那花海位置分明就在他们家地里，有上百亩，绵延到远方，仿佛能闻到清淡宜人的花香。一个声音告诉他们，这就是他们要找的草药。

"那场景太震撼了，媳妇，咱俩高兴极了，都抱在一起了，你的身体那么软，梦里居然也能感觉到。然后你回家去了，把百合给了丈母娘，她说妈的病好了，你也应该嫁人了。姑娘过十八就要有婆家，年岁大了不好找呀，你说你有老公了，丈母娘说什么都不信。"

"我听见你大喊我的名字，"索玉柱说到这里眉头皱了一下，"那声音很着急。"

"那一定是你昏迷的时候，我在床边叫你，可不是很着急吗，你听见我叫你，咋不醒过来？"

"我能听见，但是我出不来。我一直困在梦里。"索玉柱叹了一口气，他忍不住轻轻摸了下那根管子，石丽又下意识地想阻拦。索玉柱说："没事，我就摸摸。梦里我生龙活虎的，一起来居然卧床不起了。"石丽紧紧握着丈夫的手。

"接下来的事，有点戏剧性，有点邪门，但是你别生气，这是个梦，梦这玩意儿很怪，他不讲道理，不是真的。"

石丽不想打断他，任他继续说。"你指着门外，喊，妈你看，我老公来了，就是他。"索玉柱说他就站在丈母娘面前，丈母娘眼前一亮，破天荒地夸了他："小伙子真精神。"索玉柱拉着石丽就要拜堂成亲。丈母娘问女婿叫啥。

索玉柱清清楚楚听见妻子回答："万生。"

"什么？怎么会是万生？"

“我不知道，你指着我介绍，说我叫万生，但是我知道我是我，而我又是万生。这很奇怪，可能梦里我俩重叠了。我特别惊讶，也想反抗，可是你知道，梦是不能反抗的，也许有的地方它听你的话，但是大多数时间，它有自己的想法。画面又转了，我估计这个画面就发生在刚才，这一段儿是我记得最清楚的一段。咱俩有孩子了，两个，一儿一女。”

“然后呢？”

“然后我就醒了。还没来得及给孩子取名。”

石丽感觉脸颊湿湿的，她哭了。索玉柱好像在把她往外推，托付给别人似的。他怎么可以？照顾她，让她快乐，是他的责任，他怎么可以推卸！

“生命是场巨大的典礼，在散场的时候不要太失落。”索玉柱在网上找到一个文案，发了一条朋友圈。他拉着石丽的手，心想：“我把我所有的一切都给你，什么都不重要了，只有你，还要继续往前走。”

石丽看到那条朋友圈，让索玉柱赶紧删了，不吉利。索玉柱听话地删除了，还开玩笑地说：“我干了这碗心灵鸡汤，你随意。”

索玉柱几句网络流行语把石丽逗乐了。他们最后的时光都是在医院里度过的，白色交织成的大网，在很长一段时间是石丽记忆里无法摆脱的桎梏。索玉柱说的话越来越离谱，他曾自诩是一个粗人，这会儿突然开始拽文，而且一套接一套的，连石丽这个大学生都感叹，他可能是天生的作家。索玉柱也纳闷，平时怎么想不出那么多小“嗑儿”，或者是开店时候想的事情太多，而在医院躺着，不仅胃肠都是空的，连脑袋里那些麻烦事儿也放空了，天性就被释放了。

在索玉柱喃喃不休的念叨声中，石丽感觉东摇西荡的，好像眼前是一场魔术表演，烟花盛开，白鸽翩飞，羽毛像雪花一样在病房里飞舞，这是电影里的镜头，不该是现实。

真正告别的那一天，石丽去窗口交费的时候还保持着礼貌，和收费员说谢谢，直到索玉柱被推进 ICU，直到他面前盖上白色的单子。这中间经历了多久，她又交了几次费，是最后一次还是倒数第二次她和收费员发生了争吵，又是冲着哪个医生咆哮，她再也不记得了。她跪在洁白的地砖上的那一刻，她大脑一片空白。

躺在白色单子里的丈夫应该是努力地想睁开眼睛吧，那双平时忽闪忽闪的眼皮，怎么忽然就像岩石一样坚硬了呢？石丽在一片亮晃晃的白色里，忘记了死亡的含义，从眼前刺眼的光芒里走出来的时候，嘴唇已经咬出了血。

自从索玉柱住院以后，超市就关了，石丽对村里人说和索玉柱去南方做生意，这么一关就是两周。再回来，就只有石丽一个人。索玉柱的丧事在这时节忽然有了几分冷清，人们说，石丽选上妇女主任，就把丈夫克死了。还有人说，石丽命本来就硬，不然怎么没有子孙福缘，索玉柱能挺过这些年实属不易，可终究还是没逃过去。索家根本没有心脏病史，他年纪轻轻的，怎么可能因为心梗这种病就走了呢？

新上任的村支书兼村主任曹福贵，努力地安抚那几个哭天抢地的亲戚，他们好像比新寡妇石丽更伤心似的，哭喊着说："索家绝后了。"曹主任不得不帮忙隔绝这些人对石丽的围堵追问。佟梅花庆幸万荣没选上什么干部，不然不知道会不会影响了婚姻。万荣对母亲的想法嗤之以鼻，她连对象都没有，总不能把未来的丈夫克死吧？

索玉柱是半土葬，就是把骨灰盒埋在了后山的土里，堆砌一个坟冢。这是索家的亲戚们强烈要求的，他们对石丽自作主张把玉柱火化的事恼怒不已。说什么也不允许索玉柱的骨灰寄存在陵园的小格子里。老李头这些老人们都说石丽不厚道，也不给丈夫厚葬。相比二十年前十几个人抬棺，酒席摆满院子的场景，索玉柱的灵堂就显得简单得多。虽然这些年丧葬的仪式都是如此简化，可连索家这样的富户都不再遵循祖宗的规矩，举行盛大的仪式，那其他人家就更不会了。

"人心不古啊。"老人们感慨。过去红白喜事，都是村里最热闹的，只要认识的人都得去吃席，现在呢，年轻人越来越不遵循规矩，关系稍微远一点的，就不吃席，也不出份子钱。过去面子和关系是村子里最重要的，如今那些年轻人，愈发不愿意照拂长辈们的面子了。

对于人们滔滔不绝的闲言碎语，处在舆论旋涡中的石丽一直缄默不言。在旁人眼里，她冷静地处理了丈夫的丧事，表现得几近冷酷无情。她一袭黑衣，在家中布置灵堂，摆放了遗照和贡品。索玉柱的遗照，正是他在影楼拍的那张专门为了这一天而准备的照片。本来这些仪式在殡仪馆已经做过，但是那时只有石丽和孙有命两个人，她正在准备购买墓地，但在婆家的强烈要求下，她只好把骨灰盒从陵园取了回来。葬礼现场，和号啕大哭的几个姨婆相比，石丽只是眼圈红红的，连一滴眼泪都没有流出来。她如此镇静，如此冷漠，毫不伤心，仿佛死去的是一个无关紧要的人，这样的态度让亲戚们无法接受，柳条村的人们见此情景，更对这个外乡女人指指点点。她身边永远跟着忙前忙后的孙有命，这个小矮子的外形太过奇特显眼，也被人议论一番。在葬礼之后，石丽躲开那些恶毒的舌头，不跟任何好奇心重的人解释，也不驻足去听虚伪的安慰话。她把自己锁在家里，大门不出二门不迈，谁来敲门也不开。

多日以后，福玉超市的门是被镇里来的警察敲开的。孙有命本来紧守着命令，不给任何人开门。尤其是柳五娘那些亲戚，总像脱了水的鱼似的要往里头蹦，他就是用笤帚撵也要轰走她们。可是，警察他不敢拦，多次和警察打过交道，他对他们有着本能的恐惧。

警察是柳五娘找来的，石丽避而不见，她就报警了。这事村委会都不知道，如果知道，曹福贵是不会让她这么干的。

“我外甥，死得不明不白，这个女的有重大嫌疑，警察同志，你们好好搜一搜，是不是她下毒，把玉柱毒死了。”柳五娘在超市里愤慨激昂地说，又指着孙有命：“还有这个小矬子，不是俺们村的，他是咋来我外甥家的，是不是那女人的姘头？合谋害亲夫？”

孙有命脸色涨得一会儿红一会儿白，像刚剖出来的鱼泡似的，他愤怒地摇头否认，除此之外，在警察面前，他又说不出话来。

接警的两个民警凭面相就不信这荒唐的说法，心里想潘金莲和西门庆合谋害武大郎有可能，哪有西门庆老婆为了武大郎谋杀西门庆的？这种对逝者不敬的话当然不能说，不信归不信，民警还是严肃地查了孙有命的身份证。这一看，他俩乐了。这不是那个找老婆的小矮子吗？在伊城县警察系统里那可是早就出名了。

“你那媳妇找到了？”民警问道。

孙有命没想到还有人关心这个事，自从他在柳条村落下脚，已经很久没有再提过找吴秀珍的事，这个曾经深深刻印在脑子里的名字，似乎有一阵子没出现过了。他老老实实回答：“没有。”

“你就是让人给骗啦。”民警看他不清醒的样子，直摇头说：“赶紧报案吧，你这么个找法儿就是大海捞针，但是抓诈骗犯，那可有的是办法，现在到处有监控，抓人容易多了。”面对民警的好意，孙有命只是露出一脸苦笑。民警说：“你心里都明镜儿似的，如果骗子骗够了钱，肯定跑没影了。除非还在这一片儿出手，可是当事人不追究的话，我们也没辙啊。”

孙有命抿紧了嘴唇听着他们的分析不答话，他每次见到警察训斥他也好，劝他也好，都是这副暗淡的表情。他之前总有些不可思议的想法，比如吴秀珍遇到了坏人，她母亲病太重，没有心情去找他，或者她有难言之隐，她是画中的娘娘，回到画里去了……这些想象，日复一日，周而复始，在脑子里编织出一千零一夜的故事，但他不想再和任何人说，这是属于他的私人想象，说出来，除了收获一堆嘲讽，什么都不会有。那日在青石镇被诬陷偷钱的时候，他一时激动哭诉了起来，结果呢，别人以为他是为了脱罪编的瞎话。那样的屈辱，他不想再承受。他张了张嘴，想告诉民警，现在的他，找不找吴秀珍都不重要了，他有点不在乎了，可是话没有说出来。

那边，柳五娘可不干了，她才不关心这小矬子是咋回事。她报警是为石丽，人们这会儿听见她那破锣嗓子喊得满街都是噪音。

“石丽呢？让她出来，给个说法，我外甥咋死的！她把我外甥带走两周，回来的时候人没了，就剩下个盒，她连最后一眼都没让我们看，不是有猫腻，为啥着急火化，为啥人去医院了也不告诉亲戚，这不是心虚吗？”

柳五娘和石丽最近几年几乎没有过多少对话。自从石丽嫁过来之后，她挑的刺儿最多，久而久之，石丽见到她就躲着走。两人隔着索玉柱在虚空中较过劲儿、互翻过白眼，就是没正面冲突过。如今索玉柱撒手人寰，柳五娘决意要和这个女人彻底翻脸，本来属于她姐姐家的一切，都是时候物归原主了。

“五姨啊，你小点儿声，”万生一脚踏进福玉超市，“街坊邻居都听着呢。”

他一边说话一边顺手把大门一关，把那些看热闹的眼睛都挡在门外。

万生本是来看望一下石丽的，佟梅花一再拦着说寡妇门前是非多，不让他去，他一笑置之，街坊邻居的，这个时代哪有那么多忌讳的事。没想到，真让老妈说中了，她家门前围了一圈人指指点点。

柳五娘本来就是想让大家伙儿都看见，都听见，给她仗个腰眼子，才不去走北面的入户门，特意敲开了关门的超市。而此时，万生却又把门给关上了，她不乐意地嘲讽道：“你来干啥啊？我家的事啥时候跟你有关系了，莫不是你跟石丽也有点瓜葛吧，警察同志，你们要不要查一下他？”

这话说得太难听，万生一下子恼了。他是体面人，他想不到一个人能把事做到这么难看的地步。他要跟柳五娘掰扯几句，这时民警先一步让柳五娘不要再干扰他们，然后问孙有命石丽在哪里，他们要问话。

孙有命为难了。雇主石丽明明吩咐不让任何人打扰她，警察当然也是任何人范围内的，可他拦不住啊。

万生则和警察们态度恭和地介绍着情况："村支书已经了解过了，人是在医院走的，有病例……"

"放屁，我外甥就没有啥毛病，怎么能突然生病了呢？他生病我们怎么不知道？"柳五娘在一旁吵吵，在她和万生各执一词的时候，石丽掀起门帘从后面走出来。

一份省城医院开具的死亡医学证明，还有一沓病历，石丽面无表情地把这些材料递给警察，上面明确写着索玉柱的死亡原因。民警看后认为没有问题，医学上已经定性的事，只叮嘱石丽抓紧去申报死亡登记，注销户口。

柳五娘还是不甘心，她坚持称外甥身体好好的，肯定是被偷摸害死的。

"你好好看看，这有医学鉴定，胰腺癌，别以为平时看起来好好的人，就是好好的，指不定有啥毛病呢。再说人家两口子是一家，人家不告诉你也是应当的。"因为乡里乡亲的，民警们认识柳五娘，所以才跟她走这一趟，现在他们后悔来这一趟，摇着头走了。

孙有命虎视眈眈地看着柳五娘，柳五娘瞪了他一眼，又瞪了万生一眼，阴阳怪气地说："这新寡妇有这么多人护着，不是一般人儿啊，我外甥，走得冤枉。"

石丽收起那些材料，理都没理柳五娘，甚至连万生也没瞅一眼，她就像一棵没有生命的蒲草，茫然地走向里屋。孙有命负责任地守护着超市，他连拉带拽把柳五娘弄出了门外，柳五娘站在门口破口大骂，孙有命也不示弱，冲她喊着："滚，滚。"

万生真怕石丽受不了刺激，再生出病来，他跟进里屋，看见石丽手里握着一份诊断书。

感受到万生的视线，石丽解释了一下："玉柱是胰腺癌晚期，我们到医院时候就治不好了。”石丽看着万生，声音空洞邈远。“他说不想亲属们知道，怕闹腾，也不想让村里人知道，怕来医院看望，麻烦，就只说我们出门了，没在家。”

万生也不知如何安慰，只感慨道：“太突然了。”

石丽苦笑一声：“他早知道了，一开始瞒着所有人，也包括我。如果不是那天犯病倒下了，我还蒙在鼓里。”

孙有命回来看见万生在，又想撵万生，但是想到万生是他在这个村子里见过的第一个人，也是没斜眼瞅他的少数几个人之一，他又犹豫，“滚”这样的字眼肯定说不出，吭哧瘪肚说：“哥……要不你歇歇去？”

“我还记得你刚来村子的样子。”万生眼瞄着孙有命说：“你在这儿干得还行？”

万生说话的声音总是很柔和、很客气，这样斯文的语气，让孙有命不知所措，他有些为难。

“挺好，一直帮我种地来着。”石丽这会儿接过话。她示意孙有命不用拦万生，孙有命如释重负地坐到了角落里。万生安抚了石丽几句，不过是那些经常劝人的话，“人死不能复生”“节哀顺变”之类。真到听了那些之后才知道，什么是世界上最没用的语言，什么是废话。可是，这些是迄今为止，人们能想到的唯一的安慰用词，远比形式多样的祝酒词要贫瘠，要干瘪，可是没人创新，也没人愿意去想其他的辞藻。

“有什么事，你来找我。我能帮忙的，一定尽力。”万生诚恳地对石丽说。

石丽木然地点点头，她这会儿不想和别人说话，但是万生又有些不同，她和柳五娘，和村支书，都不想说话，唯独万生，她觉得可以说一两句，又或者是她的潜意识推着她说的，她自己已经没有多少思考了。

万生走后，石丽把自己锁在屋子里，她一直在医院照顾丈夫，房间里落了灰。她在索玉柱的柜子里取出一沓厚厚的病历，这些是早前的，在整理遗物的时候，石丽发现了它们。在检查出胰腺癌晚期以后，索玉柱放弃了有风险的手术治疗，而是选择保守治疗，每天喝各种汤剂。石丽不知道的是，医生告诉索玉柱如果用高价药或许有更大的生存希望，但是过程依然会很痛苦。索玉柱不想遭那个罪，更不想让石丽跟着遭那个罪，反正早晚要死的，把钱留着给媳妇吧。不吃高价药，生命的路程会缩短一些，只是比索玉柱料想的要更短。

石丽还看到了另一份报告，是男科的。索玉柱还去生殖科检查了生育能力，按照报告来看，他一切正常，没有什么毛病。那么，难道是她有问题？她回想着葬礼那天亲属们哭天抢地的一幕，人们小声念叨着："索家绝后了。"索玉柱想要孩子的梦想，随着他一起埋进了土里。

终究是她，让索家连颗种子都没有留下吗？一切来得太突然、太猛烈，石丽感到了一种无法呼吸的疼痛。那个最疼她最爱她的人已经走了。再没有人把最好的东西都给她，她成了彻彻底底的孤家寡人。

孙有命在门外，听见屋里一阵阵低声的呜咽，像夜里花雀嘶嘶的啼鸣，声声渗出血来。孙有命攥紧了拳头，想进去安慰一下大姐，但脚步并不能按心意移动。他最终没有去敲门，而是像一只石狮子一样坐在院里。

曹福贵是张百顺的表弟，年轻时候在乡粮店工作，后来粮店解散了，就回村里跟着张百顺种地、开养鹿场，还当过一段治保主任，是个能张罗的人。原来柳条村是刘伟国支书、主任一肩挑，人们叫他刘支书。曹福贵上任后，因为以前村民们就叫他曹主任，已经习惯了，所以都不叫曹支书，还习惯叫他曹主任。让村民们新奇的是，这几日村里又来了一个大学生，给曹福贵当助理。

早些年，柳条村也来过一位大学生给村干部当助理，停留时间很短。那个小年轻，只在村里转了几次，不知什么原因和村干部们发生了争执，没过几天就回城里了。在他走后的很长一段时间，村部里还挂着他的名字。如今新来的这个年轻人叫张华，戴着一副厚厚的眼镜，脸上青春痘还没褪去，星星点点印在腮帮子上，整个人看起来有些稚气，就像一株没长开的豆芽菜，村民们都在猜测他能在这里待多久。小张一来就吸引了媒人们的目光，家里有待嫁姑娘的村民们把他当了宝，纷纷托人来说亲，生怕他只是来转一转，必须在他一阵风似的回城之前，抓住机遇。佟梅花为此还垂头丧气了一阵儿，这个小张太年轻，怎么也轮不着她家万荣。那些家里有年轻女孩的家庭一下子又可以在她面前耀武扬威了。

最先感到压力的是杨林山。以前，他是村里的“笔杆子”，现在文书的工作全由中文系毕业的小张去做，而且小张还能熟练操作电脑，应对那些需要网上申报的工作也游刃有余。杨林山则被交代一些和文字无关的杂事，他突然觉得自己变得可有可无，可能再也不被重视，意志有些消沉。柳五娘这时张罗着要请高师傅做法事，一方面安抚索玉柱的冤魂，一方面给儿子祈福。但是高师傅没有找着，听人说进城参加什么文化研讨会去了。

不做法事，开哪门子会？不正统就是不正统。柳五娘本也不信她，但总想讨个心安罢了，现在感到有些失望，她转而去求助实实在在的张百顺。这么多年了,她和老张的感情还是不错的。如果不是因为石丽，索玉柱没准娶了张百顺的女儿，两家早就轧上亲了。

三十年前，也有那么几个相同的午后，阳光泡沫般溢满田间地头，花蝴蝶似的柳五娘从路旁经过，眼见张百顺的喉头发涩地缩动一下，不只是他，过去村里哪个男人不对她有点儿小念想，虎愣一点的俏皮在嘴上，脸皮薄的惦记在心里。她曾是小伙子们浮想联翩的对象，人缘好，即便那张嘴后来越来越刻薄，但仗着曾经那一层底气，她在村里也是有分量的人物。

“百顺哥，你是看着林山长大的，应该知道他从小就有才华，原来刘支书在的时候可是对他很器重的，虽然让他干会计，可是很多重要的工作也给他。现在村里来新人了是好事，但我怕新领导不知道林山的才能。”

柳五娘说得好听，七拐八拐就是请张百顺托托关系，别让村里把林山给辞了，给林山一些体现价值的工作，最好也能当个助理。张百顺对柳五娘的请求一口答应了："曹福贵是我的表弟，我好说话。再说那新来的小张助理，不过是棵豆芽菜，村里人不认他，他还能顶了杨林山的位置吗？"可后来柳五娘越说越上头，竟然还提出把石丽撵出村子，张百顺听了直摇头，连说两句："纯属扯淡。"谁有权力赶别人走？这柳五娘，越活越回去，太不像样了。他忍不住数落道："你都满脸褶子的人了，这话咋寻思说出来的？"

刚才说杨林山的事，张百顺还挺温和，提到石丽这事儿的时候，那态度一下转为冷淡，让柳五娘感到了一丝委屈，想说是不是她半老徐娘了，比不过人年轻的小寡妇，瞅见张百顺的脸色，自知是没趣，咽回去了。

张百顺虽然答应了柳五娘，可都是面子话，林山那里，只能托曹福贵尽量安抚，他能决定谁当村主任助理吗？曹福贵也不可能答应，小张是走了正式流程，通过考核上任的，这是既定事实。小张在上任的第一天，就来拜会过张百顺。那小年轻岁数不大，可比曹福贵能说多了，从建设美丽乡村到什么结构供给，哇啦哇啦说得天花乱坠。张百顺只记住一句话："叔，咱们村子土地分散，得改变种植结构才能致富。"

张百顺当了多年致富带头人，被一个毛头小子教导怎么致富，心头不屑，瞧着眼前的小伙子也不顺眼了，觉得他油嘴滑舌，说得没有一句踏实话，像是第二个万生。不，还不如万生靠谱。万生至少已经开始种上他那个百合了。万生的地，张百顺偷偷去看过，虽然参与的人不多，却有模有样的，万生不像在说空话。他回想着那一天和万生的谈话。

"张叔，早年我不认识百合，只听过老人说卷帘子的传说。后来在城里，也只以为那是观赏用的花，美化环境的，或者小年轻们互相送着玩儿。经过调研之后，我才知道，这是个宝贝，可以作为中药材，可以当美食吃，能做出一百多种菜，我连菜谱都下载好了。北上广的餐厅里，都有百合粥。现代人吃多了肥甘厚腻的东西，都追求清淡健康的饮食，种植百合是时尚和科学的选择。我嘴笨，讲不明白百合的好处，但是网上都有，一搜就能看到。”

张百顺感慨于万生在面对他一个人的时候，倒是口若悬河。百合多好，他不感兴趣，这东西知道的人少，自然市场就有限，真要做出万生口中说的百合种植加工经营一条龙，那得建设多少个专业合作社。现在，万生只建一个就把他累够呛。等到像他吹的那样，把百合装成箱，注册商标品牌，源源不断地生产，源源不断地远销省外，甚至国外，虽说不是天方夜谭，但也不是短期内能实现的。

“能啊，叔，百合花，百合果，我们种出来，那就是赢了第一步。现在都是产业化，要是能够得到县里支持的话，就能做大做强。”万生极力邀请张百顺也加入他的队伍中去，张百顺双手垂在身后，笑着走了。他还是不想掺和，他的产业已经成形了，哪那么容易轻易转型。再说，万生这小子，还太嫩，以后他吃亏的事儿多着呢。

张百顺去找曹福贵，表兄弟间，说话不用掖着藏着。张百顺开门见山问他：“想怎么整。”

曹福贵今年四十八岁，正是年富力强的时候，他跟表哥说，当了村干部，自然想干点实事，他刚来，还没有一个成形的想法，要看上面有啥政策。

曹福贵含糊的回答自然不能让张百顺满意，他关心的是往后种玉米补贴有多少，优惠政策多少，帮扶项目能不能给他的合作社。既然是亲表弟，总要比别人好说话，这也是他全力支持曹福贵的原因。这会儿见他态度不明，大有先等等的意思，心里有些不悦，在当上支书和主任前，他可不是这样的态度，那时他朝气蓬勃，像个大小伙子似的。

“别着急嘛。”曹福贵自打换届被选上，说得最多就是这四个字。他说他刚上任，才去镇上开了没几次会，还没有和上面好好对接，关系刚刚捋顺，让张百顺放一百个心，上面有好政策，他肯定第一时间传达，而且他肯定重点支持玉米合作社。

有这样的话在，张百顺多少放宽了心。想起柳五娘的嘱托，便问了问杨林山的事。曹福贵一听是柳五娘的打探，一声哂笑，这婆娘，到处琢磨事儿。杨林山本来就是会计，现在自然还是当会计。以前村委会宣传口没有人才，什么活儿都让杨林山干，文书也是他，美化墙体还是他，现在小张来了，帮他分担点儿不正好。

“对了，哥，你加一下咱们村的微信群，让身边人都进来，就是杨林山建的那个群，以后有些事儿，咱们在微信群里通知，省得像过去似的，大喇叭一响，不管干啥都往村部赶。”曹福贵说：“以后用微信群的时候多着呢。”

万荣的行李包收拾得差不多了，唯独没瞧见手机充电器。她有两天没看那些小视频和直播了，手机没怎么费电，也就记不得上次用完充电器放在哪里了，可能出现的每一个角落都被翻了一遍。

竞选没有选上，让她做了个决定，跟关香香进城去。一开始，她还给自己找一些理由，可是慢慢地，她回过味来，石丽是真的优秀。而她，如果为了安逸，一直窝在家里，永远也追不上人家。和关香香走，能接触到外面的世界，还能挣到钱，总不能一辈子就那么浑浑噩噩的。万荣答应了关香香，去她那里工作。她就不信，她混不出个模样来。

见妹妹找东西找半天，万生说她这么大人了丢三落四的，临要走了吧，还得磨蹭一会儿。

万荣回敬道：“你咋这么想赶我出门？”

兄妹俩在屋里斗嘴，佟梅花破天荒地既没有干预也没有抱怨，女儿又要进城了，她心里忽然就空落落的，以前总是希望丫头早点嫁出去，现在她真要出去了，却还没嫁。二婶握着她的手，劝她想开点儿，万荣能再度走出去是好事，现在环境也变了，机会比前些年多，打工不用非得去南方。让万荣多长长见识，兴许能带回来一个城里女婿。城里不比农村，城里人把年龄看得没那么重。

“屁，”佟梅花怼了二婶一句，“你们是不是电视剧看多了，真以为有男人能喜欢老姑娘？”

“别总老姑娘老姑娘的，我整好了没准能混个老板回来。”万荣说。

“那也是老姑娘。”佟梅花心里嘀咕，嘴上没有说，临要走了，就别跟丫头拌嘴了。

万荣终于找到了充电器，把它和手机一起留给了佟梅花。“你也抓紧学会用智能手机吧，以后联系我用微信，咱俩用这个视频通话。”佟梅花一脸嫌弃地接过手机，左看右看不顺眼，转回身向弟妹请教怎么用去了。

关香香的车停在村东头胡铁匠的铺子前。她多买了几把胡铁匠打的菜刀，说是好用回去送人。胡铁匠指着儿子问香香能不能给葫芦头也找份工作，香香含糊地回答：“这要看机遇，我给留意着。”胡铁匠叹了口气说：“他不是那块料，我知道。”

葫芦头完全不把父亲的话当回事儿。“爸，我都想开了，啥工作我都做不了，你说往厂子里一坐，一干干一天，太没意思，我坐不住。去工地吧，你也看见了，我这瘦不拉几的，还不得累死。我现在干直播干得挺好的，粉丝越来越多，你就等着我成为大网红吧。”

葫芦头说这话的时候拿着手机拍关香香的车，拍完又拍铁匠铺和那些刀具，嘴里念念有词：“老铁们快来看啊，快来看，城里大老板开车特意来我家找老胡买菜刀了。传统手工制作，一把是一把。”葫芦头自从失去了老九这个模特，整天拿着手机对准抡铁锤的爹各种角度拍视频，说是最近兴这个，城里人没见过打铁，点赞的特别多。再配上热门的背景音乐，关注的人可多了。胡铁匠看着葫芦头成天拿块方砖走来走去就来气，有时正打着铁，忍不住举着铁锤就要削他。谁知道，越是这样葫芦头越兴奋，边跑边举着手机喊："看见没，我爹要揍我，冒着生命危险的直播，大家给点个赞啊。"胡铁匠对儿子这样着了魔似的疯玩很是担忧，虽然不知道他通过什么方式也挣到点儿小钱，可终究狗屁不是。

胡铁匠告诉关香香，葫芦头总嚷嚷着要从草根开始，通过直播攒粉丝，然后变成大明星，给他爹盖个大别墅，就不用打铁了。天天在那做大梦。关香香只能劝铁匠想开点，网络主播还挺火的，没准哪天葫芦头就成功了。

"香香姐说得太对了，我现在有两万粉丝，等我成了百万粉丝、千万粉丝的大主播，就去带货，到时候咱村子就火了，啥特产都能给你卖出去。"

正说着，万生送万荣过来。关香香的注意力就从喋喋不休的葫芦头那里转向万生。她曾幻想过很多次和万生重逢的场景，想着这个世界也不是那么大，兜兜转转，早晚有一天还会看见他。这么想着，时间一年年过去了，真到相遇的这一天，一切都那么简单利落，像唠普通的家常。万生已不是当年意气风发的少年，但还是那么儒气，没有发福，生出奶酪似的厚厚油脂。他还是童年时候崇拜的那个大哥哥，就是她不再是少女，他也老了。

万生和香香道了谢，感谢她既帮万荣安排了一份工作，又帮他联系收购百合，香香说那都不算什么，以后有事尽管说。她正考虑新咖啡馆要以百合为主题呢。

"那就叫百合咖啡馆。"万荣在旁边搭茬。

"那可不敢，你知道年轻人用'百合'指代啥吗？"

"不就是百年好合的意思，还能是啥意思？"

关香香暧昧地摇摇头，说你得多接触一些信息了，别总看那些个网络小视频，都是娱乐，没啥营养。

万生听她们谈论起百合，心里更加敞亮，以后会有更多人关注百合的，他坚信。

关香香的咖啡馆在一所艺术学校里，刚刚装修好，正在通风中，计划几周后就营业。她对万荣说，是万生给了她灵感，像薰衣草、玫瑰、郁金香这些洋花卉，漂洋过海而来，成为浪漫的代名词，相关主题商铺林林总总,很受欢迎。而明明自己家就有那么漂亮的本土野百合，竟然没人意识到，这个主题一定会带给人们新鲜感。

“我在网上买了一些假花工艺品，等到货了每桌摆一盆。就是没碰着野百合的油画,能挂在墙上的。等开学了我在学校公示栏上贴个广告,找艺术生给画一幅。”

听着关香香兴高采烈地介绍，万荣也干劲十足。她第一次走进大学校园，拘谨得像踏入大观园的刘姥姥，什么都好奇，香香见她这副模样，便说你马上就是这家店的店长了，要尽快适应。

“店长？什么店长，你这店要送我啊？”万荣吓一跳。

“这你就不懂了吧,店长和经理一个意思,就是过去的大掌柜,我呢,相当于东家。”

“嗨，你直说掌柜不就完了。”

关香香说万荣要学的东西还很多，她给万荣报了一个咖啡培训班，教制作咖啡和咖啡馆经营的知识。

万荣一听学知识，拍着圆滚滚的胸脯说，一定好好学。她喜欢咖啡馆精致典雅的环境，尤其是那些精美的小陶瓷杯，让人赏心悦目。以前在外面打工的时候偶尔也喝速溶咖啡，她不太喜欢，觉得那味不如一块钱的老汽水。可精品咖啡不同，万荣来到吧台，闻到醇香的咖啡粉气味，再抚摸着光亮整洁的器具，白色陶瓷上水纹凸起，怎么看怎么舒心。不帮哥哥一起种百合，虽然有点对不起哥哥，但这即将开始的新生活看上去还不错。

村里的领导班子开会，除了石丽请假，新当选的干部都出席了。新官上任，曹福贵就提出创新发展战略，第一个想法是开展有机种植，他去城里考察过，超市的有机蔬果价格贵得离谱，三根茄子标价四十多元，还是很多人买。现在人越来越追求生活品质，有机蔬菜种植可能是一个不错的项目。刘伟国却有不同意见,他现在仍然是村委会委员，说话还有力度，村委会大多数人都尊重他的意见。他认为现在村里年轻人都出去打工了，没什么人留下种地，有机种植费时费力，怕是开展不起来。柳条村山清水秀，不如开养老院，发展养老服务。曹福贵不同意，柳条村离城市远，下了高速公路还得走很长时间，谁愿意来?新班子刚成立就有了分歧，两人自己都觉得怪不好意思的，曹福贵想多听听大伙儿的意见，先问到小张。小张初来乍到，还不太了解村里的情况，也提不出什么具体的方案和措施，他紧张地推了推眼镜，说了一些理论方向，大概就是主张创新，不能走过去的老路，但是究竟怎么创，创什么，他也说不出来。

发展思路问题讨论了许久，也没有定下准确的思路。大家一合计，决定召开村委会扩大会议，让村民们多多进言献策。这下更乱了套，说什么的都有，有要建罐头厂的，有要发展旅游业的，天马行空，原来想象如此容易，只要有一个起始点就连成一条虚拟的线，无限蔓延。

曹福贵犯了难，现在镇里县里都在搞经济，好多村子八仙过海，各显其能，申报了各式各样的项目申请经费和扶持，唯独柳条村，什么特色产业都没有，简直是无从下手。无论是开展什么新项目，都伴随一定风险，谁也不敢冒进。

就在村委会棘手的时候，石丽让孙有命送来一份报告。所有人都以为石丽伤心过度，在家里休养，甚至村里做好了换一位妇女干部的准备。没想到，石丽虽然没有出门见人，但是窝在家里，蔫声不语为村子发展策划着。

石丽提交了一份《关于发展百合种植项目建设美丽乡村的可行性报告》，有论据，有论证，从各方面介绍了创建百合合作社的可能性和前景。虽然万生莫名其妙地种百合不符合很多村民的心意，但是在人们关于未来发展的焦灼争论中，总算出现了一个新观点。而且这个观点被石丽写成了可执行的报告，逻辑缜密，论证严谨，让人信服。“带头试点发展百合种植项目，创收经济财富，带动乡村旅游，建设最美村落……”这份报告里面甚至概述了村委会扩大会议中讨论的重点难点问题，有理有据，有血有肉，报告中的展望，更让在场的村干部惊喜了好一阵子。

曹福贵决定要找石丽和万生谈一谈，百合种植不会作为村子发展的重点，却可以是柳条村振兴发展的一个子项。比如，发展有机绿色食品，食用百合也可以囊括其中嘛。重要的是，比起纸上谈兵，万生已经有成熟的想法和实践。

万生压根儿不知道石丽写下这样一份报告，热热闹闹的村委会选举仿佛和他一点关系没有，万荣的参选本来是瞎胡闹，他没寄予任何希望，石丽当选他也不指望能对他有什么帮助，他心里有股执拗劲儿，想依靠市场回报吸引村民们。有关香香的收购做后盾，已经多了好几户和他一起种百合了。当曹福贵带着小张找到他的时候，他才知道石丽在背后如此帮忙策划，不禁对她更加敬佩，同时也生出些许惭愧。其实，这样的报告，他自己也写了一份，里面更多的是说如何对抗病虫害，如何防范灾害风险这些科学细节，像种植说明书一样，完全没有石丽这份报告的内容宏观，直中要害。曹主任坦白跟万生说，他可以组织散户种百合，村里也支持，但是那些种粮大户，不能指望人家转行。如果他要开什么培训班、宣讲班的，村委会还是一样会提供场地。

从万生家出来，小张问曹福贵：“主任，咱们借场地给他好吗？万一他不是正经种植，而是搞传销呢？”

“你听谁说的啊，那肯定不能，咱们村里过去有过传销的，现在早没了。”

“不好说，传销现在更隐蔽了，都盯紧了农村。这个万生，是什么人？”

“你刚来不了解情况，万生是县农业局的，是农业技术人员，品质上差不了。”

小张放下心来，他想有时间得接触一下万生，看看他都有哪些想法，自己想帮助村民致富，得多和有发展想法的人接触。

如此一来，万生的百合培训班又重新操办起来。万生去找石丽，希望她能尽快走出伤痛，成为合作社的主力干将。没想到，石丽所面临的，不仅仅是失去丈夫的痛苦，还有更沉重的打击。

第十章　百合合作社

石丽嫁给索玉柱这些年，和他的亲戚接触并不多。乡村是人情社会，每个村子都有若干族群。索家曾经也是大户，然而到了索玉柱父亲这一代，就只有索玉柱一根独苗。但是索玉柱尚有三个姑姑，一个大伯，母亲家那边还有四个姨母。索玉柱怕石丽厌烦亲戚之间的走动，所以平日里往来，都是索玉柱去走，石丽很少参与。这天，当索家的亲戚们突然出现在她眼前的时候，她有些蒙了。他们来找她干什么，莫名其妙。

葬礼上这些亲戚也都来了，可彼时个个哭丧着脸孔，互道哀伤，石丽根本没有心情留意这些人。现在，他们换上一副严肃冷漠的面孔，像是相约好了似的，把福玉超市挤得满满登登。

孙有命的身材矮小，拦也拦不住那么多人。他们是商量好了来向石丽要家产的。索玉柱没有留下一儿半女，那么石丽只不过是外姓人，索家的家当应该给姓索的人分一分。索玉柱的大伯最有底气，他特意把打工的女儿女婿都叫了回来，尽管那几个姑姑家里有儿子，可都不姓索，柳五娘就更别提了，她也敢要一份财产，玉柱母亲那边的亲戚只有她一个人舔脸来。

面对气势汹汹的索家亲戚，石丽气场上完全不输，她挺直腰杆，试图和他们讲理，按照法律规定，索玉柱的所有财产都应该由配偶继承。可是这些三姑六婆不听她说的法律，他们只认乡理和亲情。不知道是哪个姑婆突然喊了句：“可以让玉柱媳妇给老索家点补偿，这超市里的东西咱们先分一分。”这句话点醒了所有人，傻站着有什么用，先捞回来一点儿。于是，柳五娘和喊话的姑婆带头，哄抢起超市的商品来。石丽根本挡不住，甚至连报警的机会都不给，索玉柱的堂姐堂姐夫把她死死按住，堂姐还揪着她的头发要往外扔。

最先抢夺的是香烟、白酒，然后是人参、鹿茸、榛蘑，饼干和糖果一类的小食品在抢夺过程中撒了一地。

混乱中没人看见孙有命去了哪里。等他出现的时候，手里多了一把刨地的锄头，他大吼一声，冲向撕扯石丽的一对男女，照着男人的脑壳就砸了下去。多亏索玉柱的堂姐夫躲得快，否则必定脑浆迸裂，血肉模糊。

孙有命却没有停下来的意思，他杀红了眼睛，抡起锄头就打向人群，柳五娘的胳膊挨了一下，索玉柱的大伯滑倒在地上，几个姑婆和儿女吓得四处躲闪。孙有命疯狂得像一只暴走的黑豹，龇着獠牙，谁还拿着货物就活该谁倒霉。谁能想到这么个小矮人，突然就厉害起来。

“你们给我放下！放下！”

孙有命的嗓音带着哭腔，他并不强大，此时此刻，他甚至是绝望的。但是索家亲戚看到的是一个豁出命去的外乡人，没人了解他，不知道他是个怪物还是傻瓜，所以没人敢上前，他们不由自主向后退去，直到退出店门。

石丽惊魂未定，对着索家的众人说：“你们都是我丈夫的亲人，这次我不报警处理，但是没有下一次了。”

“我们还要报警呢，看你那个小矬子把人打成啥样了！”柳五娘喊道，把红肿的手臂向着街坊邻居展示。

“收起你那套吧，”石丽冷冷地说，“什么年代了，还霸占财产。回去让杨林山给你普个法，你们私闯民宅，有命那是正当防卫。”

石丽接着说：“法治社会，有什么事去找乡镇法庭，找人民调解员。地址去问村支书，离这儿又不远。”

“找就找，到了老曹那里，他也得给我评理！”

“评什么理，你哪里来的理！”曹福贵已经站在门口，大声呵斥道。

一辆宝来车停在超市门口，曹福贵、万生和小张助理从车上走下来。这天曹福贵本来要去找万生谈谈百合种植的事，因为报告是石丽写的，万生和他们一起来找石丽，想进一步交谈，可是没想到，他们一到超市，就遇见这么离谱的事。万生和曹福贵并排而立，表情严肃。

“你们可真行啊，真给柳条村长脸，这是想上法制节目吗？你们不会以为打劫亲戚家的财产不犯法吧？”曹福贵咬牙切齿地说。

柳五娘见曹福贵来了，立马换了一副笑脸，她举起自己白晃晃的手臂，把上面那一小块红痕展示给人们，说是被妇女干部石丽和孙有命给打了。这番倒打一耙的操作，让曹福贵直摇头，那么多人，能让一个妇女和一个小矮子给打了吗？他深知柳五娘嘴里没一句靠谱的话，便问石丽咋回事。

“他们来要玉柱的遗产。我正在给他们普法，我是第一顺序继承人。玉柱没有第二顺序继承人，他们……”石丽指着柳五娘，到底把“抢劫”两个字压下，只说：“他们不懂。”

曹福贵大概了解情况后，也看出了石丽的隐忍和稳重，他作为村干部，出面调解，把法律规定和索家的亲戚们解释了一遍，索家人听了羞臊得低下头。“财产有价，亲情无价。亲人之间，不能为了逝者的财产就反目成仇，如果真动起手来收不住，万一酿成悲剧呢？乡里乡亲的，又是亲戚里道的，应该多一点沟通，多一点关爱，少一点私心，珍惜亲情。”

曹福贵说得动情，索家其他亲属都点头默许，表示不再找石丽麻烦，柳五娘却不死心：“就算法律有规定，可我们毕竟是玉柱的亲戚，她一个外来户，吃、穿、住都是我们玉柱养着，她好意思独占老索家的东西吗？”

万生听到这里还有什么不明白的。其实他们都懂法律，只是见石丽是一个外乡人，没人给她撑腰，心存侥幸，想图点便宜罢了，便插话道：“这话说得不对，没人能以所谓的‘乡俗’为借口，硬是跨过法律去，如果侵犯私有财产，可得用法律手段来解决问题了。”

小张也说：“对，有法律条文就按法律条文来，这例财产分割的情况，事实清晰，法律条文明确，不存在争议。”

柳五娘还想说什么，却被大伙儿拉走了。临了，她不甘心地自言自语：“一个小寡妇，这么多人向着。”

在场几人听着刺耳的话，心里都有气，特别是小张，哪遇到过这样的嘲讽，脸立刻红了。石丽赶紧上前圆场：“曹主任、张助理、万大哥，谢谢你们过来主持公道。”她特意又对小张说：“张助理你刚来，还不熟悉情况，慢慢你就知道了，有些人只是逞口舌之快，说话不走心。”

小张赶紧微笑回答：“没啥，我没放在心上，咱得用实际行动让老百姓认可，让他们看见我不是来走过场的。”

结果因为这样的闹剧，几人也无心商谈百合的事了，说好有时间再议。小张没想到，刚来村里报到不久，就遇到眼前这场闹剧。他还从来没有实地解决过村民的纠纷，此时既兴奋又紧张。后来，在小张的600多篇驻村工作日志中，他这样记录那天的场面：

“村民之间的矛盾复杂多变，尽管我来这里之前，自认做足了心理准备，但还是没想到刚驻村，老百姓就先给我出了一道题。那时我还没有调整好心态，做好角色转换，就遇上一起财产纠纷，需要现场调停，那时我很忐忑。一进门，我听见村民柳大娘尖锐地责骂，她是个浑身有力气的农妇，这股力气却用错了地方……”

柳五娘想霸占索家财产，碰上村支书和助理这事被当作笑话一样在村里流传。

“别说她了，姓索的也没有资格继承人家一包香烟啊。没告他们抢劫就算石丽心眼好了。夫妻共有财产，他们去抢不是违法吗？”万生气愤地对杨林山说："你得说说你妈了，这干的是什么事？"

杨林山一脸羞臊，他当然知道这事柳五娘干得不对，甚至没有跟他商量一句，就跑去"分家财"。家人的无理取闹，他见惯了，本着敬而远之的原则，他每次都躲得远远的。自从加入万生的百合合作社，他就很少和柳五娘说话，早出晚归，能躲则躲。那是他妈，他说也说不过，劝也劝不动，能咋办？在外面还要给她留面子。只能打圆场说："她办事冲动、直肠子，说话不过大脑。"

"她心眼不坏。"母亲在他眼里的确不能说是"坏人"，她做粉条从来都不掺假，不为了利益乱加工业胶那些东西，做生意讲良心，乡里乡亲也都处得融洽，没坏过谁。杨林山也解释不了柳五娘为何偏偏对表嫂充满仇视，也许是因为她是外地人。这几年，偶尔能听说有外地来骗婚的女人，先是假装结婚，拿到彩礼之后就跑。当年水灵灵的石丽被带回柳条村，所有人都认为她是来骗婚的。柳五娘大概是不甘心自己姐姐一家辛苦攒下的积蓄都被外人骗走吧。

杨林山要去给表嫂道歉，万生说他跟着去，这一跟还真跟对了。福玉超市大门紧锁，据说自从男主人去世后，就再没进过货，连平时往来的大货车司机都因为见不到女主人出来搬货而感到走这段路没趣。杨林山给石丽打电话没人接，万生一打倒是接通了。孙有命出来开门一见杨林山，一脸恼怒，看万生的面子，他才让开一条路。

石丽显然比前一阵子气色好多了，经过索家亲戚这么一闹腾，她反而被分走一半精力，没那么多时间去回忆和悲伤。万生来得正是时候，已经有百合苗按捺不住结蕾了，柳条状的叶片、长号状的花蕾，朝气蓬勃。她正要向他再买点种球。至于杨林山，本来他妈是他妈，他是他，她和他没什么龃龉，他代表柳五娘道歉，她也没说接受，这事跟他没关系。他们叔嫂之间的关系还是和往常一样。

时下种植百合球来不及了，他和石丽说村里同意他们再办一次百合培训班，这次希望她来主导，她有专业背景，又是妇女干部，能吸纳更多人入股。

“这事还得你来，你是创办者，主导理应是你。我站在旁边，帮你做辅助工作，你不用紧张。”

万生听到这话，心头一滞，她也看出他容易紧张，怪不好意思的。石丽又说她的百合地现在都是孙有命帮着打理，可以让孙有命以劳动力的方式入股。

“石丽，有件事我觉得要劝劝你，”万生思忖了一下，还是直截了当说了出口：“小孙是个好小伙儿，干活归干活，但是你留他住下来，怕是有人会嚼舌根，毕竟现在就你自己一个人住。”

石丽鼻孔哼着气一笑：“我还怕嚼舌根吗？那帮人都冤枉我杀夫了，还有什么闲言碎语我接不得的。”

杨林山听闻此言脸上火辣辣的，一再说着对不起。石丽自知言重，怪不好意思的。万生劝她冷静思考，她现在是村干部。石丽打量万生，露出好奇的表情：“万大哥，没想到，你想得还挺……全面。”

万生觉得石丽就差直接说他八卦了。不过他也感到奇怪，自己怎么还管上别人的私事了。转念一想石丽是合作伙伴，关心她一下也是正常的。

万生的话石丽到底是放在心上了。三天之后，福玉超市再次开门做生意，迎来了一个女雇工，是个瘸子。瘸子赵小兰是索玉柱二姑的女儿，因为小儿麻痹，个头没长多高，走路还一瘸一拐的，在村里一直是个闲人。石丽和二姑说让小兰过来帮工，每月给开工钱，二姑自然巴不得，她也明白索玉柱家的财产怎么也分不到她手里，那场闹剧本来只是给大哥去撑个场面的事，现在何不卖石丽个好，还能把累赘女儿踢出去挣点钱。石丽一下子雇了两个“小矮子”，被人调侃是“侏儒收留所”。但他们两个都不是侏儒症，只是长得比旁人矮小，石丽没有一点歧视的意思，谁要是当她面说他们，她一定会怼回去。

有了小兰看店，索家的亲人都不好意思再过来捣乱。石丽闲暇的时候，干起了索玉柱以前的买卖，一样进货、卖货。只不过，她一个女人不好跟着司机往长白山跑，就不再做远途的买卖，只卖点日需品和自家的山货。其余的时间，和孙有命一起上山种地。自从有人看店，孙有命回到了先前的看护房里住。不知道什么时候开始，寻找吴秀珍不再是他人生中的唯一大事，他甚至好久没有再向路过的货车司机们打听那个女人。帮石丽看好家、种好地，成了他新的盼头。石丽让他住在超市里，他说什么都不肯，万生的话他听见了，他不想给石丽惹麻烦。

孙有命对万生还是有点敬佩的，说不上是哪里，这个人就是让他服气。万生的百合培训班开课那一天，他缩在角落里，听他指着宣传板侃侃而谈，孙有命知道自己一辈子也成不了万生那样的人，走到哪里都被人尊敬。人们只会像看猴子那样围观他。

万生的宣传板上贴满了百合花、百合果实的照片，还有百合食用菜谱。村委会的电子屏幕上是万生做好的PPT，万生在台上给前来参加的村民讲百合的好处，讲怎么做菜和养生。大伙儿或被图片吸引，或被在前面配合万生展示PPT的石丽吸引，听得热热闹闹。这次培训比上次效果好，没人打岔，连佟梅花也听得入迷。二婶紧盯着不请自来的老李头，生怕他又惹事，可是老李头听着听着自己睡着了。

“百合是一味药材，有清肺止咳的功效。百合还是一种文化，寓意是百年好合，和和美美。”万生从百合的药用价值讲到它的文化内涵，但是他知道，台下大部分人真正关心的是经济效益，是他能不能保证收购，谁也不想赔钱，更不会主动砸钱干赔本买卖。

万生这一次抓住了村民们的心理，把讲解的重点放在收益上。他跟大伙儿许诺，只要百合种出来，就不愁销路。人们还在思考，在犹豫，而有些人则开始了算计。

“口说无凭，我们得看到真格的。”有人说。

“你先把种子钱垫上，收购的时候扣出去。”还有人说。

这些人都想着无本获利，但哪里有这样的好事。万生摇摇头，他低估了有些人的贪心。

“大家尽管放心投资，如果卖不出去，我都收着。”

口头的承诺，不能叫承诺，不足以安抚人心。大家有点动摇，不愿承担这样的风险，很多人跟着张百顺种玉米，虽然最近两年价格打压得紧，但这么多年了，收购时还是靠谱的，偶尔有拖欠的货款，最多隔上几个月，张百顺那边都会给到位。只有真金白银到手才算踏实。

“如果大家不放心，可以先自行支付种球钱，我提前给收购白条，算我万生欠大家的，收购当年全部返还。”万生这一句话掷地有声，把纷杂的喧哗全部压下。佟梅花本来是想给儿子打气的，听到这里两眼一翻，嘴里叨叨着：“疯了，疯了，这是疯了。”肇玉兰扒拉她一下，让她闭嘴。

“大伙儿放心吧，柳条村的百合，种多少都有人收。”万生平静地说道。他说这话的时候，心里一阵紧张，手心钻出了汗。

“不行，不行，白条这东西不把握，你要是赖账怎么办？”有村民质疑。

“我做担保人。”石丽在一旁说道。

大伙儿安静下来，石丽现在是村里的富户，有她担保自然更放心，但是再看他俩的眼神又有些不对了。万生咬咬牙,继续让利道:“这样吧，前期的种球，我再免费送一亩地的。”

听到这话，更多人动心了。石丽望向万生，心里升起一丝复杂的情绪，这样意味着，越多人加入合作社，万生付出得越多。

“你就那么确定关香香能都收走？”晚饭前,佟梅花不放心地问儿子。

“香香倒是没有打保票，但差不了，我只怕咱们的总量不够。”

万生心里明白，香香有话，但是也只是口头那么说，不过此刻他是乐观的。就算没有关香香的承诺，好货也不愁卖。这次培训，最重要的是让村民们有了种植的热情，好多人来询问他，入伙儿意愿强烈，看来合作社可以起灶了。

刚才万荣发来视频通话请求，万生把小方块里活蹦乱跳的妹妹给母亲看，佟梅花看到万荣剪了一头短发，还染成了深棕色，有一点儿蒙，这是女儿吗？可是听见那边万荣欢快的声音，又让她莫名心安。

“妈，哥，我在这边可好啦，看我新烫的发型，空气刘海，可利索了。我在这边挺好的，香香带我去逛街买了好多衣服。回头我录几个小视频发朋友圈里，哥你拿给妈看啊。”

万荣过得好，佟梅花就放心了，她岁数大了，管不了那个有自己主见的女儿了，一切随她去吧。

关香香挤进狭小的对话框和万生打招呼。万生趁机向她表示了感谢，也和她说了今天百合培训班上的事，因为有她的话，大伙儿的顾虑就打消了一大半。现在好多户都订了种球。

关香香听到万生这么说，爽快地应着，说她问过自家老公，干百合市场行情还不错，只要价格合理他们的药厂可以收着。关香香的话，像是给万生吃了一颗定心丸，佟梅花却是不能安定的。在她看来，一切要花钱的事都有风险。香香虽然话是这么个话，可终究没有白纸黑字落在笔头上。万生挂断电话以后，她就劝儿子最好和关香香签一个订货的合同。万生想的却是，现在他们没有形成种植规模，也不好说能提供出多少斤百合，而且时间又久，怕是没法签合同。

他劝母亲不要担忧，撑死胆大的，饿死胆小的，这事他有分寸。万生不知道的是，在母亲眼里，除了钱，女人也是风险。她现在开始有点害怕那个石丽了，尤其今天她一身西装，笔挺地站在台上和万生一唱一和，默契十足，更让她心里敲乱了鼓点。

“香香真是个好姑娘，当初你咋不娶她呢，真是可惜嫁给别人了。”佟梅花不自觉地感叹道。

“妈，你胡说什么呢，我结婚的时候香香才多大。再说，我有老婆，你说这话容易引起误会，别人还以为我朝三暮四呢。”

万生只当母亲又是胡言乱语。丝毫没听出来母亲对秋云的态度已经变了，好多天里，只提过乐乐，而没有再提他老婆。他沉浸在百合的世界里，别的一切都没有心情考虑。经过一场培训，再加上他和石丽不懈努力，更多人加入到了种植百合的队伍中来。

那天，万生家门口，锣鼓喧天，人声鼎沸，院外的门框左右贴着红对联，上联“春风吹进柳条村”，下联“合作经济利万家”。当“百合合作社”的牌子挂到门上的那一刻，鞭炮齐鸣让许久没有热闹喜事的万家热闹非凡，像过春节一样。万生前所未有的满足，十二户，不到三十亩地，虽然不多，姑且还可以算得上有一定规模，接下来要考虑的是如何扩大，以及怎么要来扶持项目。

他始终没有忘记自己回乡的目的，是把那个好项目要到手。即使有香香的包销，但种植周期长，回款慢，农民们未必愿意等，而他可是夸下海口保证销路的。合作社可以向县里申请80万—100万的项目款，项目款一到，就可以支付大家买种球的钱和其他杂七杂八的费用，让大伙儿没有后顾之忧地种植。有了项目款，可以开展加工业，鲜百合不好保存，买几台烘干机，制成干百合价格翻一番。再买塑封机，申请商标，自己直接包装，柳条村摇身一变，就是一个生产加工基地。

有十二户签约合作协议，万生像是拿到了尚方宝剑，连个电话都顾不上打，立马驱车去了县政府大院。结果农业局王局长办公室电话一直无人接听，手机也是关机状态，估计是在开会。他连过去常出入的单位大院都进不去，新来的保安不认识他，怎么说都不放行。

当然，他只要随便给哪个同事打电话都能进院或者获得局长的行程，但他不想让人知道他来了，在项目的事确定下来之前，最好一切保密。

万生坐在车里，思索着，这一趟没准要无功而返。既然回县里了，怎么也得进城看看儿子去。他小心翼翼地给秋云打电话，问能不能回家看他们娘俩。

自从万生扎根老家之后，他和秋云之间的关系就变得很微妙。漫长的冷却期让横亘在彼此间的裂痕向更深更远的地界蔓延，冷不丁通个电话，更像是陌生人，充满礼节。秋云说乐乐一会儿要出发和同学去夏令营，他要是现在回来还赶得及一起吃个饭。

“乐乐一直吵吵着想爸爸。”秋云这样一说,语气里带着一点儿委屈。这一点儿委屈不是为自己，而是为孩子。

万生心底一软，眼睛酸酸的，他们爷俩的确有日子没相见了。那个小小的男孩，过去总是缠着他一起玩，他把小家伙儿托举起来放在脖颈上，压下来的重量那么真实，是他血肉的重量。有一年乐乐骑小自行车磕在石头上，身体一歪倒在地上，胳膊肘摔破了，哭着喊“爸爸，爸爸”，让他心疼半天。

现在他和秋云闹成这样，对孩子的成长终是不利的。万生想去买个蛋糕或者糖果盒让儿子高兴高兴，也和秋云缓和缓和关系，两口子本来就不该有隔夜仇。这时，一辆熟悉的车驶进县政府大院，万生一眼认出来那是王局长的车。万生来不及想别的，挂断电话就下车紧追过去，隔着大门喊：“王局长，王局长——”

因为和王局长聊得久了，万生又没赶上看儿子。等回了家，只有老婆口气冷淡地告诉他，乐乐一脸不高兴地和小朋友们一起上车了。

“不能实现的事，你就别说出来行吗？本来孩子好好的，让你这么一忽悠，眼泪差点掉下来。”

秋云数落万生，因为孩子的事，两人又恢复了争吵状态。万生心里有愧，秋云说他，他就听着，不断道歉，手里拎着在点心店里买的小蛋糕，无所适从。秋云埋怨他一番，忽然陷入了沉默，他们的一居室房子，静下来就只剩下两股不同心思的呼吸声，一个粗壮，一个悠长，此起彼伏，没有迎合，也没有撞击。

平复之后，秋云说：“你到底想怎么样，给个准话吧。”

万生靠墙站着，和乐乐小时候做错事的时候一个模样，他小声说：“就快好了，今天和王局长聊过，前景很好，希望很大。”

他的话，前言不搭后语，秋云听不明白，但是“王局长”三个字对她吸引力很大，她关心王局长什么时候让他回单位。

“王局长挺看好我这个项目，要去实地考察。”

见他依然是答非所问，秋云失去了耐性：“你工作到底有什么起色，给我们娘俩一个准信吧，乐乐长大了，房子不够住，上学也要钱，如果你养不了我们，我自己也好做打算。”

这话已经不能再明确了。万生的恐慌，在曾经温馨甜蜜的小屋子里蔓延着，他不想因为事业失去家庭，也无法立即作出承诺。和他跟村民们说得一样，一切都只是预估。他可以告诉她，未来很丰满，如果能得到项目扶持，他们的百合种植将非常顺利，也许不出几年，他就会和村民们一同富裕起来，金山、银山和绿水青山都会有的。

秋云对这张空头支票始终不满意，尤其丈夫还要扎根老家不知多长时间，她原本以为，他只是去走个形式，走个过场，或者仅仅是短暂的时间，结果他一头扎进农村，仿佛把家人都忘了。她现在简直是丧偶式育儿，丈夫根本帮不上家里什么忙。

“我这不是想帮乡亲们嘛，你看村里，老人多，年轻人少，总守着那摊儿旧业还怎么发展？你放心，我这事业马上就有起色了。”

“你还好意思说事业，在县里工作好好的，非要回农村，还事什么业？啥时候你听我的回单位，啥时候你再回家。”

“好，那你等我。”万生眼睛一红，“我把这个合作社做好，给你和乐乐买套大房子。”

秋云哭了。她的眼泪已经憋了太久，从他打电话说回家那一刻，或许更早之前，从他离家开始。

那晚，他们一个睡在床上，一个蜷缩在客厅的沙发上，窗外不知谁家老旧不堪的空调风扇一圈圈旋转，发出“刺啦刺啦”的声响，正为无法入眠的两人找到恰到好处的理由。多久没有过夫妻生活了？万生回忆，三个月，还是更久？里屋那呼吸声黏腻腻的，很是亲切，他能想象秋云朝向天花板的两团软肉有规律地鼓起又落下。她是平躺着睡的吧，他猜，也可能是侧着身，背对着他。

他无法克制地回忆他们年轻的时候，没有多少浪漫激情的片段，更多的是一起攒钱，一起省钱，后来是一起为了孩子精打细算。他总是忙于工作，沉浸在研究所里，在生活中没有给她太多女孩子希冀的温存和体贴，更多时候，是她像母亲一样照顾自己的饮食起居。过往的一切，在脑海中回闪，万生终究叹了口气，面向老婆的方向睡去。

一早上秋云就去上班了，给万生留下一锅小米粥和两块红稠稠的腐乳。啜着还冒着热气的粥，万生脑子里闪现出很多种可能的画面，像一串串胡乱涂抹的字迹，眼前的真实和未来理想纠缠辗转，落在心里，始终是空荡荡的感觉。

王局长其实并没有给他一个准话。只说找时间去村里看看。这个时间具体是哪月哪日，没有说，看完之后怎么办，依然没有说，没有准确信息的事终究让人放不下心来。

尤其是，王局长对全县报上来哪些项目讳莫如深，一点儿也不肯透露，让万生多了一些猜忌。以前在单位，关于哪些项目适合上马，哪些评估容易通过，王局长都愿意和他唠一唠。他才离开不久，怎么就生分了呢？其他研究人员进展怎么样了，是不是形势有了新变化？万生一无所知。回到村里，他和石丽商量对策，石丽只懂技术，不懂政策上的事，说不出个子丑寅卯。

出乎万生意料的是，在他有些焦虑的时刻，倒是一开始不怎么看好他项目的小张助理给了他很大的宽慰。小张在来柳条村之前，有过好几个设想，他在图书馆电子阅览室查找了很多研究文献，模拟过好几个农业项目，结果都不现实。也正因为如此，他感到万生能让百合合作社落地是件极不容易的事。有一次，在和杨林山闲聊的时候，他俩聊到万生的百合合作社，小张给提出了不少建设性的意见。

小张告诉扬林山，想拿到项目有两个关键，一是东西要实，就是你的合作社要有符合要求的规模，实实在在能看到收成。二是策划书要精，上报项目时候，申请书一定要写得漂亮，让评委眼前一亮。小张还夸石丽之前写的调研报告很不错，只是和写申请书还不同，如果需要，他可以教他们怎么写申请书。

“我写的项目申请书一准通过。接下来就看你们自己的规模了，别等人家来实地考察时候，拿不出东西，可就丢人了。”小张说。

杨林山把这些转述给万生，万生听说小张擅长文书工作，直接夸他真不愧是“笔杆子”，然后便高高兴兴地去找小张了。杨林山便有了一丝落寞，在这个村子，他曾擅长的一切慢慢都会被取代，他忽然对自己没有了信心。还好，小张不会画画。杨林山自我安慰道。三十多度的艳阳天，他拎着画桶颜料又出去画了。

关香香给万荣报的咖啡班，七天时间花了八百块钱的培训费，让万荣直喊心疼。付出到底是有收获的，在专业培训下，万荣学会了用咖啡机和做手冲咖啡，还会拉花了。万荣学成后，又回来教会了兼职的店员。

小周是美术系大三的学生，是一个长得高挑白净的男孩，本来关香香在公告栏贴广告是要找人画几幅百合花的画，见到小周本人后，发现他外形不错，人也实在，干脆就招过来做店员了。

百合咖啡馆木质招牌上时髦地印着“Lilian Cafe”。在开张的那一天，店门前摆放着两排百合花篮。学校不让放鞭炮，香香说现在都是电子鞭炮，或者用爆气球替代。万荣大步走上前，徒手捏爆了十几个气球，看得周围人都傻眼了，一阵叫好。

关香香惊诧地说：“我们都是踩气球，你居然用手。”

万荣一脸不解，这有什么区别吗？

新开张的咖啡馆打七折，顾客盈门，让万荣和小周两个忙得不可开交。待到开业酬宾活动结束，所有餐饮都回归到正价，人流量才平缓起来。万荣终于松了一口气，这几日光是冲泡咖啡就让她胳膊疼手疼了。

关香香来做结算的时候，见她站在门口使劲儿甩着手臂活动筋骨，皱起了眉头："荣，你看人家小周怎么站的。"

兼职的男孩像一棵白杨树一样笔挺地站立，研磨咖啡豆时候依然挺起胸膛，跟偶像剧里的男主角似的。相比之下，万荣的行为就显得粗鄙不堪，和高雅的咖啡馆格格不入。

"哎呀，我这不是习惯了吗？"

她的嗓门也大到足够引起顾客的瞩目。

关香香把她拉到边角的座位坐下，给她"上课"："你说话要小声，知道吗？来这里的老师、学生不是学习就是谈学习，你不能打扰到顾客。"

万荣自知理亏，她在村里粗声粗气惯了，一时还改不过来。刚来的时候，香香还给她注册了一个什么婚恋网的账号，让她在网上相亲。没想到根本没有什么人对她感兴趣，万荣想城里的爷们肯定不喜欢她这种村花，头发可以改洋气，衣服可以穿得漂亮，可这骨子里的习性怎么改？

香香只好劝她想开些，一人一命，缘分到了自然就结婚了。

"万荣，32岁，家住柳条村五组……哎哟，你这资料是怎么写的？"香香看了她在网上挂出的简介头都大了，"一点也不懂包装。"

关香香在网上熟练地操作起来。

万荣看着她操作："小蓉，女，29岁，白领丽人，漂亮温柔……这哪是我呀？"

"你甭管了，在网上都得这么包装，回头我给你拍个美颜的照片挂上去。”

经过改造的万荣的确收到的玫瑰比之前多了，还有一两个聊得来的男士，甚至也有过约会。她渐渐觉得，关香香为她打开的这个新世界奇妙生动，一驱过往生活的乏味、黏腻。奇怪，她大哥为何放着好好的日子不过，回到那个憋屈的地方。

“每个人追求不一样呗。”香香觉得她多管闲事。“猫有猫道，鼠有鼠道，你觉得是好道，别人可能不那么想。万生大哥是做事业的人，你别替他操心了，管好你自己的爱情。”

爱情是什么呢？万荣现在觉得她越来越看不明白了。她也没有想在爱情里变得多强大，只是希望自己成为一种女人，不管经历多少风雨，见过多少世面，都能舒展眉头过日子，内心宠辱不惊，性格平淡温和。矫情但不是矫揉造作，毒舌但不是尖酸刻薄。她想真心实意去对待这个世界，期待漫长的道路也能给她一个奇迹。那些一个人度过的时间，自己看手机，自己修电脑，自己去逛街，其实让她变得更感性，甚至更有趣，她慢慢享受了这样的孤独，并未有多渴望结婚、生孩子。她想，没有什么是非干不可的，没有。

万荣后来把她那个虚假的网上简介删了，把交友软件也都删了。拥有一份事业，而不仅仅是谋生工具，更是内心的热爱，这是此刻的万荣心里所想。她爱上了咖啡，爱上了咖啡师这个职业，有没有男朋友，有没有爱情，对她已然不是什么重要的事情。

而远在柳条村的另一个女人和她想得完全不同。

小兰也到了可以谈论婚嫁的年龄了。但是她从来不敢想这件事。她从小在学校里就与人格格不入，她是最矮、最怪的孩子，但是骨子里有一股子高傲的劲儿，她谁也不服，就算没有什么朋友也没有关系。她的命从出生就定好了。

小兰和孙有命这样说。孙有命现在跟着石丽种地，很少到超市来，但是有体力活还得他干，这样他和小兰就时常要接触。

孙有命不爱说话，而小兰喜欢说话，没事她就和孙有命唠嗑，大部分时间，她口若悬河，孙有命低头沉默不语。偶尔，他也会回复她一两句。比如，小兰的“宿命论”触动了他，他反驳道：“你那不算出生就定好的，你是后天的原因，我这才是，我是有命才活下来的。”

这要是放在一开始，索家人都对孙有命充满偏见的时候，小兰肯定会讥笑他一番，可是日子相处久了，小兰对孙有命的感观就变了。她看着这个个头矮小的男人踏实勤奋，毫无怨言地干活，有时偷偷帮着她把她该干的也干了，她无法再对他产生任何讨厌的感觉，甚至越发喜欢他。她对他更多了一些同情，态度也转变了许多。

“都是命，你有，我也有，我们没准有相同的命。现在同在一个屋，以后保不齐同在另一个屋。”

孙有命只觉小兰说话说得含含糊糊，莫名其妙，也不答话，就点点头。他压根儿没明白小兰说的什么意思，却点了头，这一点头，让小兰误会他也有意，小兰乐开了花，回去就让家里找人说媒。

小兰家里人对孙有命可是看不上眼的，索玉柱的二姑和二姑夫，都劝女儿别意气用事，更不能破罐子破摔。

“我条件不好，这我知道，但我不承认是破罐子，我能嫁得好。我现在就看上那个孙有命了，他人矮，志不矮，能干活，是正经过日子人。”

小兰本就倔强，这样一说，家里人也觉得是那么回事儿，就跟石丽提了小兰的想法，让石丽跟孙有命说。

石丽一想，这也算好事，孙有命找他媳妇一直没找到，现在超市里有一个现成的，也就断了他的念想，便找了孙有命，跟他说：“你想不想再找一个媳妇，一个能过下去的。”

孙有命听到石丽这么说，猛然抬头，眼里带着一股异乎寻常的光亮。石丽哪里知道，有些人，挂在嘴边去回忆，不过是为了通过他们，去怀念当时的自己。吴秀珍对于孙有命，早就是一个符号，一个印着自己曾经也深刻爱过、幸福过的符号。她又哪里知道，孙有命误会了她的话。

第十一章　谣言四起

清朝时候，柳条村有个逃荒过来的男人，叫老瓜，为人老实能干，秋收时候村里有个地主找人打粮，就对老瓜说："老瓜，老瓜，来打场，过年给你二斗粮。"老瓜听了二话不说就给地主家干活，累个半死，谁料当他要工钱的时候，地主却赖账："我说的是过年给你二斗粮。过年就是下一年。"哪有今年干的活，下一年给粮的？老瓜受到戏弄，不管是骂是求，地主就是不给他粮，气得老瓜放了一把火，把地主家烧了。

老瓜也被火烧死了，人们发现他的时候，从他嘴里飞出一只黑乎乎的乌鸦来，"呱呱"地叫。从那以后，柳条村的人再看到乌鸦，都说是老瓜的嘴里飞出来的，乌鸦因此又叫"老鸹"。这种传说有年头了，现在的年轻人几乎没听过，可老人都知道。

"老鸹，老鸹，来打场，过年给你二斗粮，万生现在张罗的事啊，就像是地主打粮，逗你们呢。"

张百顺吐着烟圈和老伙计们说。也就是近几天的事，给他做帮工的人里，有两个请假回家种百合了。说现在又不是农忙，差不了他的。先是在万生那里免费领了一点儿种球，随后又跟着买，把两垄苞米地清了种百合。张百顺骂他们傻，还暗示万生这是变相的传销模式，诱惑他们先买种球，再忽悠他们把种球卖给熟人。

多年以前，传销可把村子里的老人坑苦了，是大伙儿最痛恨的事。外出打工的儿孙们，几乎每十个人里就有一个被骗的，然后又回到老家骗乡亲，让本来就不怎么富裕的村民被洗劫一空，还白白做了发财梦。

老李头的儿子儿媳是最惨的，他们为给傻儿子挣点儿养老钱，误信了卖药酒能挣别墅的谎言，倾家荡产买了二十箱所谓包治百病的高价人参药酒，结果一瓶也卖不出去，连最好心肠、最好说话的索玉柱那里都不收。索玉柱那会儿为难地告诉他们，他自己店里就有人参泡的酒，才五十元一瓶，他们那两百元的，卖不出去。

两口子在城里摆地摊，被城管追得东躲西藏，东西还被没收了。就在这时候，老李头打电话催他们赶紧往家拿钱，爷孙俩生活费不够了，这是压死骆驼的最后一根稻草。老李头从此再也没见过儿子儿媳，他们冰冷的尸体从河里打捞上来之后就被运去殡仪馆了。

村里人恨传销。有的老人一听万生是传销，也不细问，便气得牙根直痒。他们说，难怪老李头不待见万生，原来是早看出来他是干这缺德行当的。

张百顺精明，说话说得模棱两可，但是听者再传就变成了事实，三人成虎，只要有人说他是传销的，他就八九不离十，谣言由此诞生。与此同时，又有一个谣言，像隆隆轰鸣的洒水车，走过柳条村每一个角落：石丽和万生曾在索玉柱出门的晚上睡在一起了。

所有传说，起初都是谣言，被一个传一个，愈发绘声绘色，甚至渐渐变成了民间文学。石丽被杜撰出一件不存在的黑丝吊带裙，短得只到大腿根，还喷了不存在的香水，专门引诱男人的那种魅香。事后，他们故意关了门窗做饭，用炊烟掩盖了所有味道，在索玉柱回家的时候什么也闻不出来。但是人算不如天算，村里的野狗总能闻到不寻常的味道，狂吠了一整晚，引起了路人的注意，发现了他们的奸情。索玉柱好巧不巧没多久就死了，没准是被谋害的。

桃色新闻比其他所有谣言都要迅猛、坚实，很快整个柳条村就沸沸扬扬传开了。柳五娘拍着大腿对众人说：“你们看，我早说了玉柱是被害死的，你们就是不信，现在终于找到奸夫了吧！”

曹福贵本来不想管那些嚼舌根的事情，农村工作千头万绪，“两委”

班子成员刚上任没多久，还在强班子、带队伍，他自己一心投入到振兴产业、联络外援上，一堆重要的事要忙活，哪顾得过来这些扯老婆舌的破事。可是小张助理急得不得了，把村民们流传的话当作一等一的大事跟他汇报，且措辞严肃。什么刑事案件啦，不良风气啦，还影响招商环境，说得还挺邪乎的。

城里孩子，真是没见过世面，把扯老婆舌的话也当真，曹福贵心里嘀咕。万生和石丽，就算真有点什么，顶多就是作风问题。害人的事他们谁敢啊，再说警察都查过了，没有疑点的事，怎么还有人揪着不放呢，竟闹得满城风雨的。

不只小张，柳五娘坐在他这儿不走，说有了新证据要给玉柱讨个说法。“就算她没直接下毒手，玉柱生病也跟她脱不了关系，极有可能是她偷人的事被发现了，把玉柱给气出病的。这样的人作风有问题，不能留在村里。”曹福贵被她吵得头都大了，而另一头，佟梅花和肇玉兰也来闹，说万生被人冤枉了，他和石丽小葱拌豆腐，绝对一清二白。曹福贵本来忙于班子的发展思路问题，正要入户调研，但眼下不得不先过问此事。查，彻查，到底是谁传出的话，必须拿出铁证来。曹福贵先问柳五娘听谁说的，柳五娘说大伙儿都知道，都在讲。

“作风问题的事，到底是谁说的，你要讲出名字，不然就是诬告。”

柳五娘想了半天，说出胡铁匠儿子葫芦头的名字。找到葫芦头，葫芦头说是傅老九告诉他的。

问到傅老九，老九挠挠头说不记得是谁说的，反正就是有人跟他说。这条线索就断了。那就再问别人，总要有个头。查来查去，所有的源头最后都指向傅老九。

“你到底听谁说的？”曹福贵带着村干部，严厉地质问傅老九。

“我……我那天真看见万生一早上从超市里出来，当时超市还没开门。”

“所以就凭这么一眼，就传人家两人有事？”

“我可没说啊，我啥时候说他俩有事了，我就跟葫芦头说我那天看见万生了……”傅老九扯着脖子争辩。

好嘛，查到头来又没人承认了。按理说谣言就此算被攻破了，只要万生解释一下他不过是一早上去买东西了。

果然，万生说他有一天起早买工具了，具体是哪一天他不记得了。

这就好说了，傅老九真是能编瞎话，回头好好收拾他。曹福贵松了一口气。

小张助理却有了疑惑。傅老九说万生出来的时候超市还未开门，那万生又是从哪里进去的？曹福贵都想破口大骂了，这么点儿事有完没完了，但是想想人家毕竟是从城里来的，年纪还小，便忍住了，让他听听石丽怎么讲，只要他俩说得一致，那傅老九要么是撒谎，要么是记差了。

曹福贵觉得这是一件简单的事，没想到，处在风口浪尖的石丽，就像是要把自己往更深的浪潮里推一把似的，实话实说：“万生那天晚上是睡在超市里了。”

曹福贵一下子头都大了，可是石丽却像没事人似的，露出一副坦荡的表情。她是真没当回事，说玉柱活着的时候也知道那天的事，身正不怕影子斜，她要是撒谎了，那不是欲盖弥彰，谎言早晚被戳破，到时候更说不清楚了。小张也是一脸震惊，在来询问的路上，他差点被曹主任说服了，觉得这就是个误会，可石丽又承认了，这事竟然越来越复杂。

“他喝多了，在外屋凳子上窝了一宿，早上就走了。”石丽实话实说，只隐去了万生醉酒后那些话，没有必要让别人窥探他的遭遇，她也不是多舌之人。

曹福贵和小张从石丽那出来，小张便忍不住问：“您说，她这话别人能信吗？”

“关系不大，关系不大。”曹福贵像是喃喃自语，在听到石丽说万生的确在她家住过一晚之后，他就自我暗示，这也不是什么大事，不必纠结。

屋内，孙有命听到石丽和曹张两人的谈话，脸色变得铁青。那日，石丽问他是否想再找个媳妇，他还以为自己听错了，不可置信地看向雇主，一时舌头打了结，竟说不出话来。石丽又问他一遍，他才相信，那就是问他，孙有命的脸突然有种灼烧感，他觉得地上有火，顺着脚尖往上烧，烫得他五脏六腑都难受。

“我知道你还在找吴秀珍，可是人海茫茫，你去哪里找呢？就算她说的都是真的，可她现在也不在你身边，你不知道什么时候能再见到她，或者再也见不到。生活还得继续，不如珍惜一下眼前人。”

石丽一本正经地和孙有命谈话，让孙有命一瞬间产生快要窒息的感觉。他大口喘着气，口中重复着：“我……我……”羞红了脸，却憋不出话。

直到石丽开始介绍赵小兰，说到小兰还没有结婚，对他挺有好感的。孙有命猛然如释重负地吐出一大口气，能够正常地呼吸。原来她不是那个意思，不是在为她自己问。继而，他又失落了。

“我不值当。”孙有命摇着头回答，不敢看石丽的眼睛。

“有命，我不许你这么说自己，你有很多优点，你值得被爱。”

孙有命手哆嗦了一下，他盯着地面，一言不发。那是平生第一次有人跟他说，他值得被爱。为了那句话，他整夜在床上翻滚，无法入眠，从小时候的往事一点一滴回忆，把整个人生想了一遍。

如今，这个说着他值得被爱的女人，一脸淡然地承认一个男人曾在她这里过夜，让孙有命内心波澜四起。他自己都不想承认，这是嫉妒，可是那种酸酸的感觉又分明挠着心脏。

然而在石丽身上，完全看不出她在意那些谣言。自从丈夫离开后，她就想得特别通透，君子坦荡荡，她没有必要虚伪，也没有必要在意旁人的目光。

佟梅花从来没有这么生气过。从未！她也幻想过儿子的花边绯闻，秋云如果不诚心和万生在一起，那别的女子也好。可是，绝不该是石丽，那个克夫的女人。在曹福贵传递了石丽的回答之后，佟梅花心里这个懊悔，她埋怨万生，当初不该不听劝，如果和小寡妇保持距离，怎么会惹上这事。

“她是不是想赖上你啊？”佟梅花忧虑起来。

万生虽然意外石丽说出实情，但也觉得合理。本来他含糊过去，就是怕给石丽添麻烦，毕竟那种谣言对女性伤害很大。他向母亲解释那天的确喝多了，在福玉超市窝了一宿，怕人误会没敢说，石丽肯定是不愿意撒谎。而且石丽实话实说也不是没有道理，万一还有别人看见呢，他们撒谎不更坐实了子虚乌有的事儿？

“你也太嫩了。小寡妇这是手段，先假装和你一起种百合，又自己主动贴上来，给你绕进去，以后怕是抖搂不掉啦。”佟梅花说话从来不客气，尤其是怼人的时候，那张嘴跟机关枪一样。她让万生脑瓜仁儿疼得厉害，比那更让人头疼的是流言蜚语。调查来调查去，他们的关系反倒越来越说不清了。尽管石丽和万生都信誓旦旦，他们没有任何不轨行为，可是这孤男寡女在一个房檐下待了一宿，说出来谁信呢？

蔓延在柳条村的桃色雾霭卷土重来，吹进那些敞开耳朵的窗户。有人像佟梅花一样觉得石丽勾搭了万生，有人笃信他俩就是有暧昧。不信绯闻的人也有，比如孙有命，比如杨林山。曹福贵明白男女之事最不好澄清，与两人的谈话都是秘密进行的，只要不声张，绯闻传着传着也就淡了，最后会是一个半真半假的传说，供人饭后娱乐而已。小张却看不出曹福贵想淡化处理，小伙子坚持要一查到底，给村民或者当事人一个说法。他这样坚持，是受了柳五娘的影响。柳五娘爱嚼舌根，村里人都知道，她那些石丽有毒的说辞，没什么人当回事。尤其是曹福贵，根本不给她机会念叨。但是小张是刚来的，对村里的大事小情都上心，她找他诉说，他也认真听取，如实向上汇报。

“根据柳大娘的反映，这事应当重新调查，她认为这事人命关天。如果是谣言，更应该调查清楚，还当事人一个清白，不然有这样的丑闻会影响咱们村子的创业环境。”

小张说有事汇报，没想到竟是传柳五娘的话来了。曹福贵在心里骂了一句难听的，小张还是太年轻了，不懂清官难断家务事的道理。柳五娘那是无理取闹，折腾不出花样来，而万生和石丽之间，就算真有感情纠葛，那也是私人的事。曹福贵叮嘱小张不许出去乱讲。小张还觉得至少跟派出所的同志反映一下，万一成为新线索呢？

曹福贵摇头说：“要去你去，我还有别的事。”转身就走了。这让小张感到有一点委屈，他分明是好心，曹主任怎么对这事这么敷衍呢？更让他委屈的事还在后面。曹福贵那句“要去你去”不过是一句戏言，因为真心感到太荒谬了，没承想小张真去了派出所，还被教育了一顿，灰头土脸地回来了。

其实，早在他疑惑之前，警察们就做过有罪推论。万一在索玉柱的死因上挖掘出一个惊天奇案呢？可是无论是当事人的问询还是省城医院权威鉴定，都确凿地指明，索玉柱就是病死的，没有任何疑点。当然要相信医学和事实，不能想当然。碰了钉子的小张在曹福贵面前有点不好意思，也不敢再提起这事。

村子里流言越来越离谱，有老太太说石丽这女人太邪乎，不仅克丈夫，还克身边其他人，等着吧，跟她走得近的都跑不了。任闲话一箩筐，万生还和往常一样早出晚归，种他的百合，跟没事人一样。佟梅花可坐不住了，强拉着妯娌肇玉兰陪她去找高师傅给驱驱邪，看看这石丽是什么邪门歪道。肇玉兰很不情愿，但又怕她搞出些什么事情，只好跟着。

高师傅恰好就在家里。中午气温高，她尽量减少出门。不久前她在一场交流活动中表演跳祭神舞，因为穿着厚厚的行头，跳了一半就中暑晕在院子里，好半天才缓过来。

高玉美，虚岁五十二，没结过婚，人们已经忘了她年轻时候因为尖长脸、大龅牙而找不到对象，才接过叔叔的饭碗。从事祭祀表演行当时间久了，大家都觉得是她身上充满仙气，凡夫俗子不得接近，理所当然不能结婚。

佟梅花和肇玉兰找上门来的时候，高玉美正穿着碎花衬衫和男式四分大短裤在院子里喂鸡，看起来和普通妇女没有任何区别。听明白了她俩的来意，直说她现在不做法。佟梅花不甘心，便又说让她给看个人，看看近期的运势。高玉美问了万生的生辰八字，在碗橱里抽出一根带着食物残渣的筷子用抹布抹了抹，又擓一碗清水，就占卜起来。看见她连衣服都不换，穿着就和平常人一样，用的道具又如此简陋，佟梅花小声嘀咕着："这能行吗？"她这一嘀咕，让正在努力竖起的筷子"啪嗒"一下倒了，直接掉在地上了。

这不是好兆头。

高玉美白了佟梅花一眼："你儿子正在办的事会遇到困难。"

佟梅花一听，心里有所迟疑，想到近来那些不好的传言，就一拍大腿说："大师，你不知道，他遇到厉害的女妖了。"

肇玉兰在一旁拦也拦不住，佟梅花把石丽形容成外地来的妖魔，在柳条村兴风作浪，让高玉美无论如何要管一管。

高玉美静静地听她说完，叹口气，直摇头："这世上只有人心是妖魔。"她既不做法，也没有传授什么破解之道，佟梅花无功而返，嘴里骂着高玉美是骗子，什么问题也解决不了。肇玉兰却挺高兴的，她本来还怕弄出神魔鬼道的事不好收场，高玉美现在被城里的民俗学家们当作一种文化符号，常常被请到学校参加座谈会。看人家说得多好，人心才是妖魔，治好心理问题，什么妖魔也都没了。佟梅花哪想听这些大道理，直埋怨选出石丽这样的妇女干部丢人现眼。肇玉兰说那和她没关系，她光荣退休了。

肇玉兰是可以不问世事了，村委会现任的干部们可不行，他们头疼极了。新班子刚成立，就传出花边新闻，怎么说也是个丑闻。有人提议干脆让石丽主动请辞。曹福贵不同意："石丽不干了，谁来当这个妇女主任？万荣已经进城了，别指望她还能回来。这个村子里进城打工的谁回来过？你要是能留在城里你不留吗？"

大伙儿哈哈笑。有人说："城里当然是好，要不咋都去城里买房呢？"还有人说："咱们在曹主任的带领下，争取让更多人都在城里买房，过上好日子。"马上有人附和："对，咱们曹主任有这个本事。"

见有了追捧，曹福贵连忙谦虚地摆手叫停，继续讨论，这时候，一直在一旁不作声的小张突然插进了村委会几个干部的非正式谈话："曹主任，我有一个疑问，正好咱们说到这儿，我跟大伙儿也唠唠。我们现在的发展思路，究竟是为了让村子振兴起来，让村民守家待地过好日子，还是要让村民们都去城里过好日子？"

几个人正在讨论，小张突然插入一个问题，打断了谈话，大伙儿不约而同地望向他，就仿佛他在一幕正在演出的话剧中突然闯入了舞台，一时让人反应不过来。

空气安静下来，曹福贵呷了一口茶："哎呀，水兑多了，茶就没味，淡了吧唧的。"

一时没人说话，谁也搞不清曹主任是随口感叹了一句，还是话里有话。小张感到了气氛的尴尬，别人看他的眼神好像在说，他给主任抛了一颗深水炸弹，可是他只是听着谈话一时想到个问题，就脱口而出了。

曹主任品了几口淡茶，慢悠悠地说："小张这个问题很有代表性，大家肯定也都有过这样的疑惑。咱们的目标呢，当然是振兴柳条村了，这没什么好怀疑的。村子富裕了，能把人都留下才是根本。村子美了，人们才有好心情。"见小张面色有些紧张，曹福贵又转向他，用关心的语气说道："小张你刚来，可以先从村子里的小事着手，积小成大，积少成多，在工作中慢慢积累经验，好好干。"他拍拍小张的肩膀，像老朋友一样。人们这才听出了曹福贵的意思，是希望小张不要眼高手低。小张也听出来了，情绪有点低落。

曹福贵见状，又想到些什么，交代他说："过几天要陪同县里来的几位干部下基层考察，你把材料准备一下，咱村争取今年多摘掉一些贫困户的帽子。"

曹福贵交代了新工作，大家马上议论起扶贫对象，傅老九成了热议人物，他往年都过来找，要求得到帮扶，但他究竟该不该被扶贫呢？曹福贵主张让他自力更生，大伙儿也赞同。有手有脚的人，应该自己干事业。最让人头疼的是皮蛋，这孩子存不住钱，不管给多少帮扶，他都能把手里的钱用到网吧之类的地方去。家庭教育的缺失，让这孩子特别叛逆。小张自告奋勇要利用假期去和皮蛋聊聊，曹福贵说妇女儿童是石丽的工作，他可以和石丽一起去。

橙黄的百合花漫山遍野地开着，风吹过，一浪一浪像金色的河流。

石丽拍了一张田里的照片发给万生，内心里还有一丝忐忑不安，绯闻传出来后，她理应回避，尽可能不与他联系，少生事端。事实证明她的担忧完全准确，当佟梅花得知万生让大伙儿去石丽家地里参观的时候又在背后骂了她一回。

无论别人怎么编排，日子总归要继续，在这一点上，石丽和万生还是很一致的，眼下要紧的是把合作社壮大起来。合作社是石丽的寄托，如果不想种百合的事，她就会想索玉柱，甚至想回家。万生心里清楚，他这会儿不能和人发生矛盾，就算有人嚼舌根，也最好是息事宁人，少生一些事端，他咬紧牙，压制着心里的火气，对谣言的始作俑者傅老九也笑脸相迎。

傅老九自觉惹了事，在万生面前多了几分歉意，万生让他干啥，他就干啥。万生说他地里总旱着不行，得像孙有命那样定时浇水。傅老九地里没有水井，也没弄渠道或者水管，他借了辆独轮车，抬上水桶，晃晃悠悠去了地里。

万生觉得是时候了。他用一晚上时间把自己、石丽以及杨林山家地里的照片做成一个 PPT，发给了县农业局王局长。这一次不再是纸上谈兵，多了现场佐证材料，他心里多了分底气。

这底气不断安慰他的金马驹要忍耐，要等待，要把渴望压到内心的最低处，不断向看不见波澜的底部延伸，只有这样才能不被人蹑手蹑脚地偷走。

幼苗长得比日历翻页要快，万生的耐心消失殆尽，上面还是一点消息都没有。连王局长的朋友圈都不再更新了，他无法看出王局长有没有在线，他每日发到朋友圈里的百合照片有没有被看到。激情没能维持几日，万生自觉那匹金马驹失蹄陷入黑暗包裹的空洞里，既看不见光亮，也踱不开步伐，每踏出一步都伴随着趔趄，险要滑倒。

老李头坐在万生家炕头不肯走了。他听说傅老九用“狼啃脚后跟”那块地入股了万生的百合合作社，也要用他家的林地入股。他家有十几亩林地，在柳条村南的山里，位置靠里，面积又小，根本不值钱。过去老李头家靠着卖木头能有一些收入，后来盗木的人太多，几乎把那附近的林地偷光了。林业公安来管，整片林地都被严密保护起来，别说倒卖木材，就是所有者自己砍树种地都不行。周围好几家已经开垦出来的农田全部要求退耕还林。

老李头那点林地，卖是卖不了的，租也没有租的意义。可老李头非要拿这块鸡肋地入股。

佟梅花讥笑他，当初横竖看不起万生的百合，现在怎么还急着加入呢。

陪着老李头一起来的小张助理和万生解释，县里来了调研组，考察了一些贫困家庭，老李头这样的肯定是贫困户了，要给予帮扶，干部说他家里没有任何产业，最好能给他找个合适的产业入股，有分红收入，这样县里还能提供更多帮助，甚至成功后树立典型。

县里是给扶持的，小张再一次强调，怕万生听不明白其中的意思。万生还没反应过来：“这不是好事吗，他可以用扶持款入股。”

“不，不，大侄子你没明白，我是要用林地入股。”

万生瞪大了眼睛，试图理解老李头这句话的意图，再看小张，小张无奈地点点头。

“这还不明白吗，人家想要空手套白狼。”佟梅花指点。

老李头想要扶贫款，扶贫款是专款专用，给他办产业的，但他又不肯用这笔钱入股，想给孙子留着。

小张这会儿也是哭笑不得，人是他带过来的，可他也知道老李头的意图，占便宜都没有这么占的，万生又不傻，能同意吗？

第十二章　繁花烂漫

像是气温的错误，屋内骤然热起来，小张感到汗水从两鬓止不住地往下掉，这才发现万生家里没有安空调，他用衣袖揩了揩汗，袖子便浸湿了一块。

“好，就这么办吧。”万生干脆利落的声音在屋内响起，小张感到一大滴汗珠正顺着脸颊从额头快速滑落到下巴，然后挣扎了几秒，掉在地上。

小张彻底糊涂了，早听人说万生是个傻书生，这么看来他还真是。老李头如此刻薄的入股请求他竟然答应了。更让小张惊讶的是，当万生讲明林地和耕地不能等价，三亩林地按一亩耕地的股份算时，老李头居然还不同意，说万生欺负孤寡老人。

小张和万生跟老李头费力地解释，这样的条件对他来说已经是在照顾他了。两人竭力去做思想工作，花了大半天时间，浑身冒汗，老李头非但不领情，还扬言要告万生。

佟梅花本来不想掺和，一直在旁边听着，她那张嘴很厉害，但对老李头也是有几分畏惧的，村里谁都拿他没办法。可是这会儿，她实在听不下去了，儿子就是太老实了，小张还是个孩子，看他俩被老李头的蛮不讲理死死压制着，她都心疼了。

“刀架在你脖子上了吗，非得入股？你可真是勾嘎不舍啊，就好像谁稀罕你那点儿股份似的。”佟梅花开启冷嘲热讽模式，一下子把火点着了，老李头被她拿话一刺激，更不好说话了，说什么都要万生按他的意思来，说完甩袖子就走了。

小张胡乱抹了一把脸上的汗，看万生的眼神都带着同情，心想遇到这样的人可咋办呢？油盐不进的，他都替万生感到不值了。佟梅花说老李头要是加入合作社，那往后的罗乱事还多着呢。

“就当是做好事呗，回头再劝劝他。咱要是有能耐把最短的那块板子补上，整个村子都会好起来。”万生却是乐观的。经过这些日子的磨砺，他的心态已经和往日不同了，村民心里各有小九九，不能用学术研究的心态去应对。农村事，农村法儿，总有能解决的招儿。

小张经历了几次帮村民办事，深感基层工作复杂多样，他要学的事情还多着，也不像初来乍到时那般急躁了。很快，他就有了新的工作任务。

人们都说，曹主任这次是动真格的了。二十幢老房子被上报旧房重建计划，这可是个大工程，被列入其中的人家都很高兴，但其中不包括胡铁匠。村头的铁匠铺年代久远，胡铁匠并没有主动申请老房子重建，但铁匠铺被村里列为危房。胡铁匠知道消息的时候，项目已经批下来了。

“放屁！吃饱了撑的。我这铺子能挺一百年。”胡铁匠站在铺子门口骂了半个多小时，除了老伴儿和门口老树上的喜鹊，没人听他骂什么。

曹福贵不理解，给你重新盖房子你怎么还不乐意呢？本来铁匠铺应该作为违建直接被拆除的，它是房前支出来的部分，没有任何审批手续，但是考虑到老胡有残疾，为了照顾他，才把多出来这个小房算作危房。回头可以用补偿款在别处另搭一个铺子，村口怎么说也是一村的门脸，放个脏兮兮的铁匠铺多寒碜。

全家最高兴的就是葫芦头了，本来老爹的铁匠铺也挣不了多少钱，这下倒是能领到一笔补偿款，如果老爹就此退休，这笔钱够他重新盖个房子娶媳妇啦。胡铁匠找刘伟国，刘伟国说他卸任了，已经不管这些事了，让他找曹福贵。可就是曹福贵给他报的危房，还找他有什么用，胡铁匠又找到小张助理，小张很是热情，一口一个胡大叔叫着，然后劝他往好处想，这是村庄建设，帮他们脱贫呢。

小张觉得，这是一件大好事。本来也没什么人光顾铁匠铺，胡大叔还在坚持打铁纯粹是个人兴趣，是对过去职业生涯的不舍和执念。打铁是物资匮乏年代的选择，可是随着时代变迁，该淘汰的事物终究是要被淘汰的。

小张的说法胡铁匠很不认可："我小时候，我爷爷说，世上有三大苦：打铁、撑船、磨豆腐。打铁这活计一般人干不了，可我干了一辈子，我这铁匠铺看着破，但是很坚挺，能挺成百年老铺。"胡铁匠不想拆铁匠铺，让村委会很为难，开会讨论的时候，大家都在想怎么劝他接受补偿，或者重新找个地方迁移铁匠铺，不让它在村口显眼的位置。

只有石丽的想法不同，她建议保留铁匠铺原址，拆除后在原来的位置重建。她在大学里上过地域文化的选修课，深知非物质文化遗产的重要性，她希望能留住这一处柳条村的地标，它是乡村古老文明史的一部分。村两委班子就此产生了分歧，有人觉得石丽过于感性，经济才是一等一的大事。有人觉得她说得对，柳条村要保护自己独特的文化。

就在村两委班子还在讨论的时候，葫芦头像抓住了千载难逢的机遇，更加紧锣密鼓地直播。他在直播中，用夸张的语气渲染气氛："我爹的铺子要被强拆啦，近百年的铁匠铺要没喽，以后都看不见的东西，拍视频留个念"。

胡铁匠两口子本来就烦得要命，对儿子的胡闹有心无力，索性不理。葫芦头围着他爹全角度无死角地拍摄，胡铁匠唉声叹气，怎么生出这么个没心没肺的玩意儿。对儿子不成器的失望、无力，在视频的摄录里是不会多加注解的，胡铁匠紧锁眉心的表情，被解读为手艺人失去赖以生存的做工场地所表达出的愁苦。

网上评论的数目不断增加。葫芦头录制的小视频被多个平台转载，甚至有人转发时候配了标题“二十一世纪最后一个铁匠铺即将消亡”。

胡铁匠的铺子一夜之间成了舆论焦点，引起来自四面八方的关注。这样的瞩目是柳条村始料未及的。县里、市里不停打电话来询问情况，还有记者要来采访。村委会的电话都快被打爆了，曹福贵不得不叫停拆除计划，和上面做了汇报，等候新的指示。

另一边，看着飙升的流量和洽谈合作的私信，葫芦头抱着他的瘸腿老父亲，激动地喊着：“爸，咱们火啦，火啦！”

火？的确够上火的了。胡铁匠腰上长出两颗火疖子，左右对称，让他睡觉时候只能挺尸一样地平躺着，想侧个身都疼得难受。这股火都是因为铁匠铺拆迁的事，家里只有他为这事犯愁，儿子还当是个好玩的事，只知道拿个手机到处显摆，他一听见那浑小子的吵闹声就烦。但是胡铁匠没想到，他还在拼命和认命两端踟蹰不定的时候，葫芦头不知道使了什么招，让铁匠铺的事人尽皆知。

那天，村里来了一男一女两个不一般的人物。之所以说不一般，是因为这两个人是县里的干部领着来的，身后还跟着镇长、镇办公室主任、柳条村的村干部们，当然这里没有石丽，不知是有意还是无心，除了妇女主任必须参加的活动，其他事石丽都不怎么参加，不知道是她自己不愿意参加，还是别人不带她。这阵仗可是有趣了，前几天县里来的调研干部也没见这么多人陪着。男的有六十多岁，满头白发，他们一口一个老师叫着，看热闹的村民纳闷，老师什么时候有了这般地位，当官的都点头哈腰。女的四十多岁，脂粉很重，说话时候眉飞色舞，一看就是个厉害角色。一行人在胡铁匠的铺子停留了好半天，才转去村委会。

曹福贵都不知道自己当初是对是错了，不给老胡报上改造计划，哪里有这么多好事呢？但是如果悄悄改造了，没有被人关注到，可能就吸引不来这些重要的人物。今天来了一个省里著名的文化专家，还有一个文化公司的女老板。文化专家看起来是主角，领导们都围着他，那个女老板更是寸步不离，极力游说专家支持她的项目，并说可以把胡铁匠的铁匠铺迁移到她的创意文化产业园。

文化专家连连摇头，说你看人家胡铁匠根本不想动，你搬迁过去的铁匠铺只是个空壳。铁匠和铁匠铺应该在他原有的位置，和村落一起才是文化遗产。专家的话和石丽说的何其相似，曹福贵也是心中一惊，没想到石丽的水平这么高。确定了铁匠铺应该保留的态度后，专家又问村主任，村里路边墙壁上的画是谁画的。曹福贵赶紧让小张去叫杨林山，因为领导们来都是村干部们陪同，他没让杨林山过来，还给杨林山委屈够呛。等见了杨林山，文化专家夸他画得好，说他画的农民画很有味道。还夸这样装扮村子的方式，比过去“少生孩子多种树”等直白的大字标语更有文化氛围，老百姓愿意看，值得推广。文化专家又问曹主任村里还有哪些作坊，都想走一走。杨林山抢答说村里有“五虎匠”，除了铁匠，还有酒匠、粉匠、油匠、织匠，曹福贵怎么使眼色都没拦住杨林山。文化专家对此非常感兴趣，曹福贵只好说，那都是过去的事了，现在只剩下老胡的铁匠铺了，其他人都在外面打工呢。杨林山还想说除了周酒匠在外面，别人都还在，可一看曹福贵脸色不对，没敢说。

“林山啊，你是不是傻？”曹福贵在送走这拨人之后问他：“你妈那个粉条作坊注册商标了吗？工人办健康证了吗？还有程万年那个油坊，消防检查能合格吗？你说话动动脑子，咱们村里这种小作坊，也就是自产自销，弄得人尽皆知容易招风知道吗？”

杨林山听了一阵后怕，他哪里想到那么多。小张却建议何不趁此机会，给这些老作坊都办下来正规的手续，这样也可以送到正规超市里去卖。“难得咱们村特产丰富，有这么多好东西，我们应该让他们站在阳光下，现在手续不齐全，没法再发展壮大。”

“林山，你跟他说，我嗓子都冒烟了。”曹福贵用手掐着脖子，掐出紫色的痧来，他陪着上面来的客人一整天，累得说不出话。杨林山就跟小张解释：“就拿我家粉条子说吧，都是小本生意，手续弄齐很麻烦，又是工商又是税务的，没人去办理。而且要给工人都办健康证、交保险，又是一笔钱，实在是不合算。我们不往外面那些大商超供货，就自己贴个标在市集上卖就够了。”

“可是如果有了商标再做包装，就能进入市场，一旦打开了销量，你们还可以扩大生产呀，以后开个正规的粉条厂不好吗？”

柳五娘才不想干那么大扯，她现在已经累得跟狗一样，整个大厂子得多累。最主要的是，林山不想接她的活，她也不甘心儿子最后成了做粉条的。油坊自然也不会同意，他们的油跟超市里一比，虽然味道好，但是价格高，而且古法榨油，难免有渣滓残余，卖相不好，怎么比都没有竞争力。

“换了工艺，就不是那个味了。”程万年一口回绝了小张购买机器的提议，就是农行能贷款他也不干。

大家为什么都不愿意创新发展呢？小张急了。这和他学习到的案例不一样。他分明在按照既有的成功经验帮助村民们谋划，就是没人支持他。村主任忙着重新汇报工作，把胡铁匠的铺子从重建对象中删了出去，换成重点改造对象，申请重新翻修。同时，把皮蛋姥姥家的危房列为重点改造对象。

铁匠铺的事情解决了，胡铁匠第一次发觉儿子弄的那些玩意儿有点用处，歪门邪道的，还歪打正着了。葫芦头更是跃跃欲试要给老爸当经纪人，全面包装。胡铁匠不懂那些，他只想好好打铁，但是对儿子的手机没那么排斥了。

柳条村连续火了几日，热度一天天降了下去，被媒体和讨论者逐渐遗忘。可村里却热火朝天起来。网上一反映，事情就解决了，比过去人们自带铺盖到县委大院门口静坐管用，比给信访局写长长的材料有用，有些村民忽然发现了新的诉求通道，便找到胡家，有的是因为占地补偿，有的因为遗产纠纷，都希望葫芦头用他那个小方格子手机反映给政府。

葫芦头洋洋得意，说这就是网红名人效应。他要求宣传得收费，谁想借他的社交账号发布消息，需要给他“广告费”。葫芦头收费五十至一百元不等，还真有人给他钱，借助前几日铁匠铺热度积攒起来的人气，最初发布的几个小事，还是有人关注的，只不过，再没引起什么轩然大波，几周过去了，也没见受到铁匠铺那样的关注。于是村民大呼上当，纷纷要求葫芦头退款，葫芦头却振振有词：“我没说你交那点儿钱就一定能把事办成吧？你们那些都是县里头解决不了的疑难问题，你就是托人找关系去办，也不止这个数目吧？”

葫芦头耍赖，人们就去找胡铁匠，老胡什么时候欠过乡亲们的钱，让儿子赶紧退钱。葫芦头自然是不肯，他好不容易红了，粉丝数猛涨，直播还有打赏，可这几天评论数量又下来了，人们似乎只在特定的时间关心铁匠铺，之后无论他发什么，都恢复不了那时的热度。再说曹主任那里，危房不改造了，估计也不会有补偿款。葫芦头为此已经够郁闷了，断不能再把已到手的钱退回去，那不是竹篮打水一场空吗？胡铁匠只好自己掏腰包，还了村民们的“广告费”，让他们有困难和村里好好反映，别走浑小子的“歪门邪道”，不靠谱。

这“广告费”里就有老李头五十块钱。他要告万生，欺负孤寡老人，不平等入股。葫芦头给他录了一个老头坐在炕头上的视频，又找他家已经不住人的杂物棚子拍了拍，就这么传到网上，视频标题是“老人想入股合作社，遭到不平等对待”，然而这个视频不知道为什么流量很少。而村里面，大家都看得出万生是照顾老李头，自然不会站在他那边，可这个犟老头，谁劝都不听。现在，他又不依不饶追着葫芦头讨回五十元钱，因为“广告”毫无效果，万生并没有因此同意给他让更多的利。

若不是这样，胡铁匠还不知道老李头背地里告状呢。这事跟万生一学，万生也是无奈至极。村里人都知道，要是不让老李头觉得自己占了大便宜，他就觉得自己是亏了，哪能干呢？没办法，为了安抚，万生亲自去送了 20 斤漆黑溜圆的百合珠芽给老李头，现在已经错过种球播种的季节，老李头还非要和他一样种地，那只能种珠芽了，这些是他和老母亲趴在地头捡了多少个日子捡出来的，就当作是土地的补偿，老李头这才消停下来。

以往碧波荡漾的农田，现在像是流淌着一池金黄色的小麦啤酒，卷丹百合成片成片地开放，耀眼极了。万生和母亲在地里捡着珠芽，望着一片花海，心情大好。万生拍了几张照片给秋云发去，隔了很久，秋云回复他两个字："好看。"

百合叶片之间大量的黑色珠芽，像一粒粒黑色珍珠一样落在垄沟上，万生捡着珠芽，身上的白大褂已经变成"黄马褂"，佟梅花的脸上也像涂了油彩似的，那是一道道金黄色的花粉，衬衫、衬裤上也到处都是，怎么洗都洗不掉。她抱怨着报废了一套衣服，还弄得全身痒痒的。

万生告诉她，可能是接触时间太长，花粉过敏了。捡珠芽的时候最好穿上白大褂，戴口罩。

佟梅花这才发觉，种百合比她平时种菜的讲究要多，她第一次种这样的物种，完全不了解，便问儿子："这小黑豆一筐一筐捡，能种多少啊？啥时候能长出来？"

"三年以后可以长成大种球。"

听说要三年，佟梅花的心咯噔一下。这黑色的珠芽成长期比种球长那么多，汗流浃背干了好几天，要等三年长大，这也就是她儿子，换了别人谁能愿意等啊。

万生不以为意，他跟母亲说，只要我们产量足够多，日后还可以开发相关产品，百合酒、百合糖、百合饮料……就怕没原料。

佟梅花担心的却和他相反，她怕的是种得太多收不走，那可全完了。现在，村里人正在为粮食行情担忧，佟梅花难免也受这样的情绪影响。

柳条村的粮食销售情况不乐观。还没等到时候，已经有农民给牛经理他们送粮去了。那牛经理平时忽悠村民把粮食都给他，可真到粮食大丰收了，他倒是打起退堂鼓来。这一年粮食质量一般，价格高不成低不就，连张百顺的高粱、玉米都堆积如山。价格太便宜，卖了赔钱啊。

于是又有一些人，在收了粮后紧急投入到万生的队伍里，求万生让他们入股。万生跟他们说："这个时间种下的，当年是不会长的，大的种球明年会长成，他已经没有现货了，要在外面购买。小种球比大种球便宜，但需要两到三年有收入，黑豆珠芽则至少三至四年。"

"政府不能给点补贴吗？"

"先赊账行不行？"

还是老生常谈，一涉及掏钱出来，都像被霜打过似的蔫巴。万生想，如果实在有困难的村民，让他们赊账也可以，他自己去垫付。佟梅花坚决不同意。"赊出去的账，是泼出去的水，有去无回，现在欠钱不还的太多了，万一他们没种明白，全得赖上你。"她教训儿子。

来找的人多了，万生终于坐不住了，又给县里打了一次报告，希望合作社能得到扶持。这回王局长倒是回复得快，说县长正好要到下面调研，他这几日在写方案，可以把他们柳条村作为一个调研点，到时候有什么困难可以和领导说。

县长来调研，那可是大事。佟梅花激动得手舞足蹈，她儿子终于扬眉吐气了，县长能来看儿子种的百合，那就是对他的鼓励和肯定，这回看村里谁还敢说万生的书白念了。佟梅花想大张旗鼓让大伙儿都知道县长要来，可万生却跟她说不要声张，知道有这个事就行了，八字还没一撇，万一人家不来呢。

"王局长不是答应你了吗？他的话还能有假？"

"现在是计划，不一定会不会落实，妈，你千万别着急，等确定了再说。"

佟梅花只好努力压制她想要扬眉吐气的渴望，儿子说得对，不怕一万就怕万一，要是大话说出去了，盼不来县长，反而让人更笑话。

“好好干！”佟梅花跟儿子说，“让他们看看，咱们高才生啊，就是种地也比别人强。”

打从那天起，佟梅花就日日盼着县长过来。只要县长来了，她这些天吃的苦就没有白吃，遭的罪就没有白遭。花粉过敏算什么，不过多打几个喷嚏。衣服脏了就脏了呗，反正这张老脸已经满是皱纹，还在乎那点弱不禁风的颜面吗？她干得更加起劲儿了。万家每天天没亮就飘起炊烟，佟梅花先起来蒸馒头、花卷，烀苞米、地瓜、土豆，带到地里抵一天的口粮。等万生起来，两人扒拉一口早饭，就去捡百合珠芽。为此万生发明了各种小工具，比如用叉子做个手持的小爬犁，矿泉水瓶捆在竹竿上做成一个小撮子，一切都是为了捡豆方便。他们一边捡一边种，很快就把租的地全种满了。花茎上掉落的小黑豆散落在田垄上，像满天繁星似的，这垄沟捡完了，第二天又掉落下来，怎么也捡不完。于是佟梅花每天都从早上忙到天黑，累得直不起腰，但是她有盼头啊。

也许是佟梅花的虔诚感动了上苍，县长终于被她盼来了。但是也许又因为她这虔诚夹裹着私心，县长虽然来了，万生却没能见着。她想象中的表扬也没有落在万生头上。县长看着漫山遍野的百合花，向杨林山竖起大拇指，说了句：“年轻人，你们干得挺好。”

他这话冲着杨林山，也冲着陪同的石丽，走的时候，还对鞍前马后介绍情况的曹福贵说：“柳条村大有作为。”而不是“万生大有作为”。

一切的功劳都是村子里的，村委会、村干部还有合作社的成员们的。万生不在现场，所以县长的鼓励没有亲口对他说。而秘书在一旁用笔记录，佟梅花也没敢去问，你那个小本本上写没写万生的名字。农业局的王局长抱怨说：“万生这小子，给咱们叫来啦，他人还不在。”

佟梅花缩了缩舌头，感觉嗓子干巴巴的，连着吞咽口水，但一句话也说不出来。平时她不这样啊，她明明话特别多，能淹了眼前的所有人。

可是那一天她没有那些心思，她人虽然在农田和村委会出现，可心里想的都是她的大孙子。

乐乐生病住院了。

在县长要来的那天，万生收到儿子住院的消息，回家的时候，连片刻的犹豫也不曾有过。他的车几次超速，近乎飞驰，直奔医院。

乐乐在学校里突然肚子疼得直冒冷汗，送到医院一检查是阑尾炎。万生赶到的时候，手术已经完事了。乐乐被安排在普通病房，一个屋里十二张病床。忙了半天的秋云疲惫不堪地坐在床头，看着昏睡中的儿子，眼神里都是难过。秋云的父亲和她并排坐着，看见女婿呼哧带喘地来了，只略微点点头，态度冷淡。

万生自知理亏，不敢和老丈人多说什么。秋云却是另一番态度，难得没有冷待他，到底是夫妻，这时候已经顾不得那些芥蒂，只关心孩子的病情。什么都不用说，他们平和地对视一眼就算是给对方安慰了。

孩子做手术花了三千多，住院费只交到当天的。老丈人在一旁提醒万生，这样的提醒已是相当于指责，这笔钱自然是要万生拿的，实际上他已经好几个月没有给秋云家用了，他忙忘了。老丈人是知识分子，知识分子有知识分子的涵养，如果换了别人，说不准就要破口大骂了。万生的老丈人从来都是讲理的，无论何时都不会撒泼打横，他有时跟你掰扯道理，有时提点一二让你自己领会。老丈人的“悟道”最让万生害怕，他常常不知所云说了一堆东西，就不直截了当说，比挨顿骂更让人难受。万生也着实害怕跟老丈人打交道。

医院附近的银行人山人海，像市场一样，一排排凳子上坐满了老头老太太，都是取钱的。万生叫个号，前面排了十九个人。没有座位了，他倚在卖纪念币的橱柜前查看手机，有几个未接来电，杨林山、老妈还有王局长。一一回过去，王局长告诉万生县长的调研很顺利，本来他还担心万生不在如何是好，没想到村里的妇女主任石丽把百合种植的情况介绍得明明白白，至于后续的事等他回来再说；老妈是问乐乐怎么样了；杨林山的事就有点夸张，说县长在他家吃了猪肉炖粉条，非要给钱，不知道该咋办。

事情都处理好，前面还有十四个人。刷了一下朋友圈，果然有人迫不及待上传了调研组的现场照片。有石丽讲解种植知识的，有调研组考察百合地的，还有一锅热气腾腾的粉条子，隔着屏幕都能闻到香味。一切看起来还算顺利，希望有好的结果，万生开始思考下一步的计划。

借着万生去银行的空当儿，秋云埋怨她爸一上来就管女婿要钱。

“不能再惯着这小兔崽子了，他再这么对家里不管不顾的，你们俩还过个什么劲儿？”老教师捋捋花白的胡茬，这才想起“小兔崽子”也是句脏话，骂出来有点后悔，虽然这四个字他骂了一辈子，但万生不是他的学生，这么说出来不妥。

“你也希望我们离婚？”秋云反问。

“说什么离婚？带个孩子，谁跟你过？”老教师直摇头。婚是不能离的，离婚后乐乐跟谁将是个问题。跟万生，万生再找个后妈，孩子受气。跟秋云，影响秋云再嫁。

万生在熬过十九个人的取钱长征回到医院后，面对的是老丈人严肃而深刻的一课。从中国历史上的夫妻楷模说到当代农村经济现状，从广播里听来的国内外新闻挨个分析，一直说到乐乐醒来说渴，老丈人还在唾沫横飞。

乐乐出院后万生在家里住了下来。如何跟老婆相处，成了他的一个难题，最熟悉的女人，现在竟有一点生分，他处处谨慎、礼貌，仿佛面对的是一个刚认识的人，生怕哪里做得冒失。秋云也一样。

就在他们气氛尴尬的时候，石丽打来电话。她是和万生汇报县长视察的事，万生儿子一生病，什么都顾不得了，整个流程都是石丽在跟着介绍。

“县长说了，咱们合作社规模不错。”万生听到这话很高兴，但石丽话锋一转："不过，他也说能不能当示范基地，落实项目还要再等等看。"

"我听王局长说，有人在别的村种上了蓝莓。他们说要再考察一下那个村。"

"真的吗？"万生着急起来。

"你先别急，我听说他们是在林地种的。"

"我在单位的时候，就有人提过蓝莓种植项目。当时我提的是百合，研讨时有人觉得百合不宜大面积土地种植，可以在山里用腐殖土试试，卷丹百合山里有。但根据我的调研，在田里种最好，咱们村阳光充足，还带一点盐碱地，这都是好条件，但他们不怎么看好我这个项目。"

"我们老家，百合就种在大田里最好。我觉得我们能成功。万大哥，你别着急，等孩子好了回来再说。"

放下电话，万生紧紧握住拳头，这将是一个关键时期。在单位时和人争得面红耳赤，他的前期调研被贬得一文不值，让他内心有了必须做成的冲动。虽说当时也就是赌气，但到了现在，他有了更多的想法，种百合不是赌气，而是一个宏大的志向。

秋云在一旁观察着丈夫和一个女人通电话，他脸上的表情从兴奋到紧张再到平静，他们在谈什么呢？她心里充满疑惑，也有了一丝妒意。她询问了几句，被万生捕捉到了老婆这久违的情绪。他笑了。到底是自己老婆，如果毫不在意，那意味着对他没有感情了。他们的关系因为这个插曲缓和了许多。在乐乐睡着的时候，他们自然而然地有了情不自禁，本来夫妻之间水到渠成的事，两人都笨拙起来。光是解下胸衣扣就让万生磨叽了好几秒，秋云笑话他技巧生疏了，万生斗气式地粗暴起来，却是虚有其表。秋云想帮帮他，竟一时忘了要怎么做，半天也进入不了正题，两人都表现得羞涩、扭捏，反而有了前所未有情趣。心底的情意像水库开了闸门一样流出来，把两人的倦意冲刷得一干二净。灼热的气息和喘息交织在空气中，他轻柔地啃噬她的身体，一路向下，女性温热的触感，让万生感觉像是被抛到了云雾里，渐渐失去重心，沉沉浮浮。

夜里很安静，微风从纱窗徐徐吹进来，直到将室内那股旖旎的味道吹尽。

第十三章　俺村第一人

残梦依人，其味无穷。万生醒来的时候，感到口渴极了，口腔里一点唾液都没有，身体却是黏腻腻的。他想直起腰来，可是一阵酸痛，腿关节也发出吱吱的抗议声。厨房里一阵窸窸窣窣的响动，是秋云在做饭。

万生摸了摸温热的被窝，像是许久没有感受到这般真切的生活，他生出许多留恋，又更加自责。他一心想着种百合，忽略了很多事，顾及这个，顾及那个，偏偏没有照顾好自己的小家，让老婆孩子受了委屈。只是现在，他不得不再忙一阵子。重重叹了口气，万生起身把被子叠起来，铺好床单，走向厨房。

乐乐出院后不久，万生便返回村里。他跟秋云约定好以后每周回家一次，如果乐乐有事随时叫他。后方稳定，万生才可以无牵无挂地去种他的百合。刚到老家，佟梅花就给他展示了一页作文纸上手写的名单，名字是杨林山记下的，一共新增八户，都是县长刚走就要入股种植百合的。待到县里出台了扶持政策，种植百合每亩地每年给一定补贴的时候，万生家简直门庭若市。灰狼一天到晚狂吠不止，嗓子都哑了还挣扎着叫唤，佟梅花不得不把它拴得紧紧的，因为它总是龇牙咧嘴扑向陌生人。

万生的甄选变得严格起来，原则上是以现金入股，实在困难像老李头家那样的可以以土地入股。现金一万元起步，很多人不想拿，都想效仿老李头用土地入股，有的拿出不适合种植的土地，有的明显为骗补贴把自家荒地拿来冒充，还有家里人几乎都出去打工，土地早就租出去了，还来入股。万生坚定地回绝了这些人。这里不行，就有人拐弯抹角去石丽那里说和，去佟梅花那儿说和，还有找曹福贵的。最初那个不招人待见的产业忽然变成了抢手货。

除了跟着张百顺干的大户，零散的小农户纷纷投入到百合合作社，县里给补贴，县长又亲自下来看过，那肯定是好东西。万生这回不是进城返乡的破落户了，而成了他们口中的状元郎。老李头不再担心种百合会坑他的棺材本，反过来担忧种植的人太多，会不会挤占市场，让他那点股份不值钱。小张助理费了好大劲儿才跟他讲明白，加入的人越多，收入越多，他分到的红利也越多。

越来越多的人加入，也让万生面临一些问题，他手里没有大种球的现货了,和农研所订货要等一段时间。他还有一些黑豆粒儿大小的珠芽，生长期比较长。万生一边联系收购大种球，一边把自己和家人辛辛苦苦捡的小珠芽低价卖给其他人。说来也是邪门，柳条村从来没有人卖过这东西，可是自从百合合作社需要后，突然出现一些卖百合珠芽的，其中还有附近村子几张熟悉的面孔。万生一开始还挺奇怪，和他们收购了一些，但马上他觉出了不对劲。他们哪里来的珠芽呢？万生开始产生了怀疑。

没多久，佟梅花气急败坏地发现，原本自家地里垄上自然落下的珠芽一夜之间少了很多，路边的百合叶上甚至被撸得干干净净。他们家地里的小珠芽肯定是被人偷了，万生这才反应过来。杨林山家也发现了同样的问题。尤其杨林山家的雇工，之前看杨林山种百合，要了一点儿种球说在自家菜地里种。结果他家地里的百合才长出来没多少，他却背着一百斤的珠芽说是在地里捡出来的，问万生要不要收购。杨林山的地里才捡出多少珠芽，这雇工只拿走一点儿回去种，却好像是种了不知多少亩地。傅老九是最后报告珠芽被偷的，因为他三天打鱼，两天晒网，几乎不去地里。他的说法还不能核实，原本他地里的长势也不怎么好。可是一个两个都发现问题，说明他们是招贼了。偷了合作社成员地里的珠芽，再转过头来卖给他们。万生恨得牙根直痒，怎么能有这样的人，还不止一个。他先去质问了杨林山家的雇工，那人死活不承认，就说是自家地里捡的。万生让他带大伙儿去看他家百合地，那雇工又说是在200多公里外的亲戚家种的。柳五娘知道缘由后马上把那工人辞了。再联系其他卖珠芽的，有说外地进的，有说网上买的，问具体是哪里的，支支吾吾说不出，问急了就一句："进货来源得保密。"只有石丽家没什么变化，孙有命天天住在地里，就算有小偷也不敢进去，所以没有被偷。

万生越想越气，好，你们保密吧，我们不买就是了。他号召合作社所有人家都不要买来历不明的珠芽，等他统一采购。可是新加入的人哪里肯等，散卖的珠芽便宜又是现货，有几家偷偷买了那些来历不明的珠芽。万生急眼了，这不等于用自己的地养贼了吗？

石丽觉得这事不能堵，不能只要求别人不买，得和大伙儿说明其中的利害关系，让人知道这样做是在损害自身的利益。她和万生一起挨家挨户做工作："今天买了来历不明的珠芽，明天你家地里长出来的，也会被偷。只有让小偷血赔一把，才不会再动了偷种子的念头，不然小偷越来越多，所有人都得赔钱。"在石丽的启发下，万生发现再做思想工作一做就通了。人们都怕下一个被偷的是自己家，纷纷拒绝了那些卖珠芽的。这样一来，地里的珠芽就没人去偷了。

"还是你办法多，我就没你会说话。"从最后一家走出来，万生由衷地佩服石丽。他知道自己嘴笨，在和村民打交道的时候，不懂如何有效沟通，说话说不到位，幸亏有石丽在，她想事情总是更细致。

"也不是我办法多，可能我这些年开店，和村里人每天接触，多少对他们有一些了解。万大哥你也不是不会说话，你是和人交往得少，一进入到人群中容易紧张。你发没发现，现在你和人唠嗑，比刚回来时候顺溜多了？"

好像是这么回事。以前在单位，万生很少和人交流，渐渐养成了沉默的习惯，社交的时候爱紧张，不适应。回村一段时间后，他和村民接触多了，那种因人际关系束缚而产生的紧张感就逐渐削弱了。他拿着话筒，从观众席中的一位，一点一点走上了舞台，成为“演员”中的一员。即使站在舞台中央，成为“主演”，他也不那么胆怯。

柳条村百合合作社，已经吸纳三十多户，是时候打出牌子寻求更大的合作了。万生以公司的名义出去寻求合作，试着找了几家大农场，想联合种植。人家在网上一搜，说没有你们合作社的信息啊，连连摆手。

可是我们合作社存在啊，也是正规手续，你看这是县里的文件，村里的公章。人家说这些说明不了什么，有的材料甚至都可以伪造，然后给万生看了伊城县一些知名的合作社，都在网上有网站，还有专门的介绍。

万生用手机一搜，果然没有他们合作社的任何信息，没有百科词条，没有新闻。柳条村也没有建词条，但在地图上能看到，唯一相关联的新闻是铁匠铺的视频，而搜索柳条村百合合作社，就什么都搜不到了，只有百合公司注册的信息在网上能查到。

一个没人知晓的村子，如何打响品牌呢？万生找到村委会，建议先给柳条村建立一个百科词条，让大家都知道。曹福贵把这件事交给了小张去做。小张信誓旦旦说着没问题，实际操作起来却有点难。别人村子的百科内容详尽，从历史人文到自然情况、经济发展，无所不包，而柳条村除了行政沿革，什么也拿不出来。原来网上建立一条信息还需要很多佐证材料，包括其他网站上的新闻报道，可是他们除了胡铁匠的铁匠铺，没有别的报道。

不存在能证明柳条村存在的报道，这如何是好。曹主任想得很简单，他们自己写一个村子的介绍，盖上村委会公章，拿着去和网站的人联系一下。小张摇摇头，人家网站总部都在外地，只能在网上申请，他试过传材料没有通过，可能是因为他们的材料不够详细。万生问了很多人，都没有这方面的经验。

万生无奈，发了一个朋友圈，都说朋友圈是万能的，有什么问题发个消息问圈中好友，没准就遇到明白人。就算没有明白人，也能碰到好心人。这不，万荣就是那个好心人，她看见哥哥问怎么在网上建词条，立刻叫来关香香操作。两个女人在咖啡馆里捅咕了半天，一无所获，万荣抬头看到小周，便想起年轻人对网络更精通，于是向小周请教。小周现在是咖啡馆的“招牌”了,虽然他做咖啡的手法还不熟练，但是只要他往吧台一站，就能吸引不少女孩的目光。女生们专门坐在吧台旁边的位置，只为看小周做咖啡。万荣每次看到这番场景，都忍不住咂舌，背地里问关香香，怎么现在的女孩胆儿这么大，就直勾勾看人家帅哥，也不害臊。香香嘲笑她落伍了，现在女追男，多自然。小周对女孩们炽热的目光视而不见，他一直是不徐不疾的性子，话也不爱多说，就默默干活，和万荣学做咖啡的时候，万荣总觉得这孩子像是在发呆。

爱发呆的小周懂的知识比她们多，他告诉万荣先给他柳条村的文字资料，其余就交给他搞定就行了。至于怎么操作，小周解释了一通，万荣也没听懂，自嘲她和年轻人有代沟。小周诧异地看她：“姐，你也是年轻人。”万荣哈哈一笑，忽然有种“原来我也是少年”的感觉。

万荣把小周的需求转给哥哥，万生收到消息后，和石丽两人分别写了两篇介绍百合合作社的文章交给万荣。万生不怎么擅长沟通，写文章倒是流畅，他把撰写的文字材料拿给石丽看的时候，石丽自叹弗如。

“到底是研究生，万大哥写的稿子就是有文采。”

“你的更好，有理有据。”

“哈哈，你太谦虚了，没你有才华。”

两人发的语音消息，孙有命就在旁边听着。见石丽回复万生信息的时候眼睛亮晶晶的，一脸笑意，充满崇拜。他从心眼里羡慕万生，那是他怎么也比不了的人。小兰关心孙有命，看孙有命总是偷偷瞄石丽，她有意无意地在孙有命面前说："什么马配什么鞍，你家的瓦当才到人家的狮子头。"

孙有命知道自己配不上石丽，听到小兰嘲讽他，他也不敢回话，像木头一样沉默。

"怎么，不找你那个吴秀珍了？"小兰追问。

提到吴秀珍，孙有命有一点恍惚，好像很久没有想起这个人了。可是五万块钱留下的窟窿还在，他心里的痛还在，只是没有那么重要了。

石丽和万生写的文稿被小周发到了校园网站和一些经济论坛上，又建好了柳条村和百合合作社的词条，现在只要搜索柳条村，就能在网上看到百合合作社的信息。小周把公众号上介绍合作社的文章转给万荣，万荣连忙发到朋友圈，信息在村民们的手机里传开了。再加上之前县领导来柳条村考察过，万生的合作社一时在村里村外名声大噪。

那天，佟梅花正在挑草筐里的百合珠芽，突然有人在柳条村的微信群里问她今年年底能分多少红。现在她已经学会使用智能手机了，一看群里消息，这才刚种下种子，还没等长出来呢，就来张罗分红的事。可人家振振有词，还把万荣朋友圈转发的信息发到群里，说我们都看见了，百合合作社现在办得可好呢，县里肯定给不少扶持吧，你们把钱给大家分一下就好了，难不成你们家把上面的拨款私吞了？

柳条村的微信群，原是杨林山建的，方便村委会有啥通知跟大家说一声，后来小张来了，杨林山就把群主的位置让给了他。

现在群里说什么的都有。

有一个网名叫"俺村第一人"的，在群里发了这样几条消息："越来越多的骗局瞄准了农民，因为俺们农民无知，俺们纯朴。骗你的养老金、棺材本，还要骗国家发给你的补贴和项目款，大家一定要小心，别辛辛苦苦一辈子，被别人骗了！""所有私人的分红都是骗局，被骗者无数！""合作社法人代表不是本人的，都是有猫腻！"

柳条村的微信群里，突然多了这样一个人，谁也不记得是谁拉他入的群,大家甚至从未发现过有这么一个人存在。他自称“俺村第一人”，没有实名，也没有照片，朋友圈是空的，此前从未发言，他的留言导向性明显，像一颗深水炸弹，在柳条村无风无浪的静水湖面下炸出一个巨大的漩涡。人们开始揣测万生百合合作社的合法性、操作流程以及他们是不是骗子。

有人开始追问,合作社的法定代表人是谁。佟梅花气急败坏地回复，当然是万生了，这还有什么异议吗？

可是佟梅花不知道，这法人代表，还真不是万生，而是石丽。

“俺村第一人”没隔多久就爆出这么一个猛料，连合作社的法人证件照片都发到群里了，法定代表人一栏赫然写着石丽的名字。

这个消息一出，合作社是否有欺骗行为倒成了次要的，人们津津乐道地追问起万生和石丽的关系来。这么显而易见的“不寻常”，仿佛坐实了之前的所有花边传闻。

万生原本和秋云约好的周末团聚，一家人正准备去公园玩，佟梅花的追魂电话不管不顾地打了过来，声嘶力竭地质问万生：“到底怎么回事，怎么和那个寡妇扯出这种事？”万生和老婆孩子在一起，被老娘给问蒙了，他支支吾吾地解释，自己工作关系还在，做法定代表人不合适,让合作社里的本村村民来当更好。佟梅花连珠炮似的继续追问：“跟你工作有啥关系，怎么就不合适？”

万生本来想敷衍一下母亲，见母亲刨根问底，只好详细解释了一下。他虽然下乡了，但是工作岗位还在，以后他还得回原单位，所以这法人代表最好由本地农户担任，石丽家出的地多，入股也多，让她当最适合。老婆秋云就在旁边，她已经听到好几次石丽这个名字了，这次婆婆打电话，声音这么大，让她听个一清二楚，连婆婆都打电话骂丈夫，难道他真的有事瞒着她？难怪他回村后似乎对这个家一点儿也不上心了，原来……

秋云的脑子轰的一声，仿佛长久以来支撑着自己的谎言气球被猛然戳破，理性和思维随之向着四面八方飞去，她觉得身体坐下去的时候非常软，非常软，一截海参也不过如此吧，做着没有力量的挣扎。

万生气急败坏地挂了电话,还没有看出老婆表情的变化。这也难怪，那截儿海参软在里子，外表还是有血有肉有骨骼的支撑。他和老婆抱怨这些人什么都听不明白，他好歹是农业局下属事业单位的职工，编制还在，想做法人代表程序复杂，而人家石丽没有编制，还是本村农户，没有过多限制。当时公司注册的时候，考虑到这个问题，还是用万荣的名字注册的，万荣既然心不在这儿，以后让石丽顶上就是了。

万生说了很多话，秋云只听得见石丽两个字。她努力压抑心里的怒火，故作平静地问万生："你和这个石丽，进展到哪一步了？"

"你看你也是，问话都问不明白，你说的是哪方面啊？百合合作社发展到哪一步了，还是我们种的百合长到什么程度了？"

"少给我装大头蒜！"秋云猛地大吼一声，把长久以来奋力揉搓进心底的怒气都迸发出来，释放出来，不要什么斯文，撕破一切脸面。

万生没见过老婆粗鲁的一面，尽管当了多年老师，她有一点强势，有一点严厉，甚至有时不可理喻，但是她从来不会粗鲁，不会骂人，这是怎么了？万生感到太不真实又太真实了。

和秋云解释石丽的事，费了很长很长的时间，女人对女人的成见与猜疑，不是三言两语就能打消的。秋云虽然将信将疑，疑大于信，但她潜意识里更不愿意承认老公出轨了。作是一定要作的，闹也是一定要闹的，哪个女人遇到这种事不是先来场腥风血雨。等到万生解释了，否认了，表态了，她气也就消了一半，还积极地要给石丽介绍对象。万生自然没工夫听她絮叨学校里那个刚离婚的体育老师如何如何，他得处理村里的舆情。

村民不是老婆，没那么好解释。柳条村太小，忽地涌入了太多的信息，让人消化不良。“俺村第一人”一会儿放个深水炸弹，一会儿爆个无关紧要的料，真假参半，说得头头是道。

万生家难得开了一个家庭会议，是佟梅花张罗的，她把肇玉兰也叫来了，说人多力量大，一家人好好分析分析现在的局面。

“这是舆论战，咱们得打好。”肇玉兰说。

“对，我们要和不拿枪的敌人作拼死的斗争。”佟梅花附和道。

万生觉得她们说得太夸张了，他从来不擅长“打仗”，口水仗更不是他的强项。他一紧张连话都说不出来，不过好在微信群嘛，打字就好了。他写了一份声明，关于合作社的性质，关于法人代表的情况以及他和石丽的关系，该解释的解释，该辟谣的辟谣。他觉得自己写得很清楚，就让佟梅花发到群里去了。

谁知道一山还比一山高，万生的解释还没来得及获得信任，“俺村第一人”又继续“放炮”：“有人私吞了农民入股的钱，高价卖没有成本的假种子敛财。”

虽然没有指名道姓，但这明显是说万生帮村民们购买的种球有问题。这家伙到底是谁，怎么就跟万生过不去了呢？佟梅花破口大骂，发誓一定要揪出这个人来，肇玉兰比较冷静，她问万生：“你们的法人证都谁看到过？”万生说：“就挂在墙上，谁都能看见。”

“那，补贴的事都谁知道？”

万生想了一下，县里发文说种植百合中药材有补贴，这也是公开的呀。可是上面的补贴还没到呢，怎么私吞？这分明是造谣。

老万家人怎么也想不明白了，这个散布谣言的人他图什么呢？

自从闲言碎语一出，石丽就没出过门。她不用想也知道街坊邻居用什么眼光看她，索玉柱家某些亲戚能是什么表情。还有几个碎嘴的婆娘和老赖子们没学会用手机聊天软件，不然指不定在群里说些什么。她闭上眼睛，脑海里出现的是羞辱两个字。在5寸大的手机里，她的名字像是被绑在柱子上，脖子上挂着“荡妇”牌子，那是两个歪歪扭扭奇丑无比的字。有人用沾了水的鞭子抽她，一鞭又一鞭，打在敏感处，钻心地疼……

孙有命也沾染了雇主的谨慎，不像往常那么频繁出门。如果有人追着他问石丽和万生啥关系，他还能啐他们一脸口水。可人家只问石丽在家吗？她挺好的吗？咋没见她出来整百合？这咋啐啊？孙有命怕被人不怀好意地盯着，往返超市和地里不是趁大早就是赶天黑，像隐身人一样。

“俺村第一人”在连续发了三个信息之后，销声匿迹了好几天。这期间万生回来召集股东们开会，公开澄清了和石丽的谣言，和大伙儿解释了法人代表的事情，暂时稳定了人心，尽管还有一些人不信任他，但没有泛起多大的波澜。几天之后，那个被佟梅花视为瘟神一样的网络喷子又回来了。这一次更奇葩，他没再提前面那些事，而是直接破口大骂，骂的都是最低级的脏话，不只针对万生，还像是针对所有人，谁出来接他的话，他就骂谁。作为管理员的小张无法再容忍，本来想拉黑他，后来请示曹福贵后，他直接报了警。

民警了解情况后摊摊手说：“这不好查，得软件公司配合，我们先发个函，你们等吧。”“俺村第一人”还在群里，还在继续怼天怼地，把村民骂了个遍，越来越驴唇不对马嘴，村民们看不下去，纷纷回怼他。他索性和大伙儿对骂起来，小张怕再这样下去影响不好，也顾不上证据不证据了，把这个人删了。

没几天，消息传来，“俺村第一人”被抓到了。这个账号用了未实名的电话卡，如果他谨慎一点，是不会被找到的。可是民警打手机号，第一次是关机，接着打，竟然有一次他就接了。万生怎么也想不到，给他带来巨大困扰的“俺村第一人”竟然是皮蛋。民警在皮蛋手中的一部杂牌手机里找到了微信聊天记录。村民们感到很失望，他们曾想象过“俺村第一人”的各种身份，可能是柳五娘、葫芦头甚至是深藏不露的张百顺，又或者是某个知晓内情的村干部。但如果是皮蛋，这就没有意思了。一个熊孩子，多半是胡说八道，他说的那些屁话自然不可信了。之前质疑过万生和石丽的人堆起笑脸,态度好得仿佛是一家人："我就说嘛，万生这么老实的人，错不了。"

舵向一转,百合合作社在村里的地位也稳定下来。只有知情人晓得，虽然皮蛋爽快地承认了捡到手机后骂了脏话的事实，但是坚称"俺村第一人"这个号不是他注册的，他不过是捡到了一部手机，里面恰好有这个微信号。皮蛋的确不像是能知晓法人代表这类事的人，之前的几条爆料稳、准、狠，不可能是未成年人说得出来的话。这个神秘的网络人物凭空消失，民警检查了手机没发现任何蛛丝马迹，一个孩子的恶作剧当然不值得立案，这件事就草草了结了。而皮蛋也要被送到城里的孤儿学校去了。这件事是村委会和小油匠商议后做的决定。皮蛋到了该上初中的年纪，小油匠虽然嘴上说不管他，但是毕竟是亲人，私底下已经帮他攒下学费，只等镇里的中学开学。可是皮蛋接二连三惹事，还总和不三不四的小青年混在网吧，小油匠也无力看管。送去孤儿学校住宿，由那边的老师管着，总比现在强一些。

在开学之前，石丽去看过皮蛋几次，每次都带着糕点、烧鸡一类的吃食。皮蛋一副吊儿郎当的模样，眼神里透露着和年纪不符的清冷和疏离，看着石丽来了嘴角不经意勾起的弧度表明了他的轻视。皮蛋了解妇女主任是干啥的，以前总是肇玉兰来管他，他习以为常了。现在换了石丽，他不熟悉，也不在意，但是接过她手里美食的时候却毫无芥蒂。石丽见他大快朵颐之时，难得露出温馨和放松的神情，便试着和他谈心。

"你要去新学校了，虽然叫孤儿学校，但那里一点不孤单，我在网上查过，学校对学生很好，像家一样。"

石丽拿出手机给皮蛋看学校气派的教学楼和优美的环境。皮蛋对此没有什么兴趣，他看了看石丽的手机，半年前的款式，新品价格有三千多，她还挺有钱的。

“像家一样啊？”皮蛋拖长声音，慵懒地问：“家是什么样的？”

“老师们会好好照顾你，同学会相互友爱，你们像是家人一样一起生活。”

“老师再照顾，他也不是我的家人。同学？他们敢不友爱试试。”皮蛋玩味地笑，话里充满威胁。

“你不能和同学闹矛盾，”石丽皱眉，但是她马上换了一个词，“你不能欺负同学。”

石丽看得出，皮蛋不会和人相处，而且正在用不当的方式排解他的寂寞，他的世界缺少亲人和朋友的关爱，以至于什么都用物质衡量，而不会用情感填补心灵的空缺。他需要正确引导，矫正心理偏差。

“李勇奎。”石丽突然喊了皮蛋的名字。

皮蛋愣住了，好久没人叫他大名了。

“勇是勇敢，奎寓意博学，你的名字，是希望你能文能武，走正道。你是一个勇敢的孩子，我知道你无论遇到什么事都不哭不闹，坚强面对，这是你的优点，我很佩服你。如果能学到知识，你能够掌握文化这个新技能，会变得更加厉害，让人崇拜。所以，到了新学校，和室友好好相处，让别人从内心敬佩你，才对得起你勇奎的名字。”

皮蛋愣了愣，还从来没人跟他分析过他的名字，也没有人夸过他，人们看他的眼神都带着蔑视、厌恶或者畏惧，而石丽看他的时候，那种清澈的感觉就像清泉。他不太知道亲情是什么样子，和舅舅的关系也没那么好，眼前的石丽像个大姐姐一样，这样的感觉很奇怪，也让他有点期待。

后来石丽来送吃食的时候，皮蛋表现得格外乖巧，在上学之前的日子，一直安分守己。石丽偶尔给他带一朵百合花，他小心翼翼晒成了干花，后来他把收集的干百合花都夹在本子里带去了学校，放在枕头旁边。

临走的那天，皮蛋到石丽家的百合地里去，远远看到石丽忙碌的身影，他想去打个招呼，犹豫了一会儿，还是转头走了。他顺手摘了一朵百合花，摘完就看见万生在一旁看着他。

皮蛋偷过万生的东西，再见他有点尴尬，连忙把百合花藏到身后，露出一个讨好的笑容。

万生知道石丽这些天都很关照皮蛋，帮助他疏导心理，他关心地对皮蛋说："皮蛋，你是不是要上学去了，以后好好学习，考试考好了，叔叔给你买玩具。"

幼不幼稚，谁稀罕玩具，皮蛋嘴角抽搐了一下，倒也没反驳，只是告诉万生，他叫李勇奎，不要叫他皮蛋。

万生觉得稀奇，见他手里拿着百合花，便又摘了两朵给他："百合花送你，寓意百事顺心，心想事成。"

"这是我姐家地里的花，谁让你摘了？"皮蛋没好气地接过花，白了万生一眼，好像刚才他自己没有偷摘花似的。

皮蛋一脸高傲张扬，昂首挺胸地走了，好像这地真是他姐姐家的一样。万生笑了笑，回身去找石丽。

等过了中秋，今年的种植期几乎就结束了。他们可以好好等待春天的到来。骄阳下泥土芬芳，土下的生命正茁壮成长。

第十四章　过　年

山果红了，叶儿黄了，伊水河映着寥廓的秋色，沃野千里皆是丰收的味道。万生在一年最好的时节，收到了县里大力扶持百合基地建设的好消息。

万生兴奋地告诉大家，县里多次召开专题会议和部门协调会，制订了基地建设实施方案，出台了相应的补农、惠农政策，把百合种植产业作为增收致富的重要项目。他站在人前说这话的时候，已经不再唯唯诺诺，也没有一丝结巴，而是底气十足，仿佛一个刚打了胜仗的将军。他和石丽更忙碌了，跟县里对接基地建设项目，迎接检查，给农民做技术培训，时间在俯仰之间，匆匆流逝。

雪落下来的时候，补贴发到了农民手里，大伙儿非常满意。参与投入的积极性也大大提高了。于是那雪花里像是裹着明媚的热气，落在地上融化成一汪汪暖流，暖进心里。第一年算是平稳度过了，万生思忖着。这一年合作社成员在地里种下了百合种球，还有一些利用不起眼的土地种下了珠芽。虽然刚种下珠芽的土地，除了野草，什么也没有长出来。但是大伙儿也接受了他的解释，珠芽生长周期长。

冬天的黑土地，白茫茫一片，合作社刚成立这一年，雪下得异常厚，连着几天封门大雪，把一切都覆盖了，土地、庄稼茬，还有焦虑和期待。

冬天是休整的日子，年轻一点的劳动力还能给蔬菜大棚户打短工，上了年纪的则整日窝在炕上，搓搓苞米棒，闲来无事的妇女们会和肇玉兰学学剪纸和编筐。村部屋里没暖气，村干部都回了家，有事打电话，没事算放假，连小张助理也回城了。

葫芦头算是村里全年无休的一个。零下二十几度的天也阻挡不了他直播的热情。他在村里有了不少粉丝，身边总是簇拥着几个十来岁的少年，他们一起拍坐狗拉爬犁的视频，拍光膀子在雪地里打滚的视频，有时候也拍柳五娘做猪肉炖粉条。胡铁匠看到儿子上蹦下窜的，像是一只大马猴子，先是把堆杂物的仓房清空，在里面贴上花花绿绿的墙纸，说是什么隔音间，然后弄了个麦克天天在里面喊、唱。后来又拿个手机逮哪杵哪，村子的一切都被他收进手中像方盒子一样的手机里。村里那些闲来无事的年轻人们，聚集在他身边，跟他一起玩，他们最关注的是粉丝，为了满足粉丝的要求，多么无理的要求都能答应。胡铁匠不想再管儿子了，随他折腾吧，他的铁匠铺子好歹是儿子用这些奇怪的法子保住的。拆迁事件平息后没多久，城里的专家就给他评了非遗传承人，每年还给补助，这都多亏了葫芦头的宣传。

同时评上传承人的还有小油匠。这榨油的技术，也是几代相传了，从原材料的选择，到火候、力度、时间的掌握，每一道工序都极为考究。先是选豆子，用的必须是正宗东北大豆，出油率高，质量好。然后是烘豆，不用机器，用传统的火炕，把豆子摊在上面“烤”，才能让水分干得恰到好处。碾豆彩子、装垛、上油锤，这些早就失传的手艺，现在只有小油匠家还在沿用。

有继承，有发扬，文化部门给传过来几张表让胡铁匠和小油匠填，一开始他们嫌麻烦，还不乐意呢，多亏了村干部跑前跑后，把复杂的申请表填明白了。那天，分管文化的副县长和县文化馆的馆长亲自来村里，给他们颁发证书，曹福贵好一番显摆。上次和专家一起来村里的女老板也来和他们签了合同，说要把他们的产品拿到城里去帮着卖。

村里唯一不高兴的人是柳五娘。她觉得她家沥粉的手艺也是祖传的绝活，小油匠都评上了，怎么不让她参评，人家县长来村里吃了她的粉条还说好呢！她不服，趁着县里来人的时候，想闹上一闹，胡铁匠儿子闹了，他家啥都得到了，她也要闹。她像古代拦轿告状似的扑到人家面前，弄得县里来的人莫名其妙。结果她这一闹，的确引来了不少关注，粉条作坊在一系列检查下问题重重被关停了。

又到了一年秋收冬藏的日子，往年院子里一捆捆新做好的土豆粉、地瓜粉，没多久就卖光了。今年，柳五娘枯坐在炕上，看院里落的雪，像一杆杆亮晶晶的粉条啊，房前屋后都搭满了。她忽然觉得自己再也不年轻了，曾经什么雨打风吹扛不下，如今一股寒风就把她吹老了。

杨林山因为这事也跟着上火。虽然他对自家的小作坊从来不上心，觉得是粗活，有失体面，但眼见母亲把这一遭当作人生最大的劫难，郁郁寡欢，他心里也不是滋味。他去找曹福贵，曹福贵说是工商和卫生部门封的，他解决不了，得去找相关单位。杨林山谁也不认识，唯有找万生了。万生好歹也是县里来的，总会有点关系吧。

万生忙碌了大半年，终于闲下来了，百合安静地沉睡在地里，等待着第二年的收获，无事可做的万生回到家里。虽然乐乐放寒假在家，但是他和秋云见缝插针般地找准时机在柔软的席梦思床上几度耕耘，竟比百合更早有了收获。例假推迟第五天后，敏感的秋云从抽屉里拿出一个早孕试纸，一测，果然是两道杠。

孕事来得突然，两口子又惊又喜，他们在生还是不生的问题上，没经过讨论便达成了一致。万生的老丈人得知消息后,高兴得手舞足蹈，他特别喜欢孩子，直说以后乐乐有伴了。这时，秋云想到一件事，陷入纠结中。

秋云申报骨干教师的评选正在关键期，年级组长曾经暗示过她学校名额有限，竞争激烈，她和另外一位候选人教学水平都不错，算是旗鼓相当，那一位为了准备这次评选把备孕计划都延后了。秋云很担心怀孕休产假会影响自己评骨干。老丈人觉得没事，找校长去，说起来那小子还是自己教过的。万生笑了笑摇头拒绝，说评选看的是个人能力，跟生不生孩子没有关系，找人家干啥。

老丈人爱面子，被女婿一驳斥，马上板起面孔，说你懂什么，现在学校人力不足，教学压力这么大，这时候生孩子领导肯定不高兴，秋云就去表表决心，让人家知道怀孕也不会耽误工作。老丈人又拐弯抹角地叮嘱，年关将至，带点年货。

万生不想去，说这像去送礼似的，风气不好。老丈人火冒三丈，直说这是人情世故，人情世故！怎么被他说得那么俗不可耐。万生怕老丈人再跟他针对这个问题理论一番，只好硬着头皮答应和秋云去校长家。

“你也是的，明知道爸固执，跟他犟什么理，你能说过他吗？”秋云对翁婿俩的争吵感到哭笑不得。

“咱爸怎么看着对这事比你还在乎？”万生不解，他印象里老丈人是个随遇而安的人。

“你不知道，他虽然是读书人，但特别看重荣誉，从小就把我按照他的路子培养，希望我成为人才，可我总让他失望，后来他把希望寄托在女婿身上了。”

“我让他失望了？”

“反正他现在的希望是乐乐。”

夫妻俩相视一笑，难得地放松下来。城郊最近几年盖了不少新楼，秋云家住的七层的楼房已经算老小区了，原来偏僻的老汽车站周边建起了一栋栋二三十层的高楼，万生总觉得那楼群远远望去像墓地的石碑似的，距离相等地紧贴着。校长家就住在这里。万生和秋云拎着大包小包的年货连小区门都没进去。校长一听他们带了东西来，也不问是什么，就让他们放在门卫处，人可以进屋，东西不行，走的时候要带走。

年货没送出去，万生反而舒了一口气，和校长聊起秋云的父亲，怀念一下往事，唠得热切。当秋云潜移默化问到她关心的话题时，校长说评骨干是看综合成绩，不会因为怀孕受影响，让她不要有负担。

从校长那里回家，秋云心里犯了嘀咕，校长态度是挺好，解释得也挺清楚，但她总觉得这事有点悬，另一位候选人说是和她旗鼓相当，可如果单论教学成绩，比她还好那么一点。她总不能为了不确定的事把孩子流掉吧，她已一脚迈入四十岁的行列，这次若是流掉了，对身体不知道会有什么影响，以后再想生恐怕……

万生的老丈人见他们把年货都带回来了，以为是万生跟他唱反调，没办明白事，脸色很难看。万生很委屈，他本来就觉得不该走这一趟，人家没收就对了。

“你们提我没有？”老丈人威严地问。

“提了，人家很敬重您。”万生回答。

“那他有没有说秋云能不能评上？”

万生挠挠头：“没提这话。不过人家校长说了，怀孕不影响评选，看成绩。”

老丈人火气正大，听了万生的话，语气更不好了：“怎么多说一句话都不会。”

万生很想舒缓老人的情绪，但他不知道应该怎么办，他一直挺害怕老丈人的，只好求助地望向秋云。

“行啦，您别着急上火啦，这事到此为止，顺其自然吧，就算没怀孕也不一定是我。”秋云此刻反倒觉得无所谓了。

秋云这番话可惹恼了父亲，正要劈头盖脸地骂她没有上进心，这时万生的手机响了，是杨林山来的电话。问他县里有没有认识人，能不能帮忙解决粉条作坊被查封的事。

电话那端，杨林山言辞恳切，求万生帮助，万生答应给打听打听情况。安抚完杨林山，万生立马给县工商局的熟人打电话，说明情况，希望他们好好调查，给粉条作坊一线生机。

“原来就是整改，已经给出整改意见，不是关停，一会儿我告诉林山可以放心了。”万生和秋云说。

听说是村民求办事，老丈人更不乐意了，合着你万生给自己媳妇办事不积极，帮外人倒是不亦乐乎。

那夜，老丈人的火气像胡铁匠风箱里的火焰一样，越吹越高，无法熄灭。两口子不敢再激怒他，赶紧偃旗息鼓躲回自己屋里，谋划起对策。

佟梅花知道儿媳妇怀了二胎的时候，已经过年了。

这个年，佟梅花列出两条中心思想。一是保护好怀孕的儿媳妇，现在城里又是空气污染，又是水污染的，总不让人放心。她今年早点扣大棚，得供上儿媳妇吃自家种的蔬菜。

另一个，就是万荣的婚事。

又过去一年，这丫头已经再也不好意思叫丫头了。看她现在像什么样子，头发黄了吧唧，穿得诡异。回来依然是捧着个手机，不知道是和谁聊得起劲儿。佟梅花想，不管骡子还是马，今年一定得找个男人，把她嫁出去，不能由着她继续作妖了。

万生领着媳妇儿子回家过年，可把佟梅花乐坏了。都说隔代亲，她最稀罕的就是大孙子。儿媳妇这会儿怀上了二胎，家里的悠车又能派上用场了。秋云的肚子还不明显，但是忌口的东西太多，辣椒吃不了，海鲜和凉菜也吃不了，医生说她是高龄孕妇，要加倍小心。佟梅花把家里家外收拾得干干净净，带尖的、带棱角的物品都藏到碰不着的地方，连忠心护院的狗也送去邻居家暂养，惹得灰狼甚是不欢。秋云要帮她准备年夜饭，佟梅花说什么也不肯，她和肇玉兰两个人围着锅台转。

“荣子，别玩了，去捧点苞米棒子。”佟梅花指挥着她觉得应该干活的那个人。

万荣依依不舍地放下手机，披上羽绒服，趿拉着一双棉拖鞋去仓房里搬运烧火的苞米棒子。这时候，她扔在炕上的手机响了起来，乐乐好奇心重，不管不顾拿起来就看。

“那你哪天给我生个大胖小子呗？”乐乐按了语音条，一个男人的声音从手机里传出来。

“爸，小姑要生孩子吗？”乐乐天真无邪地问。

万生并不想过问妹妹的隐私，但是这条语音还是让他心里一惊，他下意识地看了一眼手机，上面显示的是聊天软件的界面。

秋云让乐乐把手机放回去，不要碰小姑的东西。待万荣进了屋，兄嫂两人都用异样的目光看着她。万荣还不知道是怎么回事。秋云委婉地问：“荣荣是不是处对象了？”

万荣一口否认，说她还是快乐的单身女王。

乐乐却口无遮拦地说道：“小姑要给人生大胖小子喽。我有小弟弟啦。”

端菜进来的佟梅花和万荣同时愣了。接下来这顿饭吃得毫无滋味，万荣解释那是一个网友，瞎咧咧而已。佟梅花无法接受未嫁的女儿和陌生人撩闲，更何况涉及生孩子这种人生大事的话题，反复唠叨，万荣气得把手机摔向炕尾，屏幕上即刻出现几道裂纹。

其实碎的只是屏保的钢化膜，万荣明知道摔不坏才狠狠扔的，但是佟梅花不懂，她一看，手机都给摔碎了，更触了她的霉头，大过年的，这丫头也不让人消停，一股火噌一下上来了，手突然就哆嗦起来，嚷着喘不上气，脸色也煞白。一家人吓坏了，紧急忙碌起来，万生兄妹把母亲抬上车去医院，秋云要跟着，万生没让，他嘱托二婶也留下来，家里只有孕妇和小孩他不放心。万生的车开走后，乐乐以为自己乱说话把奶奶气坏了，哇哇大哭起来。秋云赶忙安慰着他，没有什么用，乐乐还是哭，秋云便板起脸训斥，大过年的，你哭什么哭。乐乐委屈地擦着眼泪，忍着不哭，还是一抽一抽的。秋云和二婶面面相觑，两个女人心里都在想，幸亏没让佟梅花看见，她最忌讳过年时候有人哭，那预示着这一年都要磕磕绊绊的。

年三十晚上，医院门口也挂着通红的灯笼，怪喜庆的，万生兄妹火急火燎地送母亲挂急诊，急诊值班的就一个大夫，正忙着处理那些被鞭炮崩伤的病人，也顾不上老太太，让他们在一边等着。诊室外狭窄的走廊里空气也紧绷绷的，万荣看着老太太难受，心里自责极了，如果不是她总让家里人操心，也不至于有现在这个场面，大过年折腾老人。她看着佟梅花，这个总是强悍的、嘴硬的母亲，好像突然之间就老了。

急诊大夫是个年轻人，满头大汗一阵忙乱后，终于缓过神来看佟梅花，询问了症状，又做了最基本的检查，在万荣看来他仅仅是拿听诊器听听，扒扒眼皮，又量了量血压，然后就宣布："老太太很有可能是脑梗，现在做不了进一步检查，先开点药吃着，回家休息，初三以后再过来。"万荣来气了，抓住小大夫的手就吵吵上了："你看我妈这脸色，这呼吸，你让我们等半天，就这么回去了？人出了问题怎么办？你负责吗？"

小大夫也很生气，甩开万荣的手，说："家属再胡搅蛮缠我要叫保安了。"万生赶紧拉开妹妹，赔上笑脸说了不少好话，总算让小大夫的态度稍微缓和了些，开了药让初三再来做CT、验血，又嘱咐千万别让病人激动。

"不用打一针吗？"万荣忍不住插嘴。

"我不打针。"经过一番折腾，佟梅花反倒有了点精神，一听要打针，连连摆手。

小大夫嗤笑一声，决心不再理这一家子，给下一位看去了。

折腾了大半宿，他们回到家里时候，村里连鞭炮声都停歇了。这个年过得太糟心了。佟梅花唉声叹气，万荣则不敢再有半点造次，兄嫂都让她离妈远一点。

万生手机里有很多亲友发来的祝福，他都没有心情回复。石丽守夜的时候，没看到万生回短信，只以为他在忙，不知道他家里出了事，她有一点失落。过年了，雇工放假了，孙有命回老家去了，说好过完年再坐客车回来。超市里只剩下她一个人，冷冷清清的，她一一回复了祝福短信，和远在西北的家人打了电话，就无事可做，只能看看春晚，喧嚣的声音在空荡的屋里回响，显得格外落寞。

“老公，新年快乐。”她拿起一杯酒，洒在地上。然后便是自饮自酌，直到满脸驼红，两只桃花眼泪汪汪地放着迷离的光。

大年初一那天，万生的二叔回家了。平静的氛围一旦被打破，就会接二连三闯进更多不平静。这些年二婶一个人在柳条村，也知道村民们背地里说过他家的闲言闲语，无外乎男人独自在外，一年就回一趟家，又没有孩子，说不定在外面另组新家了，没准和南方的小老婆早就过上了，兴许小孩也有呢之类的。

她们不敢当着二婶面这么说，因为二婶还是很有威信的人物。然而肇玉兰知道这些闲言闲语，她也不去揪住她们的舌根剪断，万建成是什么人，她心里有数。那是一个胆小如鼠、老实巴交的人，就一副熊样，他敢干出什么出格的事？

每年，万建成都把打工挣的钱交给肇玉兰，唯独今年例外了。他空着一双手回来，看上去很是落魄。他和肇玉兰说，在火车站被人偷了。肇玉兰又急又气，把老头狠狠数落一顿。这钱丢得真窝囊。她心里堵，但看见万建成那副上火的样子，也就数落一顿算了，真要天天念叨，怕他再像嫂子那样，也气大劲儿了要上医院。

这事她没敢告诉大嫂，大嫂在家休息了两天，没有像以往一有事就装病吓唬子女，在事情摆平以后又奇迹般地好转。这次她仿佛怎样也振作不起来了似的，那个总是风风火火的女人突然之间就有了风烛残年的意味。再送去医院，做了一系列检查，医生诊断是高血压引起的脑血肿，还没有严重到做手术的地步，但也要住院治疗。在人员混杂的大通间病房里打针、吃药，忍耐周遭病患痛苦的呻吟和家属们叽叽喳喳的吵闹，佟梅花经过这样一遭劫难，变得沉默寡言，她对子女那些糟心事也放任不管了。“他们爱怎么折腾怎么折腾吧，我这一把老骨头，怕是要入土了。”她对弟妹说。

母亲的病情稳定以后，万生被二叔单独叫了出去。他们叔侄俩有好多年没见过面了。看到二叔欲言又止，犹疑不定的表情，万生隐隐约约感觉到，他的事情没那么简单。二叔刚回家的时候，描述报警的经过，他听得出逻辑混乱、错漏百出，那时万生就猜测，或许根本没有什么小偷。

“我让人骗了。”二叔满脸疲惫地说。

高息借贷骗局不是什么新鲜事，但是对于像万建成这样很少上网，也不关心新闻的打工者，仍然是一个黑色诱惑。五分利的回报让人冲昏了头脑。起初，借出去一千，还回来一千五百元，借出去两千，还回来三千元，借款那位是同一个厂子干活的哥们儿，非常有信誉。万建成好奇问他怎么还这么多，算是主动咬了人家的钩，那人告诉他往出放高利贷，每次都能收回来，如果他想加入也是可以的。这是万建成人生中唯一一次投资,唯一一次想不靠劳动挣钱。他向老乡借了十万元，许诺给人家的利息是三千元。他又拿出自己的十万块钱一起投了进去，本想着能挣到一笔“巨款”，结果那个哥们儿没多久就销声匿迹了。梦里一捆捆的钞票，吐着妖娆的红色火光，那比妙玲女郎还凶猛的诱惑让他背上了十万零三千元的债务。屋漏偏逢连夜雨，打工的酒厂又突然倒闭，老板欠薪跑路了。也许老板也让那个龟孙子给骗了，二叔这样安慰自己。而其他受害的工友却告诉他,老板和那个骗子是本家亲戚，没准是早就设计好的连环圈套。

从没遭受过如此劫难的二叔，顾不得嫂子有病在身，向侄子求助，希望万生能借给他十万块钱。借钱这个事，他没敢让老婆知道。肇玉兰手里有钱，但是他不敢开那个口，被骗就足以让那娘儿们怒不可遏，戳他脊梁骨骂了，如果再告诉她还有债务，她指不定得骑在他身上打。

万生手头是真没什么钱了。二叔从小看他长大，比任何亲戚都亲，若是平时，他肯定二话不说就掏出来给他填补上，可是他那点家底都投进百合合作社里了。万生想劝二叔和二婶好好摊牌，先把债务还上，慢慢再挣钱。然而二叔发出一声苦叹，直摇头："你婶儿，这么多年，自己一个人，不容易。"二叔不怎么会说话，他那张饱经风霜的脸上满是皱纹，每一条里都仿佛写着对自己女人的亏欠。万生看着眼前的二叔，眼睛一红，这个男人终于也老了，弱了，再也不是小时候把他扛在肩头的二叔，再也不是他上高中那会儿意气风发的二叔。

"我想办法。"万生一口答应下来。

他想弄到钱，一是挪用开春种百合的钱，这是万万不能的，因为里面有村民们的股份。二就是硬着头皮去借。这事他得瞒着每一个人，确切地说是瞒着家里每一个女人。他能开口的只有石丽了。这是一件丢人的事，一个大男人向寡妇借钱，怎么说得出口。

走向石丽家的小超市，万生发觉迈开的步子每近一步就沉重一分，直到站在那熟悉的门口，双腿也像巨石一样难以挪动。

"这次我不赊账，给我来瓶好酒尝尝，二两就行。"傅老九面向石丽，嬉皮笑脸。店里只有石丽，他就追着正在算账的女主人说话。

"整瓶的酒不能拆开来卖，你明知道规矩。"石丽不恼不怒，耐心解释。年三十那晚她喝多了，醉得神志不清，这还是头一回，不过经过休息，她很快就回到了原来的状态。

"我不是不给钱，这一瓶酒我都要了，一次买二两。"老九软磨硬泡。

"我们没这么卖过。"

"哎呀，你九哥又不是外人。"老九要起赖皮。

万生走进来的时候，正听到这些，皱着眉头数落老九："大过年的，你怎么又跑人家这儿闹腾上了？"

"这酒蒙子还挑上好酒了。"石丽见万生来了，终于抬起头，对老九的语气也硬气了些。

老九瞅瞅万生，酸溜溜地说："兄弟呀，你往石妹妹这里跑得挺勤快呀。"

“行啦，别扯老婆舌，买啥酒不是酒，省点钱。”万生大手一挥，想快点把人撵走，他好和石丽说事。

傅老九偏不走，他两脚像贴了膏药似的粘在水泥地上，一手拄着柜台一手指指货架上的酒瓶：“我跟你说，这里面好些酒，酒瓶子我闭着眼都能画出来。但从来没尝过什么味，咱现在也是快有钱的人了，就想尝尝这五花八门的味。你看有清香的、酱香的、浓香的，有高粱的、小麦的、大米的，就跟女人一样，一瓶一个味。”

这话连万生听了都觉得臊得慌，连忙打住他的话：“你别在这儿说有的没的，没钱就自己酿点儿，家里有大米，酿点米酒喝得啦。”

“米酒那叫酒吗？那度数够干啥的？”老九嘟嘟囔囔地被万生撵走了。

“哎，石丽，你说百合能不能酿酒啊？”万生突然灵光一闪。

石丽看看他，觉得稀奇，这个人啊，不是有点疯魔了吧。

其实万生闲在家的时候，就一直在琢磨，光是百合晒干了卖药材，有一定销售风险，东北百合暂时还没有打出品牌来，人家别的品种市场成熟，价格低廉，买家凭什么大量购买你的？虽然说万生自己做过对比，他孕育的品种品质很好，是一大优势，但口说无凭，口碑的积攒可不是一两天的事。开发多种产品，才能适应当下这个灵活多变的市场。万生想过百合茶、百合饮料、百合糖、百合饼干等副产品，除了花茶，都需要和食品厂家合作，他尝试着联系过几家，因为成本过高，没人愿意冒险。

傅老九给了他一个新思路，百合酒，或许可以成功。因为啥？柳条村有现成的酒匠老周啊。老周的酒厂不在村里，在青石镇上，但是老周是柳条村土生土长的人，和佟梅花、二婶交情都好，如果百合可以作为原材料酿出有养生作用的百合酒来，那再好不过了。老周是个传奇的人，和小油匠不同，他那酒厂并非祖传的，但酿酒的手艺却是别人的祖传。老周原本是采石场的工人，下岗之后自己研究石雕，用厂子里那些没人要的下脚料雕刻出来一件件精美的工艺品，没想到最初的两三件作品还真高价卖出去了，这样他有了资本，干脆开了一个玉石公司，可这之后再没卖出去过什么石雕。老周不甘心，背起行囊出去闯荡，在邻省遇到一个百年烧锅厂的老伙计，拜师学艺，竟然把酿酒的技艺学会了，回家乡开了个酒厂。烧锅厂的老师傅去世以后，作为徒弟的老周就成了这门手艺的传承人。

老周的酒是东北传统的烧锅，采用的是古法蒸馏技术，不能大批量生产，但味道是一绝。万生想到这里，马上就要联系老周，如果不是石丽问他来干啥的，他都忘了借钱这回事了。

一想到借钱，万生又回到了最初的惆怅模样，欲言又止。老九走后，石丽看万生扭扭捏捏的，便知又是什么不好开口的事，扑哧一笑："咋还像个大姑娘，有啥话不能干脆点说的？"

万生把心一横，自觉厚颜地讲起二叔的事。石丽听了之后二话不说取出银行卡，就要给他取十万块钱。石丽的爽快让万生心里更加不是滋味，这样的人情欠着，让他这个大男人羞愧。

"我一有钱马上还你。"万生对石丽说。他心里有底，第二年春末，第一批百合起出来卖掉就会有钱。

同样的话，二叔对着万生又说了一遍，但是这更像是遥遥无期的一句许诺，叔侄俩彼此都明白。

二叔失去了工作，上哪还钱呢？万生问他有什么打算没有。万建成茫然地摇头，春节假期马上要结束了，肇玉兰问他买的哪天的票，他随口说初九再走，但是他根本想不出到时候去哪里躲一躲。

万生心里盘算着一个计划，就是找周酒匠，一方面咨询一下百合酿酒的事，一方面问问看能不能让二叔在他酒厂里打个工。二叔一听他的想法，连连摆手："不行，酒匠和你二婶儿熟，我去他那里，不一下子就露馅了吗？"

"叔啊，你能躲到哪儿去呢，这事你早晚得和二婶儿摊牌。心里装着一个巨大的秘密，那滋味不好受，我尝过了，不想让你也遭那个罪。”

二叔像是想到了什么，问万生：“十万块钱是哪里来的？”万生没有隐瞒的意思，告诉他是和石丽借的。二叔吃惊得身体僵了一下，这真是他没想到的事，他这一年虽不在家里，但在外面也听说了索玉柱去世的消息。他在柳条村群里，多少知道一点石丽和万生的绯闻。

“咱们老万家都是本本分分的人，”二叔搓着手，注意着措辞，他怕说不好话惹万生生气，但有些话又不得不说：“你和秋云二胎都有了，可不能让人说闲话，戳脊梁骨。”

万生马上明白了二叔话里的意思，他笃定地告诉二叔，他和石丽什么猫腻都没有，他们就是合作伙伴关系。二叔这才放下心来。

孙有命初七就回到了柳条村，这让石丽有点意外，她以为他怎么也得过了十五再回来。

孙有命回来的时候，神情有点不对劲。他眼尾通红，脸色像一块青石。石丽煮了初七的面条端上桌，是打卤面，青椒肉丝卤，孙有命沉默地吃了一大碗。

“出什么事了吗？”石丽关心地问他。

孙有命吃完面，抬头看石丽，面孔凛然，甚至散发出一股寒气。

“找到吴秀珍了。”孙有命声音沙哑。

石丽愣了一下，才反应过来，吴秀珍就是和孙有命定下婚约的女子。“怎么找到的？”

“没找，她自己回来的。”

“啊？她回来了？”

“嗯。”

孙有命沉默了一阵，想起吴秀珍在初二的时候来到孙家瓦房屯，那会儿他爹妈都在家，她像回家一样自然地进来，带着笑意和他们打招呼，她的样貌变了，麻花辫没了，头发剪到齐肩那么短，以至于孙家人第一眼没有认出来她。“她说她家里遇到事儿了，所以不告而别，她妈妈生病了，挺严重的，要上北京治，她怕拖累我。”

“那她怎么又回来了呢？”

“她说，她弟弟喝酒喝多了跟人打架，把人打伤了，现在那家人要让她弟弟坐牢，如果和解的话，需要拿五万块钱。”

“她管你要钱来了？”

孙有命板着脸，算是默认。

“你还是报警吧，核实一下她说的话。”石丽直觉这个吴秀珍是个骗子。

“她哭了。”孙有命淡淡地说。

吴秀珍眼里泛着泪花，哭腔带着颤音，仿佛柔软得不堪一击。求孙有命原谅她，原谅她不告而别，原谅她没有履行婚约。她说她实在走投无路了，她就那么一个弟弟，她得救他。她妈妈在北京的医院还在治疗，经不起打击。如果孙有命能借钱给她，她马上和孙有命摆酒席。

看见曾经心爱的姑娘可怜兮兮的样子，孙有命心里没有了愤怒，但也没有了爱情，只剩下怜悯，也不知道是对她还是对自己。

石丽见孙有命这态度，心里有不好的预感，忙追问：“你答应她了吗？”

“没有，我不可能和她结婚，也不可能再给她钱。”孙有命摇摇头。

“那你要她还钱了吗？”

孙有命沉默不语。石丽明白了，叹一口气，这个弟弟太善良了，自己辛辛苦苦挣的五万块钱，看来也是不想追究了，她觉得有必要给他提个醒，免得他糊涂：“她要是职业诈骗的，你放过她，她还得继续骗别人。”

“她不能了。我跟她说，这种事到我这里就算了了。假如她再干拿着别人彩礼跑了的事，我不但报警，还抓着她游街。”孙有命握紧了拳头。

石丽想，这是有命能说出最狠的话了。他和过去的自己彻底告了别。

“我再给你盛碗面吧，今天人日子，多吃点儿。”

第十五章　酒　香

酒匠周复兴其实不喜欢别人叫他酒匠。匠是什么，是手艺人，是做工的人，而他现在是厂长了，他自觉和胡铁匠这些人不该划分到一类去。所以，老家人管他叫酒匠的时候，他就拉长一张脸，露出不高兴的神情来。他也因此和五虎匠里另外几个人关系淡漠，没有往来。肇玉兰除外，周复兴的老婆是肇玉兰给介绍的。

正月初九，酒厂已经开工。周复兴热情接待了万生，并带他四处参观。他给万生介绍，烧锅酒在契丹时代就有了，北方人热爱烧锅，就和烧烤一样。他家的酒综合了许多传统的制酒工艺精酿，再用窖储，等酒期到了，一开盖，扑鼻的清香让人沉醉。他让万生尝一尝，万生因为要开车没有喝。

“那怎么成呢，来我这儿哪能不喝上几口？你的事先别说，不喝酒咱们什么事也别提。”

工人端上来两个马克杯，一杯给厂长，一杯给万生。“酒缸里现摊的，没包装，你别嫌弃。”周复兴递到万生手里，万生知道他要是不喝酒别说谈合作了，连这酒厂的大门都别想出去。上一次喝老周的酒，是他醉在石丽家那次，那时喝算是苦酒，味道再好，也没有心情，这次心境不一样了，他带着期望而来。浅尝了一口，咂巴咂巴嘴，万生竖起了拇指。

“不错，味道浓郁，细腻，回味无穷呀。”

周复兴听了高兴，直夸万生有学问的人就是不一样，来这里参观的人很多，往往说出来的不过是够味，不辣嗓子，好酒之类的词，只有他评价得高雅，评价得有品位，用了形容词，这是普通人和文化人的差距啊。

万生心想，柳条村曾经的学历崇拜太深入人心了，无论走出去多远，都把这当回事看待。而如今，人们似乎更看重的是钱。和周复兴算是相谈甚欢，两人基本敲定了开发百合酒的事，万生先提供样品让酒厂研发，如果成功的话酒厂就会大批量从万生手里进货。

又一个销路打开了。万生信心百倍，只盼望着村民们的百合连年收获。由于太过兴奋，又喝了酒，他把二叔的事给忘了，脚步轻飘飘地走出酒厂才想起来。随后又来到周复兴的办公室，听见里面两个人在谈论，一个是厂长，一个大概是手底下人。只听那人说："什么百合酒呀，苹果酒的，别听人瞎忽悠，老百姓不认那些，咱们得干好自己的一摊儿。"酒匠答："嗨，你听我跟他那么说，他就算把那百合的功效吹得天花乱坠，我不见真招也不能往里投钱啊，他东西拿过来咱们倒是可以试试，不行不干呗，也不搭啥。"

万生心里一冷，脑子也清醒了不少，刚才像亲兄弟一样热乎乎地喝酒，左一句"我包了"，右一句"没问题"，让他有了瞬间忘乎所以的感觉。细想的话，酒匠没有错，虽然是老乡，但做生意哪能靠什么情面，谁不是先考虑利益。酒匠也不例外，商场没有慷慨这一说。

那一天，万生认识到自己还差得远，光会技术哪能够，不学点经营和推销的技巧，以后百合大批量下来怎么卖出去？二叔的事终究也没有说出口，求人办事的能力，万生还差些劲儿。这让充满期待的二叔不得不面临最严峻的家庭局面。肇玉兰见他迟迟没有重返工作岗位，起了疑心。他本来在这一天应该背起行囊，走向远方，可是他却窝在家里，说可以多放几天假。

万生带回来的坏消息让二叔明白，和老婆摊牌的时刻到底还是来了。肇玉兰这几日照顾大嫂，没有来得及问他更多事情，可是万生没有帮他安排到新的工作，这个馅一到时间只有漏得满地都是。

“自首”这一晚，万生陪着二叔，算是给他壮个胆。肇玉兰心平气和听完丈夫陈述的被骗经历，没有叔侄俩想象中那副大发雷霆的模样，只问了两个问题。一是还债的钱从哪儿来的，二是他接下来怎么办。

二叔老老实实和她交代，钱是万生给的，想去周酒匠那儿打工，还没来得及去说。肇玉兰沉默了一阵，瞪着叔侄俩，眼神像是说：“你们怎么不早点说？”片刻过后，她一边点头一边说着好，老周那里她去说，她有这个面子，免得他俩谁都拉不下脸。然后肇玉兰开始絮叨上了:“老万你怎么蠢成这样，贪点小便宜被人挖坑踹进去。”二叔一声不吭听她数落，老脸越来越挂不住。侄子还在身边呢，老婆是一点面子不给他留啊。

万生咳了咳，示意二婶别说大劲儿了，本来他也就想给二叔仗个腰眼子，劝劝二婶想开点，哪承想二婶随口问一句话，又把火箭炮转移到他身上了。

肇玉兰问他哪来的钱，万生想都没想脱口而出是石丽借的。这下可捅了马蜂窝了。

“你们两个大老爷们，咋好意思要人家寡妇的钱？再说万生你不知道多少人盯着你和石丽要抓你们小辫子吗？你这是想让人看笑话呀！”

没想到，二婶火气十足，居然不是因为二叔的事，而是大骂万生不懂事。相比丈夫上当受骗，向寡妇借钱更让她觉得丢人。这顿气先撒在了万生身上，等她反应过劲儿来，才开始骂老公。因为同样挨了骂，万生哪敢劝阻，叔侄俩在一个女人的怒不可遏中经历了漫长的煎熬。

雷厉风行的肇玉兰在“家法”伺候完后，仅仅一个电话就把万建成安排进了周复兴的酒厂，效率之高让万生咂舌。至于被骗走的钱，她除了和丈夫怄气，真就毫无办法了，案也报了，只能祈祷骗子早点被抓到。

“这些事，你们一个字也不能跟嫂子说，她身体不好，受不了刺激，知道吗？”她对老万家两个男人下命令。

“和石丽借了钱的事也不许和别人说，我给你拿，你抓紧还人家。”她又额外叮嘱了万生。

“一个好好的年过得稀碎。”肇玉兰唠叨。

老人常说，春节没过好，这一年都走背字。要不人们怎么在正月里都说吉祥话呢。佟梅花对此深信不疑，都怪万荣，大过年的惹事，害她进了医院，沾染上晦气，结果刚开春，就不顺当上了。

秋云因为有先兆性流产迹象不得不请病假休息。万生回家里照顾怀孕的老婆，既要照顾身体，又要安抚她的情绪。秋云感到这一胎和乐乐完全不一样，又呕又吐的，胃里直泛酸水，有可能是女孩。这会儿她心情紧张极了，一边担心孩子的健康，一边又怕请病假久了耽误工作，影响她评选的事。

万生知道这时要让妻子保持心情愉快，便安慰她：“媳妇，你把心放宽，人生就是有舍有得，不舍不得，咱别担心评选的事了，假如这次不行就下次，眼下养好身体最要紧。想我在单位这么多年，你总说我不争不抢像块木头，啥也没得着。但是现在再看，我创业种百合不是干得挺好的吗？这人啊，出路从来不只一条，你说是不是？”

万生的劝慰，让秋云心里好过一些。他不怎么懂得安抚人，至少在她看来是这样，他几乎不会说女人想听的情话，人生哲理倒是一套套的。说他木讷，他还不承认。他甚至劝着劝着，话题又转移到了百合上，拿出手机给她看秋天时候百合地里的照片，说多看看美好的景色有助于身心健康。秋云抚摸着此时还很平坦的小腹，忽然觉得这样的丈夫有些可爱。

年后没多久，大地开始有回暖的迹象，还没到忙农活的时候，万生正好还有时间研究一下销售策略。有一部分社员家的百合，今年就可以起出来卖掉。等开春以后，他就先拿一批货给老周的酒厂做样品。

万生在家谋划的时候，柳条村可是热闹非凡。春耕前的烧荒一直是被默许的，农民把地里的杂草拢在一起，和剩余的零散秸秆焚烧掉，能避免杂草的生长。往年烧荒，上面都是睁一只眼闭一只眼，今年不知怎么的，突然管得严了，严令禁止。听说是因为城里污染太严重，环保数据排到倒数了。

然而就算村里的大喇叭喊破天，还是有人偷偷烧，已经有好几家违反规定烧荒被抓了。被抓怎么办呢？年轻力壮的总不能被拘起来耽误时间吧，那就老头老太太出来顶包，被拘也拘不长。就这样，有几个和佟梅花平日往来的老姐妹被带走了。人们在讨论谁家倒霉被抓包的时候，好多双眼睛都盯着佟梅花，以为她那样嘴厉害的人，如果被抓住，肯定要闹上一番，到时候就有热闹看了。让这些人失望的是，佟梅花家根本没烧，她在家休养着，连门都不出。

往年，佟梅花家里这块地也是要烧荒的，但是今年不一样，万生说种百合不用烧，她便心安理得坐在炕上养身体。不只是佟梅花，种百合的人家都是如此，人们好奇地揣测着，这样的土地上，未来会长出什么样的果实。

冰雪融化，又过了几个月，当人们看到漫山遍野一团团的妖艳花朵，像七星山上落下了一块醉染的胭脂帕，才有了激荡的心情。

这一次，不只万生家，还有石丽、杨林山和众多农户的田里都艳彩婀娜，连傅老九和老李头的地里也吐出了娇滴滴的花蕊。这让百合户们看到了希望，欣喜若狂。石丽提醒万生，既然花开了，可以摘花卖百合花茶。去年他们没什么经验，都没有把花朵利用起来。

万生赶紧组织合作社的村民们摘花，自己家地里还雇了工人。百合花花粉掉色，摘花人的衣服都被染成了一片橙红色，还洗不掉。但是大伙儿毫不在意，这可是金灿灿的钱呀。

花摘下来后，本来的设想是用烘干机烘干，但是项目款没全部拨下来，资金不充裕，他们只能用土办法自己动手了。万生试验了两种烘干方法，自然晒干和烘炒。觉得烘炒之后的味道更好，他又去买了一口石磨那么大的锅，专门炒百合花。杨林山也把柳五娘做粉条的锅给霸占了一口。

经过烘炒、晾晒过后的百合花，散发着清新的香气，万生用它来泡茶，金色的花叶一瓣一瓣展开，犹如盛夏的朝阳，闪耀着迷人的光彩。

包装袋、密封机、标签，万生又买了这些东西，但是怎么销售出去他却没有想过。问关香香，香香说他们家是药厂，不卖花茶，建议他网上试销售，这需要办一系列营业手续注册网店。

杨月再一次来柳条村恰好是在这时候。她投资的民俗文化体验馆经过选址，最终在伊城县建立了，通过餐饮、民宿和特色文创商品，吸引了不少游客。她打造出一个文化主题的场馆景点，十几间具有东北特色的农房，布置着各种各样过去那些老物件，笸箩、簸箕、柳条筐、婴儿悠车、枕头顶刺绣……开业后，有游客来观光，有电影公司来拍电影，还有美术学院学生来写生，一下子让县城增加了活力。

穹顶，似乎触手可及。身上的烟草味道越来越淡，杨月已经开始戒烟了。体检的时候，她查出肺部有结节，虽然不严重，但医生建议她不要吸太多烟，可能会加重肺部损伤。她以前不太在乎身体，熬夜加班都是常事，在看到体检报告中有几个指标异常后，想起之前高师傅曾劝她多注意身体，她当时不在意，现在对健康重视起来。事业正在黄金期，可不能被身体拖累。

她的项目很成功，很多人建议她复制经验，多开几家民俗类的展馆和民宿。杨月却不想做出一模一样的复制品来，她想把规模再扩大，多搞一些特色。非遗资源本来就是不可复制的，比如她在青石镇找到的枕头顶刺绣，作品一件是一件，独一无二，不能大批量生产。如果再做一个相同主题的项目，必然要换一批手艺人，她还得继续寻找。

她清楚地知道，盈利最大的地方来自餐饮和住宿，下一步，如果能将文化和旅游深度融合，会产生更大的利润。即使有了文创产品，但是还缺少吸引人的景点，于是她来到了柳条村。

不久前，她一个亲戚家的女孩在朋友圈发了一组婚纱照，背景是外省的薰衣草主题庄园，那里的花海吸引了不少游客，杨月看到后有了很深的印象。得知伊城县有人种百合后，她脑海中便有了一点设想，如果打造一个花卉主题的风景区呢？

太阳在云层之间燃起炽烈的火焰，将山峦分割，还是那一条路，白色飘带一般延伸到远方。熟悉的风景，在进入柳条村地界的时候却突然起了变化。杨月被眼前看到的一幕惊呆了，她记得去年夏天来的时候，道路两旁还是连片的苞米地，绿油油的，而今天，这里竟是鲜枝迎客，是一眼望不到头的金黄色花海。

“太不可思议了，这真是柳条村吗？”杨月不敢相信自己的眼睛。她让司机停车，可是司机对上次被罚的事心有余悸，再也不敢在应急车道上任老板恣意妄为了，直接加速把车开下高速，生怕老板自己翻越公路边的围栏，向着那片花海跑去。

下高速以后，司机也不知道哪条路能通向刚才的花海，杨月向司机抱怨了一通。正好车路过铁匠铺门口，铁匠和他打铁的家伙事儿都还在。杨月让停一下车，去年铁匠铺在网上火过，她后来还把那些手工打造的刀具拿到她的展馆出售，帮铁匠挣了一笔钱。铁匠认得她，热情地和她打招呼。寒暄过后，杨月问铁匠是谁家在地里种的百合花。铁匠也不知道她看到的是哪片地，如今村里种百合的人家挺多的。但是找万生准没错，万生是带头种百合的人，谁家有多少地他都清楚。铁匠跟杨月介绍了一下万生，杨月就想亲自会一会他，让司机一路问道往万生的百合基地去。因为街内修路，他们绕来绕去也没找到，倒是路过另一片生长得不错的百合田。

杨月拿着手机，想进去拍一些照片，她今天穿了一条宽松的休闲裤和一双坡跟皮鞋，让她能够轻松跨过周围的简易木栅栏，走到土地中去。她光想着下半身穿着便捷，忘了上半身为了提升气质，穿的是一件高档雪纺衫，谁让她平时非常在意自己的仪表，即使是下乡也会穿得体面呢。这也是她失算的地方，走入百合花丛中，这件两千块的衬衫被染上了一道道金黄色的印迹。等发现衣服脏了之后，杨月发出尖叫，那刺耳的一声“妈呀”惊动了正在地里摘花的石丽。

原来杨月误打误撞闯进的是石丽家的百合地。听到女人的尖叫，石丽放下手中的活儿赶了过去，看到一男一女已经深入垄沟里，周围有几株百合苗被踩倒了，石丽心疼了一下。

“你们干什么呢？”石丽高声问道。她下意识地猜测,是不是遭贼了,气势上强硬起来，逼问两人是不是来偷花的。

杨月正沉浸在衣服被染色的懊恼中，听见有人质问她，一时觉得好笑，她这样的身份怎么会偷几朵花呢？语气不悦道：“你们这什么破花，怎么掉色呢？看给我这衣服染成什么样了，这件衣服两千块钱呢。”

石丽这才注意到这个女人穿着打扮和普通的农妇完全不同，虽然那件上衣被染上一条条的金黄色道道，不过能看出来是好料子，价格不便宜。那又如何，损坏了她的百合苗还理直气壮的，石丽有点生气：“这是我家地里，我们四周设立了围栏，入口处挂了警示牌子提醒人们不要摘花，你们是翻栏杆进来的吧，这样非法行为造成的损失我们可不承担。”

石丽刚走过来的时候，穿着白大褂和靴子，大褂上也是金黄的色彩，染得一块一块的。杨月还以为她是普通的农民，等人走近细看，又觉得这个女人和她的判断违和，脸上白净净的不像常年干活的人，说的话也有板有眼，生怕她是碰瓷的。她心里有气，一件好好的衣服弄成这样，但是她又不占理，没啥可说的。

这时在另一边帮工的孙有命见石丽这边有情况，赶紧挎着一土篮子百合花跑过来。这些天他们和偷采百合花的人斗智斗勇，每天都得撵走一波又一波路人，这些人也不是要偷花去卖，就是有人手欠，看见花开得旺盛美观，想摘回家去。防止偷摘，各家有各家的招数，有人围栅栏，有人装铁丝网，万生家甚至把看门狗灰狼接回来带到地里巡逻，起到威慑的作用。孙有命如果看到有人偷摘，就露出一副凶神恶煞的模样去赶人，这招对村里人有点效果，大家现在都知道这个小矬子是个急眼了抡锄头的狠人，只是对外人往往没啥作用，谁见了他能害怕啊。

这会儿孙有命又装作凶狠地跑过来，问谁偷花了。杨月看见这个熟悉的身影很惊讶，这不是青石镇遇到的那个倒霉蛋儿吗。“小老弟，怎么是你呀？我还找过你呢！”

孙有命认出了杨月，想起曾经不愉快的记忆，下意识就往石丽身后躲了躲，声音也立刻低了下去，颇有些没底气地说：“我……我真没偷你东西！”

石丽诧异地看着两人，不明所以。见孙有命一副惧怕杨月的样子，便护犊子似的站在他身前，看向杨月的目光虎视眈眈。

自从之前冤枉了孙有命，杨月心里一直感到愧疚，像是有一根刺扎在心里，不拔不痛快。没想到在这里遇见了他，赶忙解释：“哎呀，小兄弟，我上次是误会你了，钱包是我自己落车里了，我到处找你，就是为了跟你道歉，还想着怎么补偿你呢。你咋在这儿呢？你找到媳妇了？就是她吗？”她自然而然地以为石丽就是吴秀珍。

“不是，不是，这是我雇主……”孙有命连连摆手，这个误会让他感到一阵羞愧，虽然他并没有做错什么，可是吴秀珍怎么能和石丽比呢？石姐可是个大好人啊。

误会解开后，石丽和杨月都转变了态度，杨月向石丽道了歉，并说明来意。听说她来找万生看百合，石丽喜上眉梢，连忙邀请她到家里坐。

看见杨月的衣服，石丽想起什么，露出惋惜的表情：“杨总，你这衣服真是可惜了。”

杨月瞅了一眼衣服连说没事，回去洗洗就行了。

“你这个料子是洗不掉的，我们试过，肥皂水和洗衣粉都洗不掉。”石丽不无遗憾地告诉她。

万生不是第一次和老板打交道了，他认识关香香，也接触过几位企业家，而眼前这位文化公司的杨总，给他很不一样的感觉。她说话干脆直接，举手投足间展现自信和干练，谈的生意也不是小打小闹，都是规模宏大的设想。面对这样一位有能力有手腕的女强人，万生和石丽打起十二分的精神，好好向她介绍百合种植。

“我们的种植基地是在县政府的扶持下建立的，目前是农业产业结构调整的一个转型尝试，未来有望成为全县农民的重要产业，百合花现在是村花，以后会渐渐成为老百姓的致富花。”

万生对百合事业熟悉，整个行业的发展情况他早已了然于胸，和杨月交流时侃侃而谈。他带杨月到几户合作社成员家地里看成果，青翠的碧叶，芳菲的花蕊，让杨月看得心旷神怡。她穿上石丽给她找的一件白大褂，和村民们一样的装扮走近百合，花朵低眉垂目，却仿佛卷着无限的力量。

远处，日头高照，一片橘红。杨月突然有了灵感，就像那阳光穿过云层照进脑海中，一个念头和她筹划了许久的计划渐渐重叠起来。她似乎找到了缺失的那块碎片，整个思路清晰地浮现出来。

万生叫了曹福贵过来，和杨月一起吃了顿饭。曹福贵迫切需要招商引资，在饭桌上极力展现柳条村的优势资源。石丽更会抓重点，着重介绍柳条村的民间文化。杨月说了很多设想，包括集餐饮、娱乐、旅游为一体的综合特色小镇，那是几千万甚至一个亿的项目，把万生他们听得瞠目结舌。连曹福贵都没想到，一片百合花田能吸引来这么大的投资，兴奋得连喝了好几杯烧锅酒，万生也激动地多饮了几杯，到最后脸色驼红，差点醉倒在桌上。两位女士的酒量都比万生好，原本是不痛快的相遇，在酒桌上唠着唠着竟有了一笑泯恩仇的快意。

杨月要离开村子的时候，石丽给她带了一兜百合，还附赠一本食谱小册子，杨月知道百合润肺，想起自己的身体状况，满心欢喜地收下了。她说回去把公司的介绍发给万生，让万生也提供合作社的具体情况给她，互相交流一下设想。村委会的人出来送她，孙有命亦躲在人群后相送。许是有些微醉，杨月看一眼那个和他有缘的小伙子，心血来潮地喊了他上前，关照道："小老弟，你有事随时来找我，我可以给你在城里安排工作，我们公司保安岗位待遇不错。回头再给你介绍个好对象。"

孙有命一听这话缩了缩脖子，他心慌地看一眼石丽，见石丽正和走路有些摇晃的万生说着什么，没有看向这边，便小声回答："不用了，我不要别的工作，也不用介绍媳妇。"

杨月以为他是谦虚，说再来柳条村给他带礼物。刚才在饭桌上，她听说吴秀珍回来找孙有命了，孙有命对她手下留情，还感叹这小老弟是个情种，听他连媳妇都不打算要，以为他还忘不掉那个女人。

"听姐的话，爱情不能当饭吃，你得学会放下过去。"

孙有命懵懵懂懂的，也不知道杨月何出此言，他不知道她误会着自己还留恋吴秀珍，以为他的内心被人窥探了，毕竟像这么有能耐的大老板都眼光毒辣，思及此，孙有命不禁有些心虚，只敢盯着脚下看，仿佛要把那一块黑土盯出洞来。

送走杨月这位"大人物"，万生酒稍微醒了一些，心脏飘飘浮浮，仿佛荡漾在春波里。如果项目做好了，柳条村就能跟着他一起脱贫致富啦。"让柳条村富起来，美起来……"万生一路蹦蹦跶跶，嘴里胡乱哼哼着醉话，任谁都能看出他此刻沉浸在快乐中。

石丽却和他不一样，她在交谈中，始终保持着一份清醒，这会儿见万生高兴，不想扫他的兴，没有多说什么。商场上有很多诡道，对商人的话术更要有清晰的判断。

“我觉得这事不靠谱，女老板说的话你也别全信。”第二天，万生酒醒后，石丽语气平静地对他说。在她的话里，万生听不出一丝情绪的起伏。她给别人的感觉，大多数时候是冷淡的，就像现在一样，仿佛什么都不在意，什么都要冷静分析。但是万生见过她情绪化的一面，知道她是感情丰富的人。这还是石丽第一回给他泼冷水。

“咱们连一株百合都没卖出去呢，怎么能引来这么大的投资？她画的一张大饼，我听着有点夸张了。我们还是按照既往策划的路子去走，她说的百合小镇计划，能成自然好，没落实咱们也没有损失。可你别寄予太大希望，人家是搞文旅的，投资农业项目肯定不会太大。”

万生不赞同石丽的话，他觉得石丽太保守了，现在找到一个投资人多不容易。“我跟她合作，她拿钱，我又不搭什么。”万生想起周酒匠说过的话，和他现在说的话多像啊，原来做生意都是这样的。他觉得他肯定能做好。

信心高涨的万生，开始设计宏伟蓝图，百合小镇建起来后，哪片地建百合公园，哪里建连锁酒楼，他自己先做出规划，再给杨总看。家里人这次和石丽站在了一起，劝他步子不要迈得太大。可是万生心里生出无限的旖旎，设计了二十多页的PPT，展示花卉、园艺产品交易、文化创意、休闲娱乐甚至房地产项目等为一体的鲜花主题文化旅游综合体。他觉得杨月肯定能理解他的远大设想。

就在万生跃跃欲试要做大项目的时候，合作社产生了成立以后的第一笔亏损。

万生和几名骨干开会研究电子商务平台的事。石丽想互联网相关的事，她们这些人也不太懂，还得是年轻人来做更容易些，就建议把这事交给杨林山去办。

受到万生的委托开通电商，杨林山对着家里的大衣镜照了又照，对着镜子频频颔首，眉宇间流露出得意的姿态。他有个小学同学，就是做电商的，天天在朋友圈里发各种广告。也不知道这个同学多么神通广大，涉及的领域非常广，有时是高薪刷单，有时是游戏代练，还有转发抽奖，让杨林山记忆深刻的是，他前不久刚发了做网店代理运营的广告。点开那条消息，上面写着打造爆款旺铺，孵化品牌，甚至说出“月销百万不是梦”的口号。杨林山早就对做电商心动了。

黑沉沉的大地上草绿花开，一片生机勃勃的景象。杨林山看着家里已经补办了手续，重新开工的粉条作坊，想象着自己天天接收订单，然后指挥工人装货发货的场景，店铺里什么农产品都有，有百合，有粉条，有豆油，有白酒……杨林山心里冒着五彩缤纷的泡泡，走路都哼上了欢快的小调。

葫芦头和杨林山走个碰头，看他得意的小样，问他遇到啥好事了。杨林山也没想隐瞒，就告诉葫芦头，他准备找人开网店了。

“你找我呀，我是主播，能直播带货，我粉丝还不少，你们把商品放我这儿代卖，我还给你们录视频宣传。”葫芦头信誓旦旦地保证。

杨林山犹豫了一下，让葫芦头给他看看他的视频，在看到他每条视频只有十几条评论的时候，连连摆手：“不行，不行，你这个转发点赞和评论数都没多少，流量不够，我们得找大平台，月入百万那种。”

葫芦头没想到杨林山还看不上他，立马不高兴了：“你就吹牛吧，万生都没说种百合能月入百万，你在这儿做梦呢？”

杨林山不想跟他多说，他打心眼里觉得葫芦头是个不务正业的人，好端端遇见他打岔也是有点晦气。杨林山绕开葫芦头走了，他得抓紧找他的小学同学取经。

杨林山的同学叫王卓，因为鼻头大，小时候外号叫“王大鼻子”。他俩除了朋友圈互关之外，很久没有联系过了。杨林山尝试给王大鼻子发微信，问他在哪儿呢。王大鼻子过了很久才回他，在深圳。那地方好啊，经济发达地区，杨林山羡慕极了，这个王大鼻子小时候学习成绩不咋样，但是能说会道的，有股机灵劲儿，难怪他现在混得好。

杨林山本来想请老同学吃顿饭，但是一南一北，离得太远了，只好微信上说明村里的农民合作社要开一家网店。

王大鼻子几乎是秒回，马上推销起他自己，说他有一个二十人的成熟团队，一站式开店服务，高效运营模式。

杨林山一听，还得是找专业的，葫芦头那小平台不行，他直接问："月入百万是真的吗？"

那边回了一个微笑的表情。随后又回："哥们，那要看你们是什么产品，当然啦，推广费给到位，销售额上去都不是事。"

"多少钱？"

王大鼻子报出了一个数字："一口价，五万，服务保终身。"

五万，不是小数字，杨林山有了一丝动摇，但是转念一想，和月入百万比起来，区区五万算什么呢？几天工夫不就挣回来了。他和万生打包票能把网站办好，这会儿万生正忙着指导村民种百合，也没有工夫搭理他，他便自作主张从公账上转走了五万元。

第十六章　风急浪涌

“让我掉下眼泪的，不止昨夜的酒，让我依依不舍的，不止你的温柔……”

小周笔挺地站立在吧台后面，轻声跟着咖啡馆播放的歌曲哼唱，将巧克力酱倒入马克杯中，所有的杯子和盘子都带着百合花图案，这个图案是小周画的，艺术感很强。小周做好咖啡，用余光瞥了一眼坐在不远处的万荣，看见她正在认真地看手机，不知道看的什么，空气中氤氲着浓浓的摩卡味道。

小周大四了，准备考研，来咖啡馆兼职的时间不得不缩短。万荣在他请假的时候，脸上露出沉痛的表情：“不是吧，弟弟，你怎么可以少上两天班，姐姐可舍不得你！”

万荣这会儿非常无奈地开始在校园网站上发布新的招聘广告，希望再招一个兼职店员。小周把咖啡端到她面前，轻声说：“摩卡好了”。万荣尝了一口，夸他已经出师了，完全可以独当一面。小周听了脸上露出了笑容，只是笑得很淡。

“哎？”万荣突然吃惊地喊了一声，抬起头看小周，咖啡奶沫粘在唇角，像开出一朵浅棕色的小花。小周忍不住想帮她擦干净，但是只是张开五指，便又攥成了拳头。

万荣没有看见他的动作，她惊讶于手机上看到的事，扬起手机问小周：“开个网店要五万块钱吗？我怎么记得你之前帮朋友开过，没多少钱呀。”

小周回过神，看了一眼万荣的手机，是杨林山发到百合合作社社员群里的一条消息。为了信息公开，杨林山把花费五万元开通电商平台的账目发到了群里给社员们看。

“你们好像被骗了。”小周皱起了眉头，直到在万荣和杨林山通过电话，知道那边不过是以杨林山的身份信息注册了一家微店之后，更加肯定了这个想法。

杨林山放下电话，感到一股寒气从脚心直冲头顶，当他发现被王大鼻子给拉黑之后，整个人愣愣地杵在原地，像一截木头。

他第一反应是，跑得了和尚跑不了庙，他没有王大鼻子的电话，找了一圈人终于问到了。电话打通后，那边听他焦急地询问网店的事，一头雾水。杨林山急得都要磕巴了，声音都是颤音：“你给我的银行卡号，我给你转了五万块钱，你怎么不承认呢，还给我拉黑了。”

另一端的王大鼻子都听蒙了，告诉杨林山，他俩已经很多年没有联系过，他都没有加杨林山的微信。通过小学同学群找到王大鼻子的头像重新互加后，杨林山才发现，此人非彼人，微信头像和之前加的那人一样，但是朋友圈内容完全不同，他加的是冒充同学的骗子。

“完了。”杨林山身子瘫软，双手止不住地哆嗦，他遇到电信诈骗了。他根本不记得什么时候加的骗子，也没有电话核实，看头像和班级群里一样就以为错不了。尤其王大鼻子这个人一向口碑很好，还从别人那听说过他人的确在深圳，所以没有怀疑。转款时候，对方说去银行转安全，给出的账号是陌生人的名字，解释那是公司会计账号，杨林山也没有怀疑。在银行工作人员再三询问汇款用途时，他还信誓旦旦地说：“做生意错不了。”汇款后对方给他一个微店链接，告诉他装修网站要一周时间，让他等，他也觉得是正常的。

一步错，步步错，杨林山一点点落入陷阱中去，如果不是万荣和小周发现，他还不知道什么时候能醒悟被骗了。杨林山赶紧去报了警，可是因为转账已经过去多日了，无法通过银行拦截，这五万元想要追回来就得等骗子落网了。

“万生啊，你说林山就是心眼实，他哪能想到让人给骗了呢？”柳五娘坐在社里，脸上难以掩盖的憔悴。她的白头发爬满了鬓角，爬到了额上，衰老已经像洪水一样无法挽回地在身体各处蔓延开去。

“哥，我对不起你，我对不起大伙儿，你骂我吧。”

杨林山站在一旁像棵晒蔫巴的柿子秧，让万生看了就窝火，忍不住说道：“我骂你有啥用，新入股的农户还着急买种球呢，大家伙儿在家等着种百合，你让我咋跟他们说钱让你花得差不多了？”

杨林山冷汗直流，小声说：“哥，我错了，我，我还有点儿积蓄，我拿出来补上窟窿……”

柳五娘掐了杨林山一把：“胡闹，那是你的媳妇本儿，不能动。”

石丽在一旁看不下去了。她站起来，义正词严地说：“姨，林山这次的确犯错了，他要懂得担当，懂得负责。”

“那也不能全怪我们林山啊，是你们要他去开网店的，也没说不能花多了啊。”柳五娘下意识地犟了一句，但说完自己也没了底气，花超标了和被骗走了相比，还是有区别的，于是又缓和语气说：“万生你辛苦点，能不能做做账让公家给报了？”

“这笔账公款报不了。”

石丽的声音平静无波，在柳五娘看来就是不近人情，她狠狠剜了石丽一眼，站直了身体。柳五娘想到一直以来，石丽就像是她家的克星一样，什么事都没有如她的愿，不由得把拳头攥紧了。这一次，她不能再输给眼前这个女人，她是一个人撑起粉条作坊的柳五娘，是林山的母亲，不能被人像条死鱼一般按在菜板上蹂躏。她得起来战斗，像年轻时候那样，和命运抗争。在粉条作坊被关停的那些日子里，她原以为已经看透人生，所有事都是身外物，没了就没了吧。可是今天，当她被自己最看不上的人给怼了，一瞬间，心底又激起一股火。

柳五娘想说这笔钱是为了你们卖百合才被骗的，绝不能让儿子赔偿。虽然这事确实是林山的责任，五万块钱她不是拿不出来，可是她不想让儿子背负被人骗了的名声，她无论如何也得把这钱赖掉，不然林山以后怎么在村里做人，人们会指着他说蠢，居然相信了骗子。为此她决意再做一次泼妇，胡搅蛮缠，哪怕让全村笑话她，她也豁出去了。

但是石丽没有给她爆发的机会，在柳五娘深吸一口气想要发难的时候，她不愠不火地开口打断她："是我推荐林山处理互联网的事，所以责任在我，这五万块，我来垫付。"

石丽说出这句让人意外的话，此时她几乎是面无表情，让人看不出她心里打的什么主意，柳五娘惊讶得一时忘记了她的抗争。

万生一怔，继而反应过来，忙说："石丽，你这是干啥？这事是我让林山去做的，要垫付也是我来。"

石丽口气平和地说："这个事就别争了，林山是我家亲戚，又是我推荐的人选，出了这样的事，这个责任，自然我来担着。再说，只是垫付，谁有钱谁垫呗，等那骗子被抓住，钱还能回来。"

"你这是啥话？我先前管你借过十万块钱，已经够不好意思的了，不能再让你垫钱，那钱万一要不回来怎么办？"万生摇头，石丽自己贴钱帮亲戚，也落不下什么好，柳五娘保不准还得说这说那的，那她可太委屈了，他不能让她承担。

"你也别跟我争，咱们的合作社能越来越好，比什么都强。这些天看着百合花开，我就想起小时候在百合地里跑的场景，心里特别高兴，你就当我一时兴奋，再说，这点损失不算什么。"

万生和石丽你一言，我一语，争着这笔钱谁来垫付，谁也没有看柳五娘。柳五娘呆呆地站在旁边，她不知道该先琢磨哪句话，是石丽要帮林山赔钱，还是万生管石丽借过钱，心里一时涌起千言万语，可是一句话也说不出来。

杨林山这时候插进来："表嫂，万哥，你们啥也别说了，我犯的错，我来补救，我跟着你们好好干，马上就能把钱再挣回来。”

“行啦，你们别争啦，”柳五娘提高了嗓音，把身体强势地挤入几人中间，“我儿子的钱我给出。”

柳五娘像是做梦一样。她看到石丽和万生争相承担责任，受到这种情绪的感染，觉得脑袋里似乎有一个火炉，烫得她头脑发胀。石丽这个人吧，山崩于前亦不动声，不管遇到什么事，都不露出惊慌忙乱的神色。她以前怎么挑衅，石丽都不接茬，这让她从心里生出一股挫败感，就像一拳打在棉花上，人家不痛不痒，自己总是白生气。

回家之后，柳五娘难得一次紧闭嘴唇，什么话也不说，只是冷静地思索，试图在一团乱麻的思绪中抽丝剥茧，厘清条理。她回忆这些年和石丽的相处，一桩桩，一件件，越想越跟一团烟雾似的，看不清所以。

第二天，柳五娘从自己的积蓄中拿出五万让林山给石丽送去，告诉林山这算是当妈的借给他的，将来他得还，不然不会长教训，以后凡事要谨慎。当然被骗的钱在警方的努力下追了回来，那是后话了。

柳条村的人大概谁也不相信，柳五娘像是突然之间就转性了。她还穿着一身艳装，哪里人多往哪里去嚼舌根，但她这回不再说石丽的坏话，反而说起了好话。起初，她站在大树下，绘声绘色和人说万生管石丽借十万块钱的事，看她高亢激昂的样子，人们还以为她又掌握了什么男女之间的不堪之事。谁知道，这回，她一改与人势不两立的劲头，夸起石丽来。

“那万生不知道哪里遇到难处了，玉柱媳妇二话不说就借了十万块钱给他，这年头能往出借钱说明什么？”

柳五娘欲说还休，吊起人们胃口之后一拍大腿：“说明玉柱媳妇是个讲究人啊，乡里乡亲的，能帮就帮一把。”

话传到石丽耳朵里，大伙儿说柳五娘这是要跟你和好的意思，言外之意，这个情你得领。石丽淡笑一声不说话，谁也不知道她这一笑的含义。退了五万块钱，就上赶着和好了？那日一番争抢，柳五娘让林山把钱给她送来，她没有收，退回去了。也许因为这个事，柳五娘不好意思，有心缓和关系，但是石丽做不到一笑泯恩仇。当初惊天动地般围堵超市，如今好像换了一副面孔，石丽仍然心有芥蒂。

此后，柳五娘几次三番主动示好，石丽都不咸不淡地应对。柳五娘愈发感到心里堵，让林山隔三差五给她家送粉条。

“嫂子，我妈认识到她以前错了，你就别跟她置气了。”杨林山赔着笑脸。

石丽觉得莫名其妙：“我没跟她置气呀？”

杨林山又找万生说情，希望万生帮忙从中调和一下。万生在心理上站在石丽这边，告诉杨林山缓和关系这种事最好顺其自然，不能强求别人接受。

古人说，君子之交淡如水。石丽觉得，她和万生就是这样的关系，朋友之间应该不即不离，不急不缓。她不强迫自己做一个高尚的人，她的朋友也不强迫她。万生说他支持石丽做自己，不必陷入人们的道德期盼中去，不想原谅就不原谅，不想交往就不交往。

“你现在是独立的个体，不用硬和别人攀亲。”万生这样说，他尽可能避免提索玉柱的名字，以免引起石丽伤心。言外之意却是，丈夫不在了，你不用再认这门亲戚，也无所谓往来。

石丽感谢万生的支持和理解，朋友的关心很暖，却让她心里升起一股难以名状的寂寞。夜晚，她独自坐在百合地里，望着黑漆漆的夜色，只觉得茫茫天地之间，她孤冷得可怜。现在的她，孤零零一个人漂泊在异乡，虽然有朋友，也有所谓亲人，可是她想家。她现在的家已经不再是家，只是一处有回忆的住所，人生中最重要那个人不在了，就像心里的标杆没有了，她失去了方向。

万生请妹妹找咖啡馆的小周帮忙做网店，在得知骗子的手段是被他识破的之后，他觉得小周挺靠谱的。

等小周上班的时候,万荣和他说起这个事。小周二话不说就答应了，小周找到了一个靠谱的代理运营商，只花了两千块钱就从开店到运营都铺垫好了。

“你也太厉害了。”万荣拍着小周的肩膀说。

“没什么。”小周回答，他看一眼因为亢奋脸色通红的万荣，突然问道：“姐，你以后有什么打算，一直留在这家店吗？”

万荣一时没反应过来，还没有人问过她这个问题，她看一眼小周，只觉得他的目光里涌起一圈水雾，气氛忽然变得有点暧昧。

“那啥，应该是吧，这店盈利还不错。”

“哦，我想考本校的研究生，这样可以一直在店里打工。”

小周似是不经意地一说，万荣总觉得话里有话，但她不想深究，她忽然感到耳尖发热，好像有一条无形的橡皮绳在他们中间纠扯着似的。小周不善言辞，她也就不多说，只想把哥哥交代的电商之事做好，她暂时不想和小周再进一步闲聊，她害怕事情失去掌控。

柳条村那边，网店交了保证金，一切打理好之后，万生让杨林山做客服，先试着上架百合花茶。结果一周过去了，一笔订单也没有。代理运营商说他们店铺浏览量低，需要花钱打广告，万生又投入了广告占位的费用，这样的确吸引来一些人浏览，可是卖得不好，顾客在网上聊了几句，不是嫌没有好看的包装就是看评价数太少不信任。代理运营商说他们产品过于单一，这样留不下客人，建议他们多上架其他商品，比如别人可以在同一家店买到百合、玫瑰、菊花等多种花茶，在你这儿只能买到一种，那自然会选择别人家。还让他们整些好看的小瓶子，把包装做得花里胡哨，再像别人那样花钱刷刷单，把评论刷上去。

万生和石丽一计算成本，远远高于百合花茶的售价，得卖出多少能挣回本钱啊。量大还行，可第一年是试水，他们合作社成员家里的花瓣加一块儿也没有多少量。如果一整套流程下来，赔得更多。石丽犯难了，她的超市以前一直是索玉柱经营，她只是搭把手，她从来没有营销方面的经验，给不出好的建议。万生咬咬牙，做了一个决定，先不卖花茶了。

“干花能贮存，咱们等百合下来一起卖，这样能节省成本。”

万生决意不急于求成。但是他没有想到，那只是自己一厢情愿的想法，农户们怎么愿意跟着他一起等。费劲巴拉采摘的花，又炒又晒的，出不了货怎么行？他们把万生家的门堵了起来，要万生给个说法。

万生在地里，只有佟梅花在家，她被人追问：“万生让摘花我们都摘了，怎么说不卖就不卖了，这不耍人吗？”“去年万生说返还种球款，哪去了？”

佟梅花不知道卖花茶的事情，种球款倒是知道，马上回答：“种球的补贴款你们不是收到了吗？”

“那是县里给农民的补贴，我们要万生承诺返还的种球款！”

这分明是不讲理，当时万生是怕他们不愿意种，才拿返回种球款免费种植来吸引人加入，可是后来县里给了种球款补助，这哪有双份返还的道理。佟梅花本来就病恹恹的，看到这个架势，急火攻心，又喘不上气来，险些晕倒。

万生和肇玉兰闻讯从地里赶回来，顾不上气势汹汹的村民们，第一个念头是赶紧送老太太上医院，众人却不让他走，甚至有人激动地说佟梅花是装病。

万生急眼了，吼道：“你们的事我回来解决，先救我妈！”

肇玉兰也来气了，冲着这些人喊：“你们干什么？这是一条人命！乡里乡亲这么多年了，你们为了点钱不管我嫂子死活了吗？”

有些老村民自觉地让出了路，但仍然有人不想让他们走，让肇玉兰骂了几嗓子，算是镇住了。万生这才得以脱身，把佟梅花拉去医院。

一番检查下来，医生说佟梅花岁数大了，心脑血管、心肺功能都不好，不能受刺激，不然有可能一个寸劲儿就过去了。

佟梅花经过输液、吸氧，几番折腾，可以出院了，她却不想走。

“万生啊，咱们再住两天院吧，缓一缓，你这一回去，还不得被那些人堵住啊。哎，你说这是咋了，现在钱好像比人命重要似的。”

万生如鲠在喉，不知如何回答母亲。致富的愿望比任何时候都强烈，但是很多东西也正在变味，有些人不再讲究人伦和情怀，他也不能用道德去约束或者指责别人。百合花寓意纯洁美好，而他仅仅是个种百合的人。

万生回到家的时候，村民们已经不在了，他们早就转去石丽家里要说法。老万家，他们要给肇玉兰和佟梅花面子，但是石丽就不一样了，她是个外乡人，对她不用客气。

万生不在，石丽疲于应对，被围在七嘴八舌的人群中，她想解释百合花售卖的事，可是她细弱的女声被一浪又一浪的抗议声压在脚下，这些人似乎更想找到一个宣泄口，而不是解决办法，她的解释变得徒劳。

这时，一个尖锐、洪亮的声音穿过那层层声浪，打进包围圈中，一下子隔绝了石丽和众人：“你们在妇女主任家门口瞎嚷嚷什么！”还没见人，声音就传进门里，这是个很有辨识度的嗓音，任谁都听出来是柳五娘。她咋来了呢？

柳五娘像进了自己家一样坐镇指挥：“你们啊，有事去找万生说，堵人家寡妇的门不嫌害臊吗？”她指着几个男村民说：“你们还是不是老爷们儿？都是一群鳖下的——王八蛋！”

人们看到了曾经熟悉的柳五娘，充满生气，也咄咄逼人。一屋子人都被她喊得一愣一愣的。她来解围让石丽很意外，但是她这样口无遮拦影响实在不好，也把村民们都给得罪了。被柳五娘这么一吼，石丽的思路清醒了一些，她恢复了常态，把柳五娘拉到一旁，自己态度诚恳地对大家说："大伙儿不用去找万生，有什么事找我也一样。大家不用担心，相信社里会帮助解决问题，百合花烘干保质期很长，我们一定帮大伙儿卖出去。"

石丽先许下承诺，然后简要说明了一下网店建设的情况，让大家要有信心。就这样，在万生不在的情况下，石丽一一劝解，把闹事的村民都劝回家去。

人群一散，柳五娘一口一个"外甥媳妇"地叫石丽，说她一听有人找事，就赶紧过来了。"这帮人呐，你要是不厉害点儿，他们就蹬鼻子上脸，你是文化人，难听的说不出口，五姨帮你骂，给他们都撵走。"那语气仿佛过去的不愉快都不存在似的。

石丽不知道说什么好，柳五娘的确是帮她解了围，只是用的方式她还接受不了，嘴上说着客套话，心里只想快点送客。她仍不想面对那些曾经伤害过她的人，也很难忘记被她们欺负时钢针扎心的感觉。柳五娘没有感觉到石丽心里的隔阂，她以为帮了石丽忙，这冤家算解了，她心头的愧疚也就轻些，于是更加热情起来，问长问短。石丽忍着她的唠叨敷衍了几句，打发她走，心里马上把这事放在一边，策划起如何卖百合。

当万生安顿好母亲，来找她商量的时候，她脑子里仿佛升起五颜六色的雾气，红的，绿的，黄的，各种设想互相照映，天马行空，但最终徒留一片白。石丽和她自己生了气，她懊恼自己，作为副手，连个方案都没想出来。万生劝她别急，等到百合挖出来再说。

万生这是安慰石丽，他自己尚没有万全的策略。石丽已经帮助他很多了，而这个事业是他挑起来的，他要扛起所有担子。在百合挖出来之前，他得想出几条出路，万一理想很丰满，现实很骨感呢。他联系关香香，想和她签订一个采购合同，香香一口答应，第二天却说她老公的药厂要现货现订。

“哥，没事啊，我老公答应咱的事，你放一万个心。”

万生心里没有底了。他也想乐观去考虑问题，但是这一路走来，他发现创业不是脑海里那几个词汇，也不像外人说的，只要敢创新、敢冒险、胆子大一点就行的。创新不能闯红灯，而是要一步步筹谋，出奇制胜。各种细节千丝万缕，他得好好规划了。

石丽家的百合是最先挖出来的，像一碗纯白的莲花，那一株株果实让人垂涎。紧接着，万生地里的也挖出来了。一片连着一片，肥厚的瓣儿新鲜欲滴，万生把它们捧在手里，举向天空，他们做成了。

这几日万生很忙。他把自己地里的百合挖出来二百斤拿给周复兴的酒厂，又挖了一些寄给关香香。石丽地里的他不好意思动，前期这些都是投入，是送人的，他等待着获得认可。老周那里新品酿酒要有个周期，关香香倒是很快反馈了。目前，万生心中最大也是最可靠的合作伙伴就是关香香。他怎么也没想到,最先给他浇冷水的也是关香香。

洁白的百合，洗得干干净净，一尘不染，万生用纸壳箱包裹得严严实实，寄给了香香。香香收到时还是宛若雪莲一般鲜美的样品，可是放上几天后，果实就变了颜色，边缘的花瓣染上淡淡的红色，像在洁白的雪地画出一朵朵红梅。万生告诉香香鲜百合放置几天后会出现变色，这是正常现象。

关香香却犯难了：“哥，你们这样发货不行，我问了我老公，你得上点保鲜剂，或者熏熏硫黄啥的，这样能保证百合的颜色不变。”

万生回答：“我们的百合主打纯天然绿色食品，产品外观有轻微变色不影响食用。”关香香不以为意:“哪有那么多真正的纯天然、无添加，食品都是要经过一些保鲜的处理才有卖相，你自己不熏也没关系，你保证新鲜的产品挖出来后马上运到工厂，我们来做保鲜处理也行。不过这样的话价格肯定要往下压一点了。”

关香香的话让万生沉默，没有立即回复她。眉头拧成一个绳结的模样，万生的脑海里风车一般旋转着，他正在快速地思考。

他和石丽达成过共识，他们要卖纯天然的百合，如果使用添加剂，可能会影响品质、影响药效，他们不想为了追求卖相去给那些洁白的种球沾染别的东西。可是，如果拒绝关香香，他就丧失了目前最大最稳定的客户。

万生陷入两难的境地了，他试着给自己降温，让头脑里的风车变慢，好能冷静思考，结果越想越辗转反侧。万生实在是踌躇难决，在自己家屋里来回踱步，看得老母亲都有点眼晕。最终，他问了自己一个哲学问题："我想要的是什么？"

提出问题，然后辩证地看待。万生叹了口气，一切难题最终都要回归哲学。他在考虑的是一个简单而又复杂的问题。最初，回乡创业是赌一口气，想证明自己。在经历了这么多事以后，他的想法有了很多改变。李大爷、傅老九这样的村民，让他有了帮助村子脱贫致富的愿望，石丽这位合作伙伴，也对他有着潜移默化的影响。他现在想做好一件事，不单单是为了自己。

烙饼一样在炕上翻滚了一宿，万生第二天去找石丽商量对策。虽说是商量，但他心里有了决定，无论石丽会怎么想，他都要按照自己的设计去做了。

"咱们第一年算实验，产量本来也小，就不卖给药厂了。建一座冷库，把鲜百合存起来，再建立一家食品公司，自己生产百合产品，等村民们的百合都下来，就可以进行加工了。"

石丽听到他的方案惊呆了，那得多少钱啊，你别忘了你还贷着款呢。

但万生已经下定了决心。

第十七章　又见匿名者

杨月的公司坐落在市中心的商务写字楼里，万生本想亲自去考察一下，但是杨月让他到伊城县的民俗体验馆见面。万生还没有表明来意，便被这位女老板带着参观了一遍。像是走进时光机里，这个展馆很有怀旧的气息。展品中有一些是手工艺品，比如松花砚、木雕、陶罐，还有一些是民间老物件，如布老虎、枕头顶、柳条筐……这些勾起了万生小时候的回忆，有的他家里还有，比如炕琴柜，和佟梅花说了好多次也不肯扔。有的物件，像粪箕，连他都没见过。万生看到几幅剪纸作品，他想到二婶也会做这个呢。

杨月很喜欢她一手打造的这个民俗体验馆，举手投足间流露出一股自豪感。“我很庆幸，这么好的文化，能够保留下来，不过单凭文创产品换不来多少经济效益，还得依托商业开发。”杨月不无惋惜地对万生说。

见万生皱了皱眉头，杨月赶紧说：“嗨，你不要以为我做这些全是为了钱。如果是那样，政府都给了扶持，这个项目完全可以到此为止了，没必要继续扩大。我一看到这些手工艺品就好像着了魔，越来越喜欢。”

万生这次来，主要是想和杨月谈谈投资的事。上次在柳条村，杨月酒桌上说她做过很多成功的项目，万生希望她能给百合合作社也投一些钱。

“你这个人啊，我见你第一眼就觉得你稳重，对事看得透彻。”杨月打量万生，脸上露出一丝笑容，她的目光让万生有一点忐忑，弄不清是什么意思。

杨月说她看中了万生的那一片百合花田，想把她的民俗体验馆复制到金马镇柳条村去，依托百合花开发度假村和特色小镇。

“我承包你一块地，你帮我种满百合花。”

杨月透露出这个意思，万生不禁有些失望，正如石丽猜想的那样，他们不应寄予太大希望，杨月没有投资百合种植产业的意愿，仅仅是想打造一片花海，这样只会带来一个小型的投资。他心里还有一个预期，想让杨月多投入一些。在来找杨月之前，万生已经做好了一个方案，他拿出来给杨月，语气诚恳地说：“杨总，您的眼光可以放得更长远一点，我们合作开发百合产业，您投资建一个百合生态文化园，连着产业园，里面开加工厂，出品生态食品，涉及文化的部分您来张罗，涉及农产品生产加工这部分，我帮您把大钱挣回来。”

杨月翻看万生的设想，翻得极快，这让万生的心紧绷起来，生怕她错过重要的部分。他也明白这个工程太大了，远比租一块百合地要投入得多，他希望杨月慢慢看，这样才说明她感兴趣。可是让他揪心的是，杨月很快就看完了，摇着头说：“你们的百合项目，确实挺让人振奋，可是你提这个项目跨行跨界，我一个做文化产品的公司，又不懂得农业，让我大笔投入资金，我不想承担这样的风险。”

之后无论万生怎么游说，杨月都不愿冒险做她不擅长的事。而且她建议万生一开始不要做得太大，要一步一步走。

她哪里知道，万生正是这一小步迈不开了，才想干脆跨出第二步。本来万生是寄希望于杨月这里的“大买卖”，可终究是没有谈拢，不过此行也有一点收获，杨月要租一块百合地，按照她的设计种花，除了卷丹百合，还有香水百合、郁金香等观赏花卉，她买合作社的种子、雇合作社的农民，只要地上花开，地下生长的种球到时间农民可以挖走售卖。杨月点名要石丽家那块地。万生觉得奇怪，这个杨总一直关注着孙有命那个其貌不扬的小子，非要雇佣他。万生不爱管别人闲事，他一门心思都用在百合上，什么都不问。

虽然大投资没有拉来，可也迎来一个小项目，为合作社成员创收了。万生把这个消息告诉给石丽，石丽一听很高兴，尽管听起来像是从主人变成了雇工，但有地钱、给人工费，最后百合还是自己的，这样的好事哪里去找呢？

消息很快传遍了全村，合作社又一次炸锅了。万生跟大伙儿解释了石丽家的地是杨总点名要的，不是他决定的，可没人相信。那杨总又不认识石丽，干吗非得选她家那块地？人们都觉得是万生照顾她。好多人偷偷找到万生，打听这个城里的大老板来包地的事，拐弯抹角地提起自己家的百合田，都想着有好事能轮到自己。万生感到想澄清这些风言风语特别难，越解释，别人越觉得你心虚。这让他看到石丽的时候多了几分尴尬。

这几天，微信群里又冒出一个人，网名叫“柳条边卫士”，这个人大家谁也不认识，突然之间在群里活跃起来，有时候是发一些问候图片，有时候发个一两块钱的红包。群里有什么热闹事，他也跟着讨论。有一天，群里在说有个女老板来投资的事，“柳条边卫士”说：“有人给自己老相好谋划了好事，也难怪，谁让老相好大方，一出手就是十万块钱。”说完发了一张暧昧的图，上面写着：“你懂的。”石丽借给万生钱这个事，柳五娘曾经跟人提起过，好多人都知道，这人话里话外都是在影射他俩。

对于绯闻和非议，万生倒是见怪不怪，谁能管住别人的嘴瞎叭叭呢。键盘侠多了，但是这个“柳条村卫士”让他非常在意，他的出现方式和说话口吻让他有不好的预感，这个人和“俺村第一人”太像了，难道又是皮蛋吗？不应该，之前那次万生也不信是皮蛋干的，只是他恰好捡到手机背了锅。这个躲在阴沟里的人神出鬼没，专门造谣他，像和他有仇一样。

万生疑窦丛生，看谁都像是那个匿名者，又都不像。他怀疑是柳五娘，柳五娘这人让他捉摸不透。原本这段日子她对石丽的态度转变了，大家都以为她们以后会和睦相处，可自从听说石丽的地被杨总选中之后，她又仿佛被打回了原形，埋怨上石丽了，还说她忘恩负义。她跟人念叨自己对石丽可好了，把这些天对石丽的维护当作是恩情，结果石丽非但没有感激之意，还偷偷贪占一个大便宜，也不带上她家的地。“人家大老板包地，多一块少一块能在意吗？她就把我家那块一起划过去能费什么事，这小寡妇真是个小白眼狼。”

村委会那边，曹福贵真是头疼不已，想忽视那个群里的人，可是又不能，气得他撸袖捋臂。百合合作社出负面新闻，总归会影响村民的积极性。还有，万生怎么能不说一声，自己就跑去跟杨总合作了呢？人家来投资肯定不能绕过村委会呀，这个人脑袋里只想着种百合的事，一点规矩不懂，这些事都得跟他说道说道。

手机轮番被轰炸，都是打探消息的，万生烦得要命，他真想关机，然后回家陪老婆孩子，不到村里来了。可是不行，正是百合收获的时候，他有很多事要忙，如果他走了，事情就会都落在石丽身上，他一个大男人，怎么也不能在这种节骨眼儿上让一个女人扛事吧？

原以为会一路平坦，走上康庄大道，没想到，过程却是无尽的曲折。来路好像一条迷津似的长蛇小道，迤迤逦逦，弯弯曲曲。而去路，仿佛隐藏在云雾里，伸向看不见的地方。万生遥望金马山，想着自己要让七星山下都开满百合的愿景。他梦里曾无数次出现长满荒草的田地，他弯着腰一路割草一路播种，没有尽头的土地在眼前延伸，那时感觉很累很累，但是他咬着牙没有一丝要醒过来的念头。

马上要进入雨季了，村里各处都在加固基建设施，准备防汛。村路上人来人往，有个人步履匆匆，那两只大脚板子沉重地叩击地面，像要把新铺的石板路震塌似的。

“你知道吗？关香香那边秃噜扣啦！”傅老九一边走，一边不知道和谁发着语音消息，在“嗖”的一声发送成功提示音响起后，他马上又给另一个人发出同样的消息。

汗水从他额上流下，浸透了衣衫，滴到手机上，他胡乱地抹了一把屏幕，继续发语音。傅老九大声说着话，一走一过的人都能听见，难免跟他打听。

“你这消息准吗？”

“准啊，我亲耳听到的，刚才曹福贵找万生谈话，出来的时候，我听他跟小张说，关香香那边今年不收购了。”

这个消息无疑是一记重锤，让入股百合合作社的人都被砸蒙了。万生当初可是信誓旦旦承诺过关香香那边给兜底的，怎么能不收购了呢？人们这次也不去家里堵他了，直接去堵曹福贵，请村委会出面协调，要求赔偿。

“我这地里都种的百合，如果没人收购，那不是白种了，我要是种苞米还能卖上钱呢。”

“不行咱们就报警吧。万生肯定是个骗子，先把他控制起来，万一他跑了，可就追不回来钱了。”

“还有石丽，他俩肯定是一伙儿的，把她家店封起来，补窟窿。”

在村委会，一群人围在办公室叽叽喳喳说着，情绪激动，乱成一锅粥，曹福贵的头都要爆炸了。他和小张前不久帮贫困户领取了补助，又从县里争取到了好的农业扶持项目，原本以为柳条村一切步入正轨，如果女老板杨月能来投个资，简直是如虎添翼。没承想万生这里又给他们出了这么大一个难题。

正当他们焦头烂额安抚这些村民的时候，又一个炸弹般的消息传来，老李头带着他的傻孙子正拿着农药瓶在万生家门口要自杀。

“你不把钱拿回来，俺们爷孙俩今天就撂在你家门口！”

老李头是任谁说都不好使，怎么说都不听。万生一家人好言相劝，他就只认准一个钱字。

曹福贵带着一众村干部赶到的时候，看见那阵仗，一股火噌噌往上冒，他火急火燎冲万生喊："别废话了，赶紧把他那份儿先还了，让他退股就是了。"

万生苦着脸："曹主任，李大爷也没出一分钱啊，退股随时都行，他那块地根本没用上。"

曹福贵一听这话明白了，气得牙根直痒，这老李头又开始蛮横不讲理了。当初万生照顾他，反倒照顾出麻烦了。一分钱没出，他又没损失，怎么可能自杀，他这是威胁谁呢？想来这是演一出戏给大伙儿看呢，曹福贵面色一沉，心中颇为厌烦。

就在他犹豫的一瞬间，老李头扭开瓶盖就要往嘴里送，这个动作可把大家吓坏了，万生几乎下意识地大步向前，手上一用力，夺下药瓶扔在地上。

瓶子落在地上，发出"咣"的一声响，空气寂静下来，只听那瓶子滚向一边，发出碾在地面的声音，然后碰到门槛儿，戛然而止。

"李大爷！我给你钱！"

"我给你们所有人钱！"

"不就是钱吗？我把我的全部家当都给你们！房子押给你们！我保证你们种百合能挣到钱！"

老李头和围观的人齐刷刷望向万生，仿佛看到一匹被追得窘迫的野兽，他此刻双眼猩红，原本温柔的瞳孔变得烈焰般灼人。那一嗓子声嘶力竭的吼叫，让所有人为之一震。

老李头看着他这副骇人的样子，心虚得不吭声了，小张助理连忙帮着打圆场："大家都冷静，冲动是魔鬼。李大爷，没有什么比生命更重要，有困难找咱们村委会，一定想办法帮你解决……"

大伙儿有跟着劝老李头的，有安慰万生的，谁也没注意老李头的傻孙子在地上捡起农药瓶子咕嘟咕嘟就喝进去了。等被人发现的时候，他正坐在地上舔着空瓶子傻笑。

小张吓得脸色煞白，曹福贵赶紧冲上去抠开铁棍儿的嘴，但那孩子力气非常大，直接哭喊着挣脱了，还往远了跑，一边跑一边回头戏谑地看着一群人失心疯一样追赶他。

万生面如死灰，他那一刻脑子一片空白，像被雷击中的老树，干枯枯地站立，一动不动。这时老李头手指着众人，急得说不出话，只好捂着胸口大喘气，直跺脚。

“李大爷你可千万别着急，马上送铁棍儿去医院，你不能有事啊！”有人怕老头急火攻心背过气去，忙过来拍他的后背顺气。

“放……放开……”老李头气喘吁吁地说。

“那瓶里是……是……”

“是敌敌畏？”

“是水……”

老李头颤颤巍巍追着孙子过去大喊：“你们别抠他嘴了，那瓶子里是水呀！”

金马山在暮色中投下暗影，乌云滚滚，预示着即将有风雨来袭。万生从老李头家回来后便病倒了。

那天众人作鸟兽散，他忽地眼前一黑，趔趄几下，瘫坐在地，身体像被一台看不见的吸尘器掏空了一般，轻飘飘的，紧接着夜里突然发烧了，呜呀呀地说起了胡话，被二婶找来人送到医院挂水。佟梅花恰好前两日到儿媳妇家里去了，想到一个是孕妇，一个身体不好，没人敢告诉她们万生身上发生的事。

万生坐在医院走廊的长椅上,头晕晕沉沉的。在他眼前空间扭曲着，仿佛什么东西撕裂开，带他走进一场梦境里。

岩石裂开，地动山摇，他走进了金马山的内部。那一匹漂亮的金马驹向他走来，到了跟前，前蹄先放下，接着是后蹄，它安静地俯身歇息，望向万生的眼神里带着些许同情。

“你也觉得我窝囊是吗？”万生抚摸着金马驹说。马儿嗷嗷地鸣叫了几声，万生感觉自己像是一个战败的将军，一人一马，好不凄凉。金马驹用头蹭了蹭万生，似是安慰，然后它站起来，向大山的深处走去。万生跟随着它。马驹走过一片荒凉的黑土地，又走过干涸了的伊水河，走到柳条村时，那里一片灰蒙蒙，一切却是万生小时候的样子。村口的铁匠炉里冒着熊熊的火焰，铁匠不知所踪。

突然间，四周被柳树条包裹住了。“是处垣篱防绝塞，角端西来画疆界。”这不是纳兰性德描述的那般模样吗？

再下一刻，豁然开朗，万生坐在自己家地里，一片片的百合花茂盛地开着，一眼望不到边。这是他家那片地？不，比那片地要大得多，他家的地哪有这么无边无沿的。原来石丽家的地、杨林山家的地，都连在了一起，还有傅老九、老李头，这百合田地一直绵延到山上去了。

金马驹已经消失不见。不远处，索玉柱和石丽躺在垄沟里，手拉着手。他们随后坐起来，当着万生的面开始接吻，平时石丽是一副正经的模样，这会儿化身惹火女郎，一条腿跨上索玉柱的身体，双手抚着他的脸颊。她涂着成熟的枣子一般颜色的口红，分外性感，这是不是媳妇以前说过的斩男色呢？石丽把两片薄薄的红嘴唇紧贴在男人厚润的唇上，尽情吸吮。她的舌头像蛇信一样钻进男人的唇齿间，空气里似有一股微醺的气息，她变得异常妖娆。

万生不知道自己为什么要站在这里看这一幕，他应该转身走开，可他又被眼前的一切深深吸引了。直到他俩的衣服滑落，从里面钻出两条黑色的蟒蛇，扭动着湿漉漉的身体，滑向远方的田野……

万生醒来的时候，石丽正坐在身旁，他一惊，以为仍在梦里。刚才那种梦他还是头一回做，怪难为情的。

石丽把他脸上的红晕当作发烧，没有多想，关切地问他的身体情况。万生直呼头很疼，掩盖自己的失态。

“听二婶说他们没告诉嫂子和佟大娘，我寻思没人照顾你，就给你包了点饺子送过来。”石丽一边打开饭盒：“咱们村里人都包那种小饺子，可精致了，我学了好久也没学会，就会包这大个儿的，别嫌弃。我把百合片剁碎了放进去了。”

万生接过筷子，其实他现在吃不进去什么，连粥都不想喝，但是还是咬了一口，他们种的百合，味道是甜中带一丝苦味，咀嚼后却又有无限回甘，配合着豆瓣酱的香气，愈发吃出了珍馐感。石丽见他不吭声以为做得不好吃，充满了歉意，哪知万生此时已经沉迷在味蕾的享受里，顾不得其他。

隔天的时候，二叔去家里看望万生，带给他一个消息。老周用柳条村的百合，把百合酒酿出来了。万生一骨碌从炕上坐起来，好不激动。

“但是……”二叔话里一个转折，万生心便沉下来，他已经听过太多的但是，经历太多的转折，这两个字就像一把斧子，总能砍得他血肉模糊。他的一次次努力都在变成这个时代里的一粒沙，一个分母，一抔无用的黄土。

“但是，这个酒需要大量的百合，成本会偏高。老周害怕价钱定高了卖不出去，毕竟咱们没名没气的，冷不丁出了个高价酒，市场上谁认呐？”

万生一听，觉得这事还是有戏的，价格高不是问题，高端酒自然有高端酒的市场，一旦吸引高端客户群体，对酒厂、对合作社都是双赢的大喜事。他听二叔说带了样品来，立马要尝一尝，可二叔见他生着病不让他喝。

万生来了倔劲儿，硬是讨到一口酒来喝，那股醇甘的味道让他喜从心来。不一样！的确不一样，加了百合以后的酒完全不一样了！这酒一定要让更多人喝到，肯定会有市场的！

和万生想法一样的人，是周酒匠。在试酒的当天晚上，他一夜未眠。好酒孬酒，他甚至不用品，闻一闻就知道。香气清正，是上好的清香型酒。老周很满意，再品，这一下了不得，那种绵中带一丝清甜的味道，从齿间经过喉咙，温润地灌入胃里，透亮的感觉前所未有。

老周直呼好货，是好货啊！这是前所未有的成功。根据工艺的不同，他们还可以做出酱香型和自然香型。百合酒让他身体里仿佛也燃起了久违的热情，只是其他人给他泼了冷水，说这一瓶酒的定价得是以前的三倍才能回本。这让老周又犹豫了。三倍的定价，能有销量吗？他们家的酒虽然味道不比名人做广告的大品牌差，可定位从来都是周边城乡接合部的市场。一个普通工人，在家跟前的小铺子，买了一瓶二十来块的酒，打算就着花生米看一集电视剧，每天如此往复的人生，人家能花好几十块买一瓶同牌子的酒吗？常喝大牌的人，有一天在超市看见你这小酒厂也整个高大上的酒出来，人家能买单吗？

老周想的都是现实问题。他没有答应万生，也没有拒绝。如果万生的百合能再压压价，压到一半儿，让他压缩成本，降低价格，那销售前景还是非常不错的。

百合的收购价不能再低了，至少第一年收成时候不行。万生拖着病歪歪的身体，连夜算了一笔账目。到第三年、第四年，成本会大幅度削减下来，因为此前捡的小珠芽长大了，一旦接连供应上，往后也不用买种子了。看目前的架势，农民们是不能等那么久的。老李头今天喝假农药，要是不给他钱，怕是明天就得动真格的。他再也经不起这样的折腾了。

万生又卡在了原点。这个循环仿佛没有尽头，一切的根源还是钱的问题，资金若是能回笼，一切都好说了。乡村的夜，空气清冽剔透，星星云集。皎洁的月光装饰了窗外的夜空，也装饰了浮沉的夜色。村庄、田野、树木进入幽静的睡眠里。万生住在母亲家的东屋里。他回想起最初，一铺土炕，一张方桌，这里还是他当年考大学时的小屋，所不同的是当年的炕席换成了地板革，显得干净美观一些。他又回想起了刚回村那个晚上，他坐在小桌前思索村里人的特点，想象着组织乡亲们种植百合，一定会开辟出一片新的天地，他胸有成竹地列出名单：

老李头，真名是李仁民，家里贫困，爷孙独自生活，如果让他们种植百合，哪怕是一亩地，也能改善家庭状况；二婶肇玉兰刀子嘴豆腐心，勤劳能干还有精巧的干活思路，有她那张嘴，一定会带动一群人；傅老九没啥心眼，就是好吃懒做，这几年他日子过得不好，刺激刺激他肯定能行。还有杨林山、胡铁匠……那个时候，他雄心勃勃把这些人列为第一批参加合作社的名单。

今天，名单里大部分人真的都在跟着他干，还有更多的人也加入了合作社，他不能对不住这些一直信任他的成员，他要兑现诺言啊。

翠嶂青峰，山里绿意盎然，正是收获百合，同时也是种新百合的季节。天气炎热，在地里干活的人们都穿着轻薄的衣服，万生因为身体还虚弱，裹着一件外衣走上田间。他也干不了啥活，就是想巡视一圈。有几户人家该下种了，但是田里没人，估计是心生怀疑，不敢种了。万生一阵心痛，他必须马上让大伙儿重新拾起信心。在杨林山地里，他看见林山按部就班在种珠芽，心里有了一点安慰，他没有打扰，绕着走开了。他想去石丽家看看，半路遇见了张百顺。

说起来，自从他种百合之后，和张百顺就生出了嫌隙。问题不在他，而是张百顺和他掰了生，怪他把人都拉去种百合。万生露出一副笑脸，有点讨好似的问百顺叔好。张百顺一见是他，原准备转身就走，想了一下又迎上来，说道：“我说你小子，非得把柳条村搅和成一潭稀泥吗？你知道这几天多少人上我那儿去，干啥？哭咧咧地说让人骗啦，一年白干啦，二年也没种上地，又白干啦。我能怎么样？我有啥招法？当初劝也劝了，拦也拦了，有用吗？你们谁听我老头子的？”

万生毕恭毕敬听完张百顺对他的数落，强压制内心的澎湃，回答他：“百顺叔，我知道我这里有点秃噜扣儿，但那是暂时的，我们的合作社一定会盈利，只是出了一些小插曲，就当丰富创业经验了。我不能让大伙儿白搭，您呐，好好干您的产业，以后如果对百合感兴趣，我随时欢迎。”

“打肿脸充胖子吧你。”张百顺嗤之以鼻，哼着小曲，昂首阔步地走了。

“骂一声狗财主把德散。人参一换变草根，树皮混进黄芪里，哪还有啥济世心……”张百顺哼哼的那是二人转的小曲，讲奸商拿草根当人参给人治病的事，万生不知道这是不是在挖苦他。万生像肉里被扎进一根刺，取是取不出来，又不肯烂在里面，直刺得他抓心挠肝，走起路来也轻飘飘的。

张百顺转过一条巷子，拿出手机，给人发了一条语音消息：“刚才我看到万生了，失魂落魄的，估计这次他是真栽了，咱们没啥好担心的。”放下手机，他发出一声得意的笑。

万生和张百顺碰了个面，被讽刺一番，情绪很是低落。直到他看到石丽和孙有命，心里才感到一丝熨帖。那一主一工两个人，在地里挥汗如雨。看见万生来了，热情地招呼他。万生看见素面朝天的石丽，又难免想起那个魔障似的梦来，自觉可笑，赶紧摇摇头，把旖旎的画面从脑海中赶走。

来的路上，万生是带着几分沮丧的，前方的路异常艰辛，他感到自己陷入荆棘之中，被刺得体无完肤。但是见到石丽和孙有命那么鲜活勤快的身影，心里又敞亮了，悲观的情绪已经有了太多次，应该被戒掉，这样就再也不会出现了。

“现在就是这样的情况，都怪我很多事没考量好，还连累了你的名声。”万生向石丽道歉。

石丽无所谓地一笑：“你这就见外了，就我这名声，还指不定谁连累谁呢。”

孙有命站在旁边，听他俩说百合项目的事，也听不明白，就埋头于田间。万生看着他，朴素得有点滑稽。他似乎明白了，为何杨月这样的老板总对其貌不扬的孙有命念念不忘了。一个干净纯粹的人，是多么可爱啊。

“石丽啊，咱们得更主动一点了。总是等啊等啊，遥遥无期。”

万生说话的时候，眼睛里像是有一股清澈的泉水，那泉水闪着亮光，潺潺流动，仿佛充满活力。

石丽不知道万生要干什么，但她时刻做好配合万生的准备。

第十八章　洗尽纤尘

雨水倾盆而下，如同一张细密的网覆盖着村庄。一个矫健的身影顶雨跑在空荡的村路上，跨越一个个泥泞的水坑。腥黄的泥水溅脏了万生的裤脚，他浑然不顾，只是不停向前奔跑。

雨夜的农田中间现出女人朦胧的身影。石丽的雨蓑汩汩成行，她只顾着躬身，用脸盆去接垄沟里被雨水冲刷走的百合珠芽。但是一切都是徒劳的，水流得太快，她根本接不了多少。地里，鲜艳的百合花被浇倒了一片。

在石丽身后，孙有命也拼命地抢救百合珠芽。

万生一路踏着泥水，气喘吁吁跑向他们，大喊："石丽，你们快回来，别弄了。"

石丽一个没站稳，坐进水坑里。

万生跑过去拉起石丽，叫着孙有命："有命，来，搭把手，别弄了，带石丽回家。"

虽然做了防汛准备，但是当一阵急雨被台风带来的时候，依然给人措手不及的感觉。看着密密麻麻的雨点砸下来，百合苗被压弯，珠芽被冲走，石丽心生一股酸楚，所以即便万生在群里让大伙儿放心，说杆子倒了没关系，最多损失些珠芽的时候，她没有听劝，还是跑出去试图抢救一些珠芽。

万生收到小兰发来的消息，打石丽电话又不接，就冒着雨来找她。"不就是把剩下的珠芽都冲走了嘛，损失还不是很大，你说你，平时特别沉稳冷静的人，怎么这会儿还冲动上了，被浇感冒了咋整。”回到福玉超市，万生一边整理自己湿透的衣衫，一边对石丽说。

“咋不大？那一粒珠芽就是一株百合。我地里有好多珠芽还来不及捡呢，全让雨水冲走了。”石丽和孙有命两人都是一身狼狈，这会儿小兰给他们三人拿了干爽的衣服穿：“幸亏我跟万大哥说一声，不然你俩得在外面浇多长时间啊，雨天外面多危险。”

万生看向孙有命，孙有命没劝石丽，而是陪石丽出去捡珠芽，还只穿了一件塑料雨衣，鞋袜都湿透了，此刻他流露出一副毫无怨言的模样。万生对情感再迟钝，也看出了端倪。他能感受到孙有命的克制、隐忍。

感受到万生的视线，孙有命抬头和他对视。他从前是不敢和人对视的，内心深处产生的自卑让他总是把头埋低。但是自从来到柳条村，他慢慢就变了，失去的尊严似乎回到了他矮小的身上，把自我的形象放得很大。“万大哥，这大雨太烦人了，谁也挡不住老天爷下雨，雨太大那小黑豆就没了。”

孙有命管珠芽叫小黑豆，他对自己地里耕耘出的每一件东西都很在意，被水冲走的珠芽让他心疼不已。

“咱们吸取教训，以后雨季前，在地垄沟两头做个细纱漏网，堵住流水的通道，让水沥走之后，珠芽都留下。”

孙有命听了露出一脸崇拜，竖起大拇指说：“万大哥，你真聪明！”

这一晚注定无法平静。万生和石丽忙着安抚社员紧张的情绪，告诉他们这场雨对百合地的影响并不大。因为此前种种事情，很多人对万生的话产生了不信任，他只能不断耐心地解释。心里想着，要抓紧时间再会一会杨总。

孙有命平生第二次坐轿车，非常拘谨，不适应，觉得手脚不知道该放在哪里，而他第一次坐的是警车。

万生开车拉着他，在高速公路上行驶，他知道要去见谁——那个打扮光鲜亮丽的女老板。其实他挺害怕见那个女人，她看起来天然比他高一等，不，两等，三等，让他觉得自己是泥土里钻出来的一只不起眼的小虫，仰望一个巨大的生物。没人在意他的存在，没人去谈论一只虫的生死，他以前习惯了这样的卑微，从不觉得哪里不对。现在则有所抗拒，不希望自己在人前出丑。

但是万生却对他说："孙有命，你是一个大人，也是一个男人，你得去做伟大的事业。"这把孙有命吓得不轻。他一个跑腿子，还这般身材，能干啥大事？

"俺就会跟着种地，干别的干不成。"孙有命反复和万生说，坐在杨月装修高雅的办公室里，他还是这么说。万生让他给杨总送点新鲜百合，再和她唠唠，就唠他怎么种百合就行，结果给他送上去之后，万生就走了。孙有命在热情的杨月面前缩了几次脖子，动作生硬地被指引着坐到了她对面的位子。坐下以后他一眼看到桌上摆着个招财蟾蜍，丑了吧唧的，和他挺像，他心里想。

"听说你要来看我，我真高兴，之前见到你，就发现你是个实在的老弟。"杨月给他倒了茶水，孙有命见到那玉瓷茶杯，都不敢接过来，生怕手一抖摔地上赔不起，杨月只好把茶杯放在桌上。

"咱家地里种的百合，好吃。"孙有命虽然紧张，但不忘自己的使命，赶紧把百合给了杨月，这样他就能走了。

杨月看了一眼，放在一边，她对这些不在意，不过她随口问道："是你自己种的吗？"

孙有命回答："是啊，那垄沟都是俺勾出来的，勾得可直溜了。"

"你们种完百合怎么办？卖给谁？"

"俺就会跟着种地，干别的干不成，但俺种地种得好，种地是能干成的事。你吃吧，这个东西好。"孙有命虎愣愣地把百合往杨月跟前又推了推。杨月这时看到孙有命那双手，疤疤癞癞的，一看就是干农活留下的痕迹。她动了恻隐之心，想帮帮这个小伙子。她想起来万生之前说的计划，在她看来成功率是一半一半，只是这领域她不熟悉，不敢贸然投资。

原来如此。杨月看明白了，孙有命是万生特意送过来的，这双手也是万生特意给她展示的。

杨月会心地一笑，这点儿小伎俩，亏得那个书生模样的人想得出来。不过还算有效。就算他赢了一步吧。杨月想起那个给过她很多惊喜的柳条村，突然也想尝试一把。一直以为挣钱是唯一的成功学，偶尔任性一次，做点想做的事，大不了失败一回呗。

在孙有命坐进杨月办公室这段时间里，万生守在楼下，平静地等待。他让孙有命过来，的确是抱有一线希望，如果杨月能够被打动，那接下来投资的事还可以进一步详谈。如果没有成功，他就继续磨磨嘴皮，努力争取。这家不行，再去另一家。过去他在研究所，一心做学术、搞研究，最畏惧和人交往。现如今，他已经逐步走出舒适区，办事的时候脸不红心不跳，嘴也不结巴。以前要反复提前酝酿、措辞的交际事件，现在风风火火就实施了，谁让季节不等人，一刻值千金呢？

石丽也正在行动着。她到村委会和村里的干部们详谈，为合作社争取更多政府项目的扶持。她请小张把百合也加到扶贫超市的商品中去。有人质疑："扶贫超市是县里统一的设计，都是本地知名土特产，你这百合算咋回事？"小张赶忙解释道："扶贫超市针对贫困群体，像老李头这样的家庭，有农家特产都可以拿去让县里搭建的扶贫平台帮着销售。"石丽也更正说："我们的百合是东北的品种，黑土地种出来的，是纯正的东北百合。"最终，大伙儿都同意了石丽的提议。

收粮的季节到了。由于这一年粮食产区遭遇洪涝灾害，玉米的收购价格上涨了，牛经理破天荒亲自到村子里来收粮，他派来的两辆大货车停在张百顺的农场，庞大的电子地磅秤放在空地上很是显眼，张百顺客气地接待他，但收起了以往恭敬的态度，面上带着几分漫不经心。

“牛经理啊，不是我老张不厚道，是今年底下的农户集体要求涨价，行情在这里，您也知道的。”张百顺说话的时候微笑着。

牛经理也不傲慢了，赔着笑脸说：“百顺叔，不，张总，这个价钱好说，可着你们来，今年情况的确特殊，往年没遇到过。不过咱们合作这么多年了，情分在呢。”

说到“情分”二字牛经理加重了语气，眼里闪着精光，像是在算计什么，张百顺听得眉头一皱，但没有显出不悦来。反正玉米收下来是要卖的，卖给谁都一样，既然价格上牛经理没有往下压，还上门收，那就这样也没什么不好。张百顺也不想给这个两面派好脸色，优哉游哉组织农民来称玉米。

村子里，街墙被重新粉刷成干净的白色，杨林山手拿他的颜料盘在墙上绘着农民画，这些画色彩艳丽，形象生动，有歌颂农民勤劳的，有祝福丰收的，画旁写着“文明村民”“生活富裕”之类的宣传语。因为村里很多人种百合，新刷好的墙面，杨林山画上了百合花，金黄的颜色丛丛簇簇卷着，一瞬间扮靓了村子。

杨林山画好一幅画，收好工具准备离开。这时葫芦头举着自拍杆过来，对着他的画拍。“老铁们，看看这是我们村杨大才子，不仅会写诗，还会画画。”

看到葫芦头在直播，杨林山也来劲儿了，他这几天正在学习当主播，只是没有经验，不知道怎么操作，直播间里只有三两个人。杨林山看了一眼葫芦头的直播间，有2000多人在线。

“哥你来，跟我直播间的朋友们打个招呼。”

葫芦头把手机镜头换成前置，他和杨林山两人的脸挤进了镜头里。杨林山发现自己在手机里皮肤白了，眼睛大了，脸也小了，还有点诧异，葫芦头却早习以为常：“感谢朋友们给我俩点赞。”

杨林山觉得不可思议，葫芦头就这么夸张的直播，人气还那么旺。如果他去拍百合地的视频做宣传呢？

杨林山赶忙跟葫芦头说："你拍拍村里的真实故事，别整虚头巴脑的，百合收获了，去拍拍农民在地里起百合。"

"我带货可不是白带的。"镜头以外，葫芦头三根手指比了一个数钱的动作。

杨林山不悦，这小子还没卖出去啥，就已经开始大言不惭："能卖出去，就给你提成。"杨林山小声说，这是万生原话，原本万生跟他说的，可惜他粉丝少，卖不动。

葫芦头拍着胸脯一口答应下来。他开着自家的小三轮子，拉杨林山往百合地里走。路过张百顺的农场，大车正好拉满一车玉米出来，把路挡了，他们的三轮子在路边等着，葫芦头爱看热闹，这会儿也不闲着，一边开着手机，一边往农场里走："老铁们，咱们去看看东北农村收苞米。"张百顺看是他俩来，让他们等等，说进屋给他们拿两块西瓜吃。

"谢谢叔。"两人高兴地挥挥手。镜头晃向空地上的地秤，苞米堆成金黄色的小山，葫芦头在旁边一边直播，一边给直播间里的粉丝解说。杨林山等得有点着急，葫芦头口里还说着："马上啊，咱们给老铁们看一眼咋收苞米就走。"

葫芦头突然看到了什么，紧皱眉头，一脸不可思议。杨林山问他咋了，直播间掉粉了吗？葫芦头给他看直播间的弹幕。

"那个长得像癞皮狗的男的，好像在调控秤。"

"我也看着了，长得像癞皮狗，好形容。"

"他趁农民卸苞米的工夫在秤底下按了好几下，看他那表情没干好事的样子。"

"遥控磁石，能让数据变少，黑心商家。"

看着一条条弹幕留言，杨林山和葫芦头都傻眼了，他们望向牛经理，看到一副贼眉鼠眼的模样，异常刺目。这时杨林山的手机响了，是万生来电，刚才林山跟他说带葫芦头去拍百合地，他等半天他俩还没有到，就问问是咋回事。葫芦头小声把在农场看到的事情和万生说了，万生让他们别走，手机录下视频来，他这就找村委会，还得报警。

警察在磅秤的下边找到一块遥控器磁石机关，按下开关磁石会影响称重。牛经理趁着张百顺和农户不注意，就会操控电子秤，幸而被葫芦头和杨林山误打误撞发现了，不然农民可就被坑惨了。

张百顺眼里喷射着万丈怒火，难怪这个牛经理平时压价那么狠，这次在价格上却没有动手脚，原来在这儿等着呢。他一手叉腰，一手握成了拳头，恨不得上去给他一拳，破口大骂："王八羔子。"

牛经理要被带走的时候还嬉皮笑脸对张百顺说："叔啊，你也不用生气，你自己干过啥你不知道吗，你最好祈祷我没事。"

牛经理留下这么一句耐人寻味的话，让人们都看向张百顺，一头雾水。

"听你在那放屁！"张百顺气得两肺直炸。牛经理却不多说什么，他阴鸷的表情扫过杨林山和葫芦头，落在万生脸上，刚才隐约听到有人说是万生报的警，他凶狠地瞪了万生一眼，那眼神像要撕碎万生似的。

牛经理被带走了，曹主任安慰着农户们，说幸亏及早发现，没有太大损失。万生见事情结束，也想要带林山走，张百顺却让他留下来说几句话。

"万生啊，你看到刚才那牛经理的眼神没有，他早就记恨你了，这次又是你报的警，以后你得小心点。"

万生听不出这是威胁还是劝告，只能点头应着。

"听你说要卖房子？"张百顺冷不丁把话题一转。

万生想起来他是说过要卖房子给合作社成员的话，点点头，其实他这些天一直火急火燎地拉投资，因为他实在没办法了，虽然之前一时冲动说卖房子，但是城里那个房子是他和老婆的共同财产，还在银行抵押，短期内不可能卖掉。

"叔现在手里还有点闲钱，你着急运转就拿去用，你写个欠条就行。"

张百顺态度诚恳，让万生不敢相信，这是前阵子还对自己冷嘲热讽那个人吗，怎么突然要借钱给他?

“做生意都有为难的时候，叔明白，你不用想太多，不多要你利息，跟银行收一样的，等你周转过来再还钱。”

进城的佟梅花回家的时候，才知道她万家的老宅被儿子抵押给张百顺了。那个口袋房，方方正正的三间，是死去的老伴儿年轻时候盖的。每年她都亲手把辣椒、玉米、蘑菇挂上房檐，等着冬天的时候放进锅里。那是她生儿育女的地方，万生、万荣都在那里孕育，在那里成长，又从那里走出去。她目送儿女们远行，以为自己终将老死在这套房子里，化作尘土，魂魄归来时还能再回味一遍甘苦的人生。

然而她的儿子把那个房子抵押给了别人，她很可能老了无处可去。万生觉得不能白借张百顺的钱，主动要求把老房子抵押给了张百顺。那房子是他的名字，办手续他一个人说了算，就没有先问问佟梅花。

听到消息的时候，佟梅花颓然地叹了口气，心里死一样的沉寂。也就如此了吧。这一辈子，为了儿女忙碌，到头来，什么也带不走，也留不下。佟梅花心里笃定这房子是要赔进去了，故作平静地问：“房子抵押给谁了。”

母亲克制的姿态灼痛了万生。他当然知道自己做得过火了，他瞒着母亲是怕她不同意，此时都不敢直视她的眼睛。佟梅花如此糟糕的精神状态让他觉得自己犯了错误，但是已经不能反悔了。他的确是需要这笔现钱,张百顺解了他的燃眉之急。在收到那笔钱之前的一段时间，他特别犯愁到哪里去找钱，夜里躺在炕上的时候时常一边思考，一边用手指抠炕上那早已不存在的草席，这是个习惯性的小动作，他小时候躺在被窝里睡不着时就这么抠着玩。

他也找过熟人借钱，都被拒绝了，他从没有打过老房子的主意，虽然房本是他的名字，那是他上班后母亲过户给他的，他想自己怎么都行，母亲养老的房子是不能动的。但是这会儿，他还是把那个房子抵押了。

他有信心很快就能还上这笔钱。

听说抵押给了张百顺，佟梅花脸上露出哀伤之色，她感到自己离风餐露宿、无家可归又近了一步。

“你哪怕抵给石丽呢，没准日后还能回到咱家手里，要是真还不上钱，房子落张百顺手里，怕是拿不回来了。他肯定早就相中咱家那房子了，那是你爸按照传统的房子盖的，砖瓦墙都是他亲自抹的，现在已经盖不出来这样好看的房子了。”

说着说着，佟梅花就落下了眼泪，万生心里一紧：“妈，你别急，只是暂时抵押，百顺叔不贪咱家的房子。”

佟梅花陷入自己的心痛中，哀叹了好半天，她坐在炕上，就像生锈了的弹簧，再也弹不起来了。万生没有办法，只好背着她给老婆打电话，说明了情况。

“你别上火，老人就怕失去住所，我找个理由让她回来跟我住，好好劝劝她。你干你的正事吧。”秋云挺着大肚子，安慰丈夫。刚怀孕时候胎儿不稳，秋云内心煎熬难耐，婆婆和丈夫都安慰她，给她宽心。后来她调整好心态，不再纠结评选的结果，身体渐渐恢复，宝宝也健康了，便回到了工作岗位。原本等到待产期再叫婆婆回来照顾就行，现在婆婆心里不舒服，丈夫也为难，她可以找个借口让老人早点到城里来住。

万生从来没有像现在这样轻松过，妻子的支持似乎比什么都来得珍贵，也比什么都更让他安宁。

在张百顺那里借的钱，万生拿出一小部分给了几户社员，作为百合预售的分红，等他联系到合适的买家，这些钱就会赚回来。还有一部分拿去入了老周酒厂的股份。老李头佯装喝农药那一天，他本是说要把房子卖了给村民分钱，就当预售款。但是如果那样，那点钱根本不够分，问题也没有得到解决。于是他顶着压力，把这笔钱的大部分用于和酒匠合作开发新酒。酒匠本就摩拳擦掌跃跃欲试，只是怕赔本，不敢冒进，既然万生投了钱，那他也敢放手去干了。

头一年种大种球的农民，今年就可以把百合卖给酒厂。但是眼下最难的是安抚那些第一年挣不到钱的农民，微薄的分红先给他们。老李头就是其中一家，也是最让万生头疼的。万生想着，这一关，是迟早要过去的，他做了万全的思想准备，要去找老李头。二婶劝他："别找不自在，那犟驴，连我的三寸不烂之舌也拿不下。"曹主任也说："群众工作我去做，老李头家里的问题不是一桩两桩，村里都得解决。"

万生不为所动，只有石丽明白他："你是不是觉得这是一件心事，一个疙瘩，不解开，不了结，干事儿就不痛快。"

万生点头。他看向地里的百合，像跳动的火焰，像闪闪的星光，繁花盛开，寓意百年好合，一件美满的事儿，他不想让合作社里任何一个农民憋屈。一个人的性格是难以改变的，就像他自己，还是做不到圆滑世故、左右逢源。但是心态是能调整的，人活一世，活的就是一个"爱"字，就算这"爱"微小如稻草，也该攥在手里，是一股暖意。

老李头见到万生，第一件事就是问他是不是来送钱的。看万生没有掏钱的动作，他就瞬间变了脸，一会儿说要去县里，去市里，或是去省里状告万生，一会儿又说活不了了，要自杀。孙子在一旁像是听懂了，配合地躺到地上。

万生稳稳坐着，等他说累了，呼吸平息下来时，才开始和他唠。万生问老李头，自己出生那年，他有没有过来抱抱他。老李头哼一声，别说你，你家荣子、杨林山、玉柱，这村里哪个孩子不是我看着长大的。万生又问老李头，自己考上大学那年，他是不是去送了？

"嘿，你个小毛头还吃了我给你摘的大红柿子呢。"

追忆往事，老李头倒是没有那么糊涂了，一件一件，历历在目。扯天扯地，说开去，甚至说到他在电视上看到一个老兵，戴着大红花和领导一一握手，那是他发小的哥哥，当年他们一起玩过，他应该去找老兵，叙叙旧。

万生提醒他，同名同姓的人很多，这么多年，兴许记错了。老李头说，他什么事都记得，说着说着就热泪盈眶了。“生活不容易啊，我都这么大岁数了。”老李头抹着眼泪说。

万生握着他的手安慰他：“这本是明年的分红，我提前给您。”说着，从怀兜里拿出两万块，放在老李头手上。

老李头泪水涟涟的眼里闪着光芒，握着那钞票感到异常踏实，嘴角咧出一个巨大的弧度，只是他的笑还没来得及收起，忽然想到什么，赶忙问：“那，明年还有吗？”

“有，下一年的到时候提前给你。”

“万生啊，你是个好人呐。”老李头哽咽着说：“我早就知道你不一样，你不会坑老头和傻子的钱。”老李头再度笑逐颜开，仿佛什么烦心事都解开了，忽然像小孩子一样天真烂漫起来。

万生心里感慨万千，他来的时候就做好这个打算，先和老李头套近乎，追忆过往，让他陷入情绪里，再给钱，比上来就给钱效果要好。一见面就给钱，只会让他觉得这是理所应当，接受的时候不会有一点宽慰的心理，可能以后还会继续挑刺找碴儿。一段相同的路，却要迂回行走。每一个坡儿，每一个坎儿，都像是这段路程里的指南针，提示行进者，此处应该绕道，彼处应该折返，过了九曲十八弯，便是尽头。

万生抵押房子得到的钱，除去酒匠那里的投资，都用于填补这条路上的各个坑洞。石丽知道后埋怨万生，抵押房子怎么不和她说一声，实在缺钱，她可以把超市兑出去。万生正是知道她可能做的事，才没有告诉她。他想起母亲曾说过：“要是抵押给了石丽，没准日后房子还能回到咱家手里。”万生当时琢磨着母亲的意思，那是他最亲近的人，连她都觉得儿子和石丽关系好，抵押的房子不会强要，何况村里其他人呢？

想到他和石丽之间的绯闻，万生就想到了网上的匿名者，“俺村第一人”还有“柳条边卫士”，万生怀疑那是同一个人。这段日子，群里特别安静，匿名发言的人消失了，甚至不知什么时候已经退了群。但这终究是万生的一个心结，正好石丽最近想去孤儿学校看望皮蛋，万生就说："还记得群里那个总是造谣生事的人吗，得把他揪出来。我和你一起去看皮蛋，再问问他捡手机的情况。"

石丽虽然对这件事也耿耿于怀，可她怕大海捞针，既浪费时间，又可能毫无用处，既然那人已经不在群里，何必给自己添堵呢？

"那是一根刺，不找出来拔掉，随时还会再弄疼你，"万生说，"我们彻底去掉它才行，不然村里人还是相信咱们有不好的关系。"

石丽想到村里那些流言蜚语，有点赧然，她一直避免在万生面前谈起那些桃色绯闻，不然她会觉得他们之间的相处太尴尬了。她不认为抓到那个匿名者就能消除村里人对他们的误会，男女之间的绯闻，只要一个碎片就能衍生出无限的遐想，思想脏污的人看什么都是脏的，没必要非得自证清白，可万生似乎对此很较真。石丽便答应一起去问问皮蛋，尝试过了也就安心了。

万生和石丽来到孤儿学校，填写访客申请表后，见到了皮蛋。这所学校很有教育办法，原来那个谁也治不了的小刺头，到了这里之后看上去转变了不少。见面的时候，万生差点没认出来，皮蛋穿上校服，干干净净的打扮和普通孩子没什么两样，人也有了礼貌，不再脏话连篇。

石丽来看过皮蛋几次，皮蛋跟她已经很熟了，亲切地叫她姐。对于万生的造访，他感到很是奇怪。

"万叔你咋来了？是我舅有啥事吗？"

"没有，我来看看你。还有，有些事想当面问问你。"

万生说明了来意。许是看在石丽的面上，皮蛋很配合地回答了万生的问题。根据皮蛋的回忆，他当初从网吧出来，在路上捡到了那部手机。里面没有数据卡，连上 Wi-Fi 后能直接登录上一个微信号，微信名就是"俺村第一人"。但是微信里面没有任何聊天记录，也没有好友，只有柳条村的群。那时皮蛋只是好奇，在群里胡乱发了一些话。

“你再想想，你当时具体在哪个位置捡到的手机，附近看到什么人没有？”

“哎呀，叔，这些问题警察叔叔都问过了，我也没撒谎。我是在百顺大爷家那条道路口捡的，旁边有个理发店，他们总把垃圾往那儿堆，我就在一堆垃圾上捡的。当时挺害怕的，怕让人看见，所以周围都瞅了，谁也没看着。”

皮蛋回答的时候没有任何躲闪，万生看得出来他说的是真话，这真话让他很失望，看来是白来了。他把买给皮蛋的新衣服拿给他。

皮蛋看看那些崭新的漂亮的衣服，又看看万生，道了谢谢。万生有些许感慨，这个孩子曾让他担忧不已，现在看来他以后会走上正路了，便嘱咐他好好学习，有什么困难给万叔叔打电话。

万生和石丽看完皮蛋正要走，皮蛋却叫住了他们。

“万叔，你小心点儿百顺大爷吧。”

万生很诧异：“小孩子乱说什么呢？”

“你们不知道，他之后问过我好多回，捡手机时候看没看着什么人。你说我捡个手机跟他有啥关系，这不是心虚吗？还有，他和那个牛魔王，就是卖粮的牛经理，肯定有点啥事。我看着过好几回了，他俩总在一起交头接耳说话，一看就是琢磨啥坏事呢。那个姓牛的，心眼挺多，我曾经看到他刚和百顺大爷说完话，转过身就冷笑，那笑容太可怕了，阴森森的。”

皮蛋还不知道那个牛经理已经被抓了，他的话听起来很可信，从孤儿学校那里回来，万生一肚子疑惑。百顺叔不像是会背地里使坏的人。至于粮食公司的牛经理，他以前都没见过，只在他被抓那次打了个照面，他的眼神的确很凶，或者他就是这样一副凶神恶煞的模样吧，这样的人，无冤无仇，有可能陷害他吗？

万生思考了一番，想和百顺叔再谈一次。小孩子的话里总会有些夸大的成分和主观臆想，他不相信百顺叔和这个事有关。张百顺听了万生的来意，没有诧异，似乎早就料到万生会来问他话。张百顺拿出一瓶好酒招待万生，似有不醉不休的架势。

在张百顺那里，万生得知了他和牛经理的所谓恩怨。原来万生把一部分人拉去种百合，影响了牛经理的生意，此前牛经理多次在酒桌上说，早晚收拾万生。这个收拾，是什么程度的收拾，是大话还是计划，谁也不知道。

“皮蛋看得没错，我的确和牛经理多次接触。他也在我这儿得到不少消息。”张百顺自己灌了自己一杯酒。

“他曾经管我要过你们百合合作社的法人证照片。”张百顺眯起眼睛回忆，那是一些不好的记忆，他本来不想触碰，但是今天如果不说出来，他心里会一直内疚。“后来有个叫‘俺村第一人’的，在群里发了一张照片，虽然经过处理，但是我猜很可能是我发给牛经理那张。我问过他这事，他不承认，说法人证照片谁都能拍。我当时不想得罪他，没有深究，现在想来，他能干出那种事也不稀奇。”

张百顺渐渐进入醉态，他握着万生的手说，觉得对不起万生，那些谣言虽然不是他传出来的，但是说到底是他的纵容让牛经理越来越嚣张。等他看清这个人之后，对万生充满了愧疚，所以主动借钱给他……

牛经理被抓后，造谣的人再也没有出现。和张百顺冰释前嫌，是万生衡量后的选择，能化解矛盾，也是万生心之所向。张百顺后来在很多个场合都帮万生和石丽澄清绯闻，这个疙瘩解开以后，万生和石丽都没多想，他们忙着申请项目、经营电商，万生在大方向上设计，石丽里里外外张罗，帮他搞定了很多细节上的事情，两人之间相处时更放松自在了。

当杨月的百合小镇项目终于落地的时候，柳条村已经今非昔比。胡铁匠的铁器、柳五娘的粉条、程万年的笨榨豆油、周复兴的百合酒都在民俗商业街上有了门店，还有肇玉兰的编织和剪纸也有了一席之地。

而这些对于他们来说，不过是锦上添花。万生和石丽在县里争取到惠农项目，项目款一步到位，万生继续加大投入，扩大战线，把社里农民的土地都串联起来，形成了规模。

人们都说，万生不愧是高才生，柳条村的大才子，看他多有能耐，能拉来大老板的合作。除了杨月，还有关香香那边的药厂，通过技术创新，解决了百合保存的难题后，也和万生开启合作。关香香回来签合同的时候，还带着万荣和一个男助理，那个长得俊俏高挑的男孩，听说是个研究生。

万荣此时和以前一比真是大变样，脸白了，人苗条了，穿衣也有品位了，整个人看上去漂亮不少。人们惊讶地发现那个男助理偶尔会偷瞄万荣，就好像对她很上心的样子。

“那男孩看着比万荣年轻不少，她一直不找对象，难道想找个比自己小的？”村里人暗自猜测着。万荣听到一些声音，笑着问小周：“你跟着回来，误会可真大了，他们以为我老牛吃嫩草呢。”

“不是。”小周红着脸说。

“不是啥？”

“你不是老牛……”

万荣脸上一滞，她本来是说笑的，看小周那个窘迫的样子，忽然笑不起来了。不是她想的那个意思吧？

小周把目光瞥向别处，万荣赶紧收拢情绪，她已经决心做快乐的单身女郎。阳光照在小周的侧脸上，那上面的一抹红晕让她心里忐忑。

那一刻，万荣想，或许她也可以过不一样的生活吧，谁知道呢。

关香香和百合合作社签订合同后不久，柳条村的百合种植规模又扩大了，吸引了不少投资。与此同时，村里的手艺人也火了。因为记录真实的乡村生活，葫芦头的社交账号不停地涨粉。他直播老胡的铁匠铺，帮老爹卖出去不少把铁器。直播油匠榨油，油坊的生意络绎不绝。柳五娘的粉条作坊重新开张后，葫芦头去直播，把柳五娘忙坏了，那订单像雪片一般飞过来。而直播间里最火的，就是东北百合，那一盆一盆的新鲜百合，让人垂涎欲滴。通过直播平台，和观众零距离接触，一下子就把百合宣传推广出去了。葫芦头的直播间不仅仅是带货，还结合了百合小镇上的民俗文化，让他的账号吸粉很快，变成了小有名气的主播。

金马山在某个秋天里沸腾起来，村委会摘掉了多个贫困户帽子之后，更加激情满满。就在此时，县里又传来了好消息，伊城县“百合之乡”名誉的申请正式被纳入考察的范围。一旦被省里命名为“百合之乡”，他们的名号就打响了，有望变成一个重要的地域品牌。这对于万生，对于柳条村，对于伊城县都是一件大事，县长已经来过好几次，千叮咛万嘱咐，这次考察不能出现任何闪失。

就在人们忙于为柳条村书写历史的时候，却有人乘机搞起破坏。因为之前“俺村第一人”之流的出现，村里的微信群管理严谨起来，没有实名的人一概不能进入，再也没有乱七八糟的人发虚假消息。但没想到，有一天早上，人们在杨林山彩绘过的墙面上看到了多张打印出来的传单。写那纸的人，文化水平并不高，没有前缀，没有修辞手法，非常直白地说，索玉柱在城里做过检查，没有生育的问题，石丽不能生育，和万生搞在一起，他们这几天都在合作社鬼混。因为这个传单，索玉柱，这个几乎被柳条村村民们淡忘的名字突然莫名其妙地重回了人们的视野。

石丽听到这个名字的时候，眼里闪过一丝伤痛，没想到时隔那么久，居然还有人把玉柱拿出来做文章。这个事她没有隐瞒，因为不想让玉柱背负不能生育的名声，可是有人却用这件事去攻击她和万生。恰好那几日，万生和石丽为迎接考察，在百合合作社的新楼里通宵达旦整理材料，他们一起进出，被人看到，让造谣之人有机可乘。庆幸的是，当时杨林山和小张也在，出面给他俩做了证明，不然这次真是无法说清楚了。

这个传单没有激起多少水花，今时今日，人们沉浸在百合带来的改变之中，对于陈词滥调的谣言已经没有多少人相信了。这些日子，万生和石丽努力为村里奔波，纯净的心灵像百合花一样改变了很多人的看法，就连当初笃定石丽谋害亲夫的柳五娘，都呸着说："纯属放屁。"但谣言永远不会失去市场，总会有人相信万生因为老婆生孩子，在这个漫长的过程中把持不住了，又或者索玉柱在人生的最后一年已经没有了耕耘的能力，所以万生一回来，就把枯萎多时的石丽点燃了。

这种谣言在最关键的时期出现，曹福贵气得咬牙切齿，他叮嘱村干部们积极辟谣，做好群众工作，一定要消除影响。这一次柳条村万众一心，齐心协力去寻找传谣的人，很快就把那个牛经理揪出来了。牛经理之前因为欺诈和其他犯罪行为，获刑一年，出狱后就想着报复万生，他还不知道村委会早就在各条村路的路口安装了摄像头，他鬼鬼祟祟的身影被录进了镜头里。

牛经理再次被抓，也让一些往事浮出水面。原来村子里曾经的桃色新闻少不了他的推波助澜。自此，大家都相信了万生和石丽两人的坦荡清白。牛经理干的那些破事，没有泛起多大的波澜，也没进万生的眼和心，他坚信身正不怕影子斜，自己坦荡荡，泼过来的污水就脏不了他的身子。万生全心全意扑在事业上，完全没注意到石丽的情绪变化。自从那张带有丈夫名字的纸出现在柳条村的墙壁上，石丽就变得沉默寡言，虽然丝毫没有耽误她手里的工作，但她在离开合作社后总是避免走进人群里。

考察很顺利，省里来人在参观了百合基地、百合酒厂以及百合特色小镇的建设之后，赞不绝口。同时也提出了一些建议，就是在种植基础上，还要有百合文化。万生受益匪浅，他和杨月谋划着百合诗词、百合绘画、百合刺绣、百合剪纸等文化衍生产品，他设想，他们的东北百合即将走向全国，成为一个响亮的品牌。

现实远远超过了万生的预想。他的公司很快和省里的一些商会签订了共同推进绿色农产品产业化合作协议。说来也巧，在万生参加招商引资大会的时候，碰到了熟人，是他上大学时候的学长杨凡。当年的学长，如今已经是位成功的企业家，万生还记得他带自己去看《阿甘正传》，让自己重获信心。多年后重逢，二人都感慨岁月是把杀猪刀，一刀一刀催人老，但是岁月也成就了他们。和杨凡最先签订了合作协议，此后更多的合作纷至沓来，一笔又一笔的订单被促成，柳条村的百合加工业眼看也要进入日程。

每逢阴历的初一、初五、十一、十五，是金马山镇大集。集市上热闹喧嚣，人声鼎沸，道路两旁都是大大小小的摊位，一眼望不到头，山野菜、鸡、鸭、鹅、胖头鱼、干豆腐、人参……商贩云集，叫卖声此起彼伏。

孙有命新买了一辆电动车，他载着石丽出来采购，这会儿正缓慢地从人群中穿过。

石丽来了很多年，依然喜欢赶东北农村的大集，有种置身人间烟火、撷取个中滋味的舒适感。她看到各种品类的商品，忍不住拿出手机拍了一些照片，她想回去跟万生商量一下，以后生产多种多样的百合产品，像集市一样品类齐全。

“石丽，孙小哥拉你出来啦？”有位合作社社员的亲属在集上卖百合，看到石丽，热情地打招呼。孙有命在柳条村已经有名了，人们不再歧视地叫他“小矮子”或者“小矬子”，而是叫他孙小哥。

石丽微笑着打招呼回应。

“孙小哥买电动车了？真不赖，一看他就是过日子人。小哥找没找对象呢？我听说小兰家有意思，你俩能不能成？”

孙有命听到那人议论到了自己身上，哆嗦了一下，马上摇头，也不说话，加快了车速。

“哎呀，这小伙子，怎么能总跟着人家小寡妇屁股后走，多容易招闲话。”那人自言自语道。

石丽和孙有命还没有走远，两人都听见了他的话。石丽无所谓，她习惯了人们八卦的心态，就当个热闹。孙有命听了却很是焦急，生怕石丽误会他。石丽似乎发现了他的异样，回家之后，问他：“有命，你想一直留在柳条村吗？”

“留。”孙有命狠狠点头。

“如果我不在了呢？”

孙有命一时没明白什么意思，他紧张兮兮地看向石丽，生怕她下一秒就像一只花蝴蝶一样飞走。

“我是说，如果我离开柳条村，去别的地方呢？”

“那我跟你一起走。”孙有命笃定地说。

见石丽安静地望着他，他脸红了，马上纠正自己的话：“我意思是，你是雇主，你去哪儿我就在哪儿打工，给你打工我比较轻松。”

“好。”石丽淡淡回了一句。孙有命也不知道这一声“好”是什么意思，石丽这会儿不再看他，而是看向门外的花楸树。他紧张的情绪舒缓了下来。

石丽望着门外结着一串串红色小果的树，它已经越长越高，越长越茂盛。树叶的微动，让她心中安宁。其实刚才在集市上，无论外面多么热闹，多么繁华，她心里都像一盏清茶那么静。她觉得时机到了，她想了很久的一件事应该去实现了。

石丽邀请万生到家里的时候，准备了百合酒，还做了一桌子菜。

“怎么这么丰盛啊。”万生流着口水。

“嗯，今天天气不错，适合喝好酒，吃好菜。”石丽微笑着。

“啥好日子？”

“先吃，慢慢聊。”

石丽给两人倒了酒，又用公筷给万生夹了菜。

“第一杯酒，祝贺万大哥，百合事业稳步前进，芝麻开花节节高。”

石丽举杯敬万生。万生一口干了，这可是他们合作社入股的酒呀，香醇爽口，一杯酒让人心醉。

“第二杯酒，祝福咱们柳条村，青山常在，伊水长流，越来越好，越来越富强。”石丽嘴角挂着笑意，不等万生回答，自己先喝了。

“说得好，说得太好了。”万生给石丽鼓掌。

两人天南海北地聊了起来，石丽问万生，还回不回原单位了，万生说想回，但是看需要，哪里需要他，他就去哪。万生说，现在柳条村的百合产品还亟须进一步开发。

“百合酒、百合干、百合饮料、百合花茶、百合蛋糕、百合挂面，你想想，还有啥？”

石丽看着万生按捺不住兴奋，对着她绘声绘色地描绘蓝图，神情有一丝恍惚。万生这时才感到她情绪不太对劲。

“你怎么了？”

“你的心愿也是我的心愿，现在它实现了，我为你高兴，也为自己高兴。”石丽缓缓地说，她的目光清澄透亮，看不出任何波澜。

“这最后一杯酒，是辞别，我也该回家了。”

万生愣住了，石丽这个回家的意思，他好像明白，又好像不明白，他心里有了不好的预感。果然，石丽像是下定了决心似的，说道：“在考上大学以前，我以为自己不会去过庸常的生活，但是遇到玉柱以后，爱情让我在琐碎的日常里甘之如饴，我安于那样的小幸福。后来玉柱不在了，我也没有了留在柳条村的理由。可是你的百合又燃起我心底的渴望。你的热情感染了我，让我生出去做一番事业的决心。今天，我该踏上回乡的路了，在那里有我的亲人。”

“你……你真的要回家吗？还回来吗？”万生尽量让自己心情平静，但绞动的双手透露出他的不安。

“我想辞去妇女主任的工作。”石丽没有正面回答。

“其实我觉得，你留下也挺好的……”万生不知道怎么劝她，他没

有立场阻止别人回家，但是又不想让石丽离开。

“或……或者……”万生措着辞，“要不你两边跑呢，正好我觉得我们应该去经验成熟的种植区考察和学习，还有联系业务。对，对，联系业务。”

石丽看他模样认真，说起话来又像以前一样紧张磕巴，突然笑出声来，她只说了一个字：“嗯。”万生便仿佛尘埃落定般松了一口气。这最后一杯，他们握着酒杯许久，终于一饮而尽。

石丽离开柳条村的时候知道的人很少，她的离开仿佛毫无预兆。她把自己家的土地和地里的百合赠给了合作社，超市作为百合图书馆，陈列种植百合的书籍以及相关文化产品，这些事全部由小兰来处理。她在和村委会做了工作交接后，甚至退出了柳条村的微信群，只保留了合作社的群，和她一起消失的还有雇工孙有命。

人们纷纷猜测，是那些流言蜚语把石丽逼走了，为她的远走感到惋惜，直叹息：“这该死的谣言。”只有万生知道，她的离开与丑陋的事物无关。她是走向自己的广阔天地，她带着百合的故事回到自己的故乡开辟新的里程去了。未来，她会搭建起故乡和柳条村的桥梁，讲述另一场花事。

一粒种子深深埋藏，默默在黝黑的泥土里等待破晓的浴火。七星山下的人们，还是照旧过着生活。佟梅花帮着万生两口子带孩子，忙得忘记了万荣的婚事。年复一年，那桩心事不知何时能了，但是看她自己也不是很上心，好像最好的归途一直在前方。